EDGAR DESCHLE

DIE
MAGISCHE
WELT
RIALAR

Reise nach Süden

novum ▲ pro

Dieses Buch ist auch als
e-book
erhältlich.

www.novumverlag.com

Bibliografische Information
der Deutschen Nationalbibliothek:

Die Deutsche Nationalbibliothek
verzeichnet diese Publikation in
der Deutschen Nationalbibliografie.
Detaillierte bibliografische Daten
sind im Internet über
http://www.d-nb.de abrufbar.

© 2024 novum Verlag

ISBN 978-3-99146-727-4
Lektorat: Solaire Hauser
Umschlagabbildungen: Prillfoto,
Artitcom, Elizaveta Mironets,
Sakkmesterke, Ivan Kmit,
Dana Rothstein I Dreamstime.com
Umschlaggestaltung, Layout & Satz:
novum Verlag

www.novumverlag.com

Die Rückkehr

Zwei Gestalten betreten wie aus dem Nichts einen düsteren Raum. Eine der beiden Personen geht zielsicher zu dem im Raum stehenden Kleiderschrank und wirft sich einen Mantel über. Danach geht die Person zum Fenster. Mit einem festen Druck auf die Fensterläden springen diese auf. Die Morgensonne flutet das Zimmer und scheint Kit, die vor dem Fenster steht, direkt ins Gesicht. Die weibliche Exi dreht sich zurück zu Reavaer, ihre braune Mähne glitzert in der Sonne. „Nun bist du zurück auf Rialar. Wie fühlst du dich?", fragt Kit Reavaer, der gerade selbst zum Schrank unterwegs ist, um sich etwas anzuziehen. Im ersten Moment antwortet Reavaer nicht, sondern sieht sich die Kleidungsstücke im Schrank an. „Ich hatte schon vergessen, wie die Luft hier in der Nase knistert", merkt er schließlich an, ohne auf die Frage von Kit einzugehen. Reavaer sucht sich zum Anziehen eine landestypische Tunika mit leichter Stoffhose aus. Beides befestigt er mit einem Gürtel um die Hüfte. Darüber zieht er noch einen schweren Mantel an. „Ich habe den Moment so lange herbeigesehnt, bis ich hierher zurückkomme, dass er sich jetzt unwirklich anfühlt." Verträumt wendet Reavaer seinen Blick an Kit vorbei aus dem Fenster. Er sieht sich kurz die mittelalterliche Szenerie auf der Straße an. Schließlich geht er zur Tür, doch anstatt diese zu öffnen, streicht er mit der Hand über den hölzernen Rahmen. „Du und deine Rührseligkeit. Komm, gehen wir endlich raus, damit du dich wieder einleben kannst." Mit diesen Worten ergreift Kit die Initiative und geht ebenfalls zur Tür, greift nach dem Knauf und öffnet diese. Beim Hinausgehen greift sie nach Reavaers Arm und zieht ihn mit hinaus. Zusammen gehen sie durch das spärlich eingerichtete Haus, bis sie bei der Eingangstür sind.

Mit einem Ruck ist die Eingangstür offen und Kit zieht ihren zögerlichen Kollegen weiter auf die Straße nach draußen. Sofort kommen Reavaer die Erinnerungen zurück ins Gedächtnis. Sowohl die Architektur, die zum größten Teil aus geschmolzenem Stein besteht, die Geräusche, als auch der Geruch des Windes bringen ihm die Gewissheit, dass er wieder zurück ist.

„Es hat sich nichts verändert ... soweit ich das von hier aus erkennen kann. Aber es hat sich etwas verändert, oder? Immerhin war ich einige Jahre weg", vermutet Reavaer erwartungsvoll. „Die Welt ist im Grunde dieselbe. Die einzigen Veränderungen sind sozialer Natur", wird Reavaer von Kit informiert „Dann bin ich gespannt, was die Zeit in meiner Abwesenheit hervorgebracht hat", murmelt Reavaer vor sich hin, während er zum Himmel schaut. Dann wendet er sich zurück zu Kit. „Dann will ich dich nicht weiter von deinen Pflichten abhalten", meint er kurz angebunden zu Kit. „Bist du sicher? Willst du keinen weiteren Zwischenstand?", entgegnet Kit. Reavaer legt den Kopf schief. „Wo bleibt denn da der Spaß, wenn ich von dir alles erfahre?", meint er in süffisantem Ton. „Soll ich dir wenigstens sagen, wo sich deine Bekannten befinden?", hakt Kit noch mal nach. „Nein, gar nichts. Ich möchte diese Seite wie zum ersten Mal neu entdecken", bestätigt Reavaer vehement. „Und noch etwas: Schick keine Exi mehr auf diese Seite. Ich bin nun offiziell der Beschützer dieser Seite und möchte hier von nun an keine ungebetenen Gäste haben", fordert er nachdrücklich. „Dir ist aber klar, dass ich immer noch deine Vorgesetzte bin", möchte Kit klarmachen, wer das Sagen hat. „Bei Notfällen kann man immer darüber reden. Mir geht es nur darum, dass niemand hier ein und aus geht, ohne dass ich es weiß", möchte Reavaer seinerseits klarstellen, woraufhin Kit schwer schnaubt. „Gut, niemand betritt diese Seite ohne dein Wissen", willigt sie ein. Daraufhin wendet sich Reavaer wieder der Straße zu. Er beobachtet die Maginar auf der Straße. Dann setzt er sich in Bewegung und folgt den Leuten, die geschäftig aussehen. In dieser Richtung vermutet er den Marktplatz. Die ersten Schritte auf dem golden glitzernden Glanzstein macht er vorsichtig. Es könnte sein, dass er von dem Glanzstein als Fremdling wahrgenommen wird, da er so lange weg war. Als der Glanzstein sich nicht unter seinen Füßen verfärbt, entspannt er sich und geht die Straße entlang. Nach einer Weile merkt er, dass Kit ihm folgt. „Was machst du noch hier? Ich dachte, du bist vielbeschäftigt?", wundert er sich über die Freizeit seiner Vorgesetzten. „Nun, ich dachte, wenn ich noch eine Weile bleibe, passiert noch was Aufregendes. Dann hätte ich einen Grund, dir etwas über die Schulter zu schauen", gesteht Kit ihre Sensationsgier. „Ich habe nicht vor, hier großes Aufsehen zu erregen, geschweige denn etwas radikal zu ändern. Es wird so schnell nicht aufregend werden", muss er sie enttäuschen. „Das werden wir noch sehen. Es wäre das erste Mal, dass in deiner Nähe nichts passiert", gibt sie verschmitzt zurück. Abgesehen von dem geschäftigen Treiben auf dem Marktplatz ist die Stimmung in der Stadt ruhig und gelassen. Das sonnige Wetter hat viele Bewohner aus dem Haus gelockt. Auf den Straßen und dem Marktplatz sind überwiegend Maganar unterwegs, die das Wetter genießen. Da Reavaer kein Geld für den Markt hat, geht er am Rand des Marktplatzes entlang.

„Was wird das? Wo willst du hin?", möchte Kit wissen, während sie Reavaer hinterherläuft. „Ich beschaffe mir meine Informationen. Ich frage die Bewohner", gibt Reavaer zurück, während er sich zu Kit umdreht und rückwärts geht. „Nun mach mal halblang. Mir ist klar, dass du für Infos mit Leuten reden wirst. Ich will wissen, wohin du gehst?" Reavaer möchte gerade antworten, springt stattdessen einen Schritt zur Seite und dreht sich in einer fließenden Bewegung um die eigene Achse. Im nächsten Moment läuft ein junger Mago'o über die Stelle, an der Reavaer zuvor gestanden hat. Bevor Reavaer reagieren kann, ist er dem Kleinen mit dem Rücken zugewandt. Der Kleine kann gerade noch vor Kit anhalten und schaut zu ihr hinauf.

„Roano, warte doch auf mich!", hört man eine Maga rufen. Der Mago'o kichert jedoch nur und läuft weiter. Als die Maga bei Reavaer und Kit ankommt, ist sie ganz außer Atem. „Verzeiht sein Ungestüm. Er hat zu viel Energie." Sie sieht sich bereits nach dem Kleinen um. „Nichts passiert", antwortet Reavaer nur kurz angebunden, denn die besorgte Mutter läuft weiter ihrem Nachwuchs hinterher. Kit und Reavaer schauen einander an und zucken mit den Schultern. Reavaer dreht sich dann wieder um, damit er in die Richtung sieht, in die er geht. Nach wenigen Schritten entdeckt er das Haus am Marktplatz, das er gesucht hat. „Schau, wir sind da." Kit schaut zu dem Haus, das Reavaer meint und sieht das Amtshaus des Bürgermeisters. „Hm, na gut, und was willst du da?" Kit hat einen abwertenden Ton, als sie nachfragt. „Ich möchte der Stadt meine Dienste für Informationen anbieten. Das ist die einzige Währung, die ich im Moment habe. Du bist doch nicht sauer, weil ich deine Infos nicht brauche?", fragt er letztendlich vorsichtshalber. „Hmpf", schnaubt Kit, und schaut weg. Reavaer geht daraufhin wortlos zur Tür des Amtshauses.

Problematischer Führungsstil

Er klopft einmal an die Tür und lässt sich dann selbst hinein. Im Inneren sitzt eine junge Maga hinter einem Schreibtisch. „W-was kann ich für Sie tun?" Die Maga schaut nervös zwischen den beiden hin und her. „Grüße, mein Name ist Reavaer. Ich würde dem Bürgermeister ..." Während er das sagt, sieht er sich in dem Raum die Einrichtung an. „... oder der Bürgermeisterin gerne meine Dienste anbieten. Meine Spezialität ist es, bei Problemen aller Art zu helfen." Reavaer verbeugt sich leicht, als er sein Angebot vorträgt. „Oh, Ihr helft bei Problemen?" Die Maga, die so aussieht, als wäre sie erst vor Kurzem erwachsen geworden, schaut Reavaer verträumt an. Reavaer wiederum steht mit seinem ausdruckslosen Gesicht vor ihr und legt den Kopf schief. Kit kann sich während der kurz anhaltenden Stille das Grinsen nicht verkneifen. „Oh verzeiht, mein Name ist Alnea", stellt sich die junge Maga vor, nachdem sie von ihrem Tagtraum erwacht ist. „Dann will ich euch bei der Bürgermeisterin ankündigen." Sie steht auf und macht sich auf den Weg in das Büro der Bürgermeisterin. Sie klopft und geht hinein. Reavaer und Kit warten an der Tür und nachdem Alnea wieder heraus kommt, lässt sie die beiden hinein. Sie selbst bleibt draußen und geht zurück zu ihrem Schreibtisch. Im Büro stehen Kit und Reavaer vor einer streng dreinblickenden Maga in feinsten Gewändern. „Hallo, ich bin Keran. Die Bürgermeisterin dieser Stadt. Ich hörte, Ihr wollt uns eure Hilfe anbieten?", stellt sich die Bürgermeisterin vor und sieht Kit dabei die ganze Zeit an. „Mein Name ist Reavaer. Ich würde gerne meine Hilfe für besondere Probleme anbieten. Wenn es etwas in der Stadt gibt, das aufgeklärt oder aus der Welt geschafft werden soll, bin ich die richtige Person dafür", bietet Reavaer gleich der Bürgermeisterin an. Diese macht einen genervten Eindruck und wendet sich

Reavaer zu. „Die Stadt hat keine Probleme, die Hilfe von irgendwelchen Magonar erfordern. Wenn Ihr euch nützlich machen wollt, helft den anderen Magonar dabei, Steine zu tragen. Die legen sie dann nebeneinander, oder stapeln diese, mir einerlei. Nun lasst uns allein, wir Maganar haben Wichtiges zu besprechen." Reavaer sagt kein Wort. Er sieht zu Kit, sie schaut zu Reavaer und wendet sich dann wieder Keran zu. Reavaer verlässt daraufhin das Büro. Er geht zurück zu Alneas Arbeitsplatz. Sie sitzt an ihrem Tisch und sieht Reavaer an. „War sie wieder abweisend?", vermutet die junge Assistentin. „Das kann man so sagen, ist sie immer so zu Magonar?", fragt Reavaer, woraufhin Alnea schwer seufzt. „Sie weigert sich, Magonar andere Aufgaben zu geben als schwere körperliche und gefährliche Arbeit. Sie sagt, das ist das Einzige, wozu sie gut sind." Alnea pausiert kurz und schaut in den Gang, um sicherzugehen, dass die Bürgermeisterin nicht mithört. „Sie hatte schon früher kein Interesse an Magonar, aber seit sie Bürgermeisterin ist, wurde es richtig schlimm", erzählt sie weiter. Reavaer nickt daraufhin, vor sich hin grübelnd. „Mein Angebot für das Helfen bei Problemen steht noch. Wenn die Bürgermeisterin meine Dienste nicht benötigt, dann vielleicht Ihr?" Alnea schaut verdattert zu Reavaer, als dieser nun ihr das Angebot unterbreitet. „Aber ich kann doch nicht ... Ich kann nicht hinter dem Rücken der Bürgermeisterin ...", versucht sie sich stammelnd herauszuwinden. „Eure Stadt hat Probleme, die eure Bürgermeisterin nicht sehen will. Wenn nicht bald etwas unternommen wird, könnte euch Schlimmeres blühen. Jemand MUSS etwas unternehmen!" Den letzten Satz spricht Reavaer energischer aus. „Ihr müsstet auch nicht mehr tun als mir einige Fragen zu beantworten. Eure Antworten werden die Bezahlung für meine Dienste sein." Alneas verwunderter Gesichtsausdruck weicht einem verdächtigenden Blick. „Ihr wollt für Eure Dienste nur Antworten von mir? Was sollen das dann für Fragen sein, wenn Ihr auf Geld verzichtet? Ich hoffe doch nicht, dass sich bestätigt, was die Bürgermeisterin über Euresgleichen denkt?" Die junge Maga lehnt sich jetzt in ihrem Stuhl zurück und verschränkt trotzig die Arme. Reavaer geht daraufhin direkt an die Tischkante, kniet sich nieder und schaut ihr auf derselben Höhe in die Augen. „Das müsst Ihr selbst herausfinden. Empört könnt Ihr sein, WENN sich der Verdacht bestätigt", kontert Reavaer auf ihre Verdächtigung. Es herrscht Stille. Er sieht ihr die ganze Zeit in die Augen, ohne zu blinzeln. Langsam weicht die verteidigend verschränkte Haltung der Unsicherheit. Die Arme gleiten wie zähe Flüssigkeit allmählich herunter. Sie dreht den Blick verunsichert weg.

Die Stille wird von dem Öffnen der Tür des Bürgermeisterbüros unterbrochen. Reavaer steht von seiner hockenden Position vor dem Tisch auf, als Kit zurück zum Eingangsbereich kommt. Alnea und Reavaer schauen erwartungsvoll zu Kit. „Was ist?", fragt Kit nichtsahnend. „Hast du etwas erreicht bei der Bürgermeisterin?", möchte Reavaer wissen, in der Annahme, Kit hätte der Bürgermeisterin gut zugeredet. „Oh, nein, ich habe ihr meine Meinung gesagt. Das hat sie nicht so gut aufgenommen. Sie könnte demnächst etwas ungehalten sein, um es vorsichtig auszudrücken. Alnea, du solltest dir den restlichen Tag frei nehmen", berichtet Kit. Alnea seufzt enttäuscht, während Reavaer nachdenklich dreinblickt. „Das macht nichts. Ich denke, ich habe eine Aufgabe für mich gefunden. Gehen wir etwas spazieren. Du wolltest mir doch noch meine Fragen beantworten, oder?", wendet sich Reavaer an Alnea und hält die Eingangstür auf, damit alle hinauskönnen. Kit geht direkt hinaus, nach kurzem Zögern und einem weiteren tiefen Seufzer steht Alnea auf und verlässt das Gebäude ebenfalls. „Zu meiner ersten Frage: Wo würdet ihr gerne langgehen?", beginnt Reavaer, nachdem alle draußen sind. Alnea verdreht die Augen und zeigt auf eine Seitenstraße, abseits des Marktplatzes. Reavaer dreht sich dann in die Richtung und geht los. Die anderen beiden folgen. Doch nach nur wenigen Schritten verlangsamt er seine Geschwindigkeit und wendet sich an Alnea. „Wie heißt diese Stadt?", fragt er als Nächstes. Alnea gibt genervte Geräusche von sich, ohne zu merken, dass sie nun vorausgeht und die Gruppe führt. „Die Stadt heißt Ardin. Wie habt Ihr sie überhaupt gefunden, wenn Ihr nicht mal ihren Namen kennt?", fragt sie wiederum ungehalten. „Indem ich nicht nach Namen, sondern nach Notwendigkeiten suche. Und es ist momentan notwendig für mich, hier zu sein", gibt Reavaer kryptisch zurück. „Äh, Ihr meint wegen der Bürgermeisterin?", vermutet die junge Maga. „Vielleicht wegen der Bürgermeisterin, vielleicht wegen etwas Wichtigerem. Das weiß man nie bis die Dinge wieder in Ordnung sind." Reavaer sieht sich aufmerksam um, während die Gruppe durch die Straßen geht. „Gibt es noch etwas Besonderes über diese Stadt zu wissen?", fragt Reavaer weiter. „Das ist eigentlich keine richtige Stadt. Der Ort ist im Grunde nicht groß genug und hat nicht genug Einwohner, um als Stadt zu gelten. Nur die Bürgermeisterin bezeichnet Ardin als Stadt. Es gefällt ihr wohl besser als das Oberhaupt eines Dorfes zu sein", erzählt Alnea ausgelassen. „Hmm!", kommt es von einer neugierig zuhörenden Kit. Reavaer und Alnea drehen sich zu Kit und schauen sie erwartungsvoll an. „Eines ist klar. Bürgermeisterin Keran hat nur einen Kopf auf ihren Schultern, damit sie ihre Nase hochhalten kann. Warum werft ihr sie nicht aus dem Bürgermeisterhaus und setzt jemanden hin, der sich um die Belange des Dorfes kümmert?", schlägt Kit ungefiltert vor. „Aber ... Ein Bürgermeister dient, bis er ... ähm, sie nicht mehr dazu fähig ist." Alnea scheint überfordert zu sein mit solch neuartigen Ideen. „Sie hat grundsätzlich recht. Es gilt zwar noch das Vorgehen zu ermitteln, mit dem ein neuer Bürgermeister das Amt antreten kann, aber für die Details bin ich zuständig." Alnea ist noch immer überfordert von der Idee und schweigt. „Fällt Euch eine Person im Dorf ein, die allgemein beliebt ist?", wendet sich Reavaer an die junge Maga. Diese muss nicht lange überlegen. „Ja, ihr Name ist Sari ..." Alnea möchte Luft holen, um weiterzusprechen. Stattdessen ergreift Reavaer das Wort. „Sie arbeitet im Heiler- und Pflegehaus und war Eure frühere Vorgesetzte. Bevor Ihr zum Dienst im Amtshaus des Bürgermeisters berufen wurdet?" Reavaer macht eine Pause. „Verzeiht, dass ich Euch ins Wort gefallen bin, aber habe ich recht?", entschuldigt sich Reavaer dafür, dass er Alnea unterbrochen hat. Sie wiederum sieht ihn schockiert an. „Das stimmt, woher wisst Ihr das alles?", will die junge Maga sofort wissen. Reavaer zeigt daraufhin mit dem Finger hinter sie. Alnea dreht sich um und sieht das Heiler- und Pflegehaus. „Das war nur geraten, weil Ihr uns instinktiv zu den Heilern geführt habt. Jeder kennt und mag diese, da die Bewohner früher oder später ihre Dienste in Anspruch nehmen", argumentiert Reavaer. Kit steht neben den beiden und grinst vor sich hin. Alnea atmet auf. „Das alles habt Ihr herausgefunden anhand dessen, dass ich euch hergebracht habe?", fragt sie immer noch verwundert, aber entspannt. „Deshalb habe ich Euch führen lassen. Wenn ich etwas über eine Person herausfinden will, beobachte ich ihr natürliches Verhalten", gibt Reavaer seine Methode preis. „Dann wollen wir sie fragen", sagt Reavaer nur noch kurz bevor er zur Türe des Heiler- und Pflegehauses geht, diese öffnet und für Alnea und Kit offenhält. Alnea schaut kurz zu Kit und betritt dann das Pflegehaus, gefolgt von Kit und Reavaer.

Im Inneren werden die drei Zeugen davon, wie völlig überforderte Heilerinnen viel zu viele verletzte Magonar behandeln müssen. Die Patienten liegen teilweise auf Laken, die auf dem Boden ausgebreitet sind, da alle Betten belegt sind. Die Heilerinnen schauen kurz, wer hereingekommen ist. Als sie keine verletzen Personen an der Tür sehen, machen sie sich weiter daran, die Patienten zu versorgen. „Ist sie hier?", fragt Reavaer Alnea, als sie noch hinter der Tür stehen. Sie schüttelt den Kopf. „Wahrscheinlich ist sie hinten bei den Schwerverletzten", vermutet die junge Maga und geht zu einer Tür weiter hinten. Dabei achten die drei darauf, die Heilerinnen nicht zu behindern. Alnea klopft an und öffnet dann die Tür. Im nächsten Raum liegen Magonar, die es schwerer erwischt hat als die im Vorraum. Sie haben offene Wunden und starke Quetschungen. Manche stehen an der Schwelle zum Unleben. Um diese kümmern sich ältere und erfahrenere Heilerinnen. „Grüße, Sari, hier ist jemand, der dich sprechen will", spricht Alnea eine der Heilerinnen im Hinterzimmer an. Diese sieht von ihren Patienten auf. „Alnea, sei gegrüßt. Leider habe ich keine Zeit. Meine Aufmerksamkeit wird hier dringend gebraucht", gibt die Heilerin zurück. „Es ist wichtig und muss nicht lange dauern. Alnea kann hier für Euch übernehmen. Dann hat sie auch einen Grund, warum sie nicht im Amtshaus des Bürgermeisters sein kann", richtet Reavaer das Wort an Sari. Er wird von beiden angeschaut und schließlich nickt Alnea. Daraufhin steht Sari auf und lässt Alnea den Patienten weiter behandeln. „Dann lasst uns reden, aber nicht hier." Sari führt die beiden zu einer Hintertür und sie verlassen das Heiler- und Pflegehaus. Nun stehen sie auf dem Hinterhof, wo einige eingewickelte Unlebende sind, die noch darauf warten, zur Unlebenwacht gebracht zu werden. „So wie es da drinnen zugeht, steht es nicht gut um das Dorf", stellt Reavaer fest. „Das ist leider unser Alltag. Die Bürgermeisterin möchte unbedingt das Dorf vergrößern. Es sollen mehr Häuser gebaut werden. Jedoch sollen nur Magonar diese bauen. Sie sagt, diese schmutzigen Arbeiten seien etwas für schmutzige Magonar. Wir Maganar sollen uns um die Organisation und den Wohlstand kümmern. Ihr sind die persönlichen Schwächen und Stärken der Bewohner gleich. Deshalb kommt es, dass sich viele Magonar verletzen, die ein ungünstiges Element beherrschen oder gar keine Ahnung von Hausbau haben", erklärt Sari ausschweifend. Es ist offensichtlich, dass sie frustriert ist und sich die Situation von der Seele reden will. „Das alleine wäre schon schlimm. Doch die Maganar haben es auch nicht besser. Sie müssen ebenfalls Berufe ausüben, die nicht zu ihnen passen. Wenn auch noch die Magonar fehlen, müssen sie auch die Magi'inar alleine erziehen", fügt Reavaer noch hinzu. „Das stimmt, die Bewohner bleiben zwar tapfer, aber es ist keine Besserung in Sicht." Sari klingt hoffnungslos. „Ich könnte Euch etwas anbieten, das die Situation verbessert." Sari schaut angesichts Reavaers Angebot verwundert auf. „Wie soll diese Verbesserung aussehen?", möchte die erfahrene Heilerin wissen. „Dieser Ort braucht einen neuen Bürgermeister." Sari muss lachen über Reavaers Strategie. „Hahaha! Ihr wollt Keran das Bürgermeisteramt wegnehmen und sie durch einen Mago ersetzen? Das wird sie niemals akzeptieren!" Ihre Laune bessert sich, doch nur aus Unglauben. „Dann keinen Mago, sondern eine Maga, die viel beliebter ist als Keran und sich um die Belange aller Bewohner kümmert. Sowohl Alnea als auch ich sind der Meinung, dass Ihr die beste Person dafür seid." Als Reaktion auf diese Aussage von Reavaer schaut Sari nun ungläubig drein. „Ich? Bürgermeisterin? Dafür habe ich doch gar keine Zeit! Ich werde bei den Heilern gebraucht!", argumentiert sie. „Das ist richtig, aber nicht mehr so dringend, wenn sich weniger Magonar verletzen. Alnea könnte bei den Heilern aushelfen. Mit der Zeit wird die Arbeit für das Heiler- und Pflegehaus wieder wie vor der Zeit von Bürgermeisterin Keran", gibt Reavaer zurück. Sari sieht jedoch nicht überzeugt aus. „Warum ausgerechnet ich? Ich habe keine Ahnung, was man als Bürgermeister tun muss", beschwert sich Sari, nach einem schweren Seufzen. „Die Leute brauchen jemanden, den sie kennen und schätzen als Oberhaupt. Mit der Organisation wird Alnea bestimmt Zeit finden, Euch zu helfen, sie ist jetzt schon die rechte Hand der Bürgermeisterin. Es ist nur für die Zeit, in der die Wunden des Dorfes heilen müssen." Mit der letzten Metapher ändert sich etwas in Sari und sie nickt vor sich hin. „Wie wollt Ihr es schaffen, dass Keran ihr Amt niederlegt?" Sari möchte mehr über sein Vorgehen wissen. „Das wird nicht schwer. Ich warte, bis sie wieder eine dumme Entscheidung trifft, und stelle sie deswegen zur Rede. Für ignorante Leute ist die Zeit nur leicht, wenn niemand sie hinterfragt. Wenn das passiert, müsst Ihr mir einfach nur zustimmen und dann werden wir sehen, wen die Leute lieber im Bürgermeisteramt sehen wollen", erklärt Reavaer möglichst einfach. Sari kann sich ein Kichern nicht verkneifen. „Na, wenn das wirklich so einfach sein sollte, werde ich Euch unterstützen. Wie ist eigentlich Euer Name?", fragt die Heilerin amüsiert. „Oh, wie unhöflich von mir. Ich bin Reavaer. Ich kümmere mich um Probleme, wenn ich sie sehe. Und im Moment kümmere ich mich um die Bürgermeisterin", stellt er sich und seine Absicht vor. „Das klingt, als wäre es was Persönliches", stellt die Heilerin fest. „Nein, zumindest möchte ich es nicht zu etwas Persönlichem machen. Die Bürgermeisterin war bei unserem Treffen nicht besonders nett, aber darüber könnte ich hinwegsehen, wenn sie eine ansonsten gute Bürgermeisterin wäre.

Aber nachdem ich die Situation im Heilerhaus gesehen habe, bin ich entschlossen, sie abzusetzen." Nach der Aussage von Reavaer schaut Sari nachdenklich drein. „Was wird dann aus ihr? Sie wird es nicht verkraften können, so sehr abgelehnt zu werden." Sari klingt wehmütig bei ihren Bedenken. „Das wird sie aber müssen. Sie kann schon froh sein, nicht für die Unlebenden und Verletzten verantwortlich gemacht zu werden. Außerdem ist nicht sicher, ob sie begreifen kann, welchen Schaden sie den Bewohnern zugefügt hat." Diese Aussage von Reavaer versteht Sari nicht. Sie kann sich nicht vorstellen, wie jemand so wenig Mitgefühl für eine bestimmte Gruppe von Maginar haben kann. „Ich denke, es ist alles Wichtige gesagt. Haltet Euch bereit auf mein Zeichen und unterstützt mich, dann wird alles gut", beendet Reavaer das Gespräch, als er Saris niedergeschlagenen Gesichtsausdruck sieht. Er geht zurück zur Hintertür und hält diese für die Heilerin offen, damit sie zurück zu ihrer Arbeit kann. Sie geht hinein und widmet sich wieder ihrer Aufgabe. Reavaer geht hinterher und sieht sich nach Kit um. Er findet sie nicht im Heilerhaus, nur Alnea, die sich mit um die Verletzten kümmert. „Sari hat eingewilligt, Keran abzusetzen und selbst Bürgermeisterin zu werden. Bitte unterstütz sie, wenn es so weit ist", spricht er sie an, während sie vor einem Verletzten kniet. Alnea sieht zu ihm auf und nickt stumm. Reavaer setzt seinen Weg zum Eingang des Heilerhauses fort. Er verlässt das Haus und findet Kit draußen an der Wand lehnend vor. „Verzeih, dass du so lange warten musstest. Nun müssen wir nur noch warten, bis sich die Gelegenheit ergibt, die Bürgermeisterin abzusetzen." Kit schnaubt bei seinem Kommentar. „Wieder warten? Besteht dein ganzer Plan nur aus Reden und Warten?", lamentiert Kit. „Nein, ein echter Plan besteht aus mehr. Das hier sind nur Vorbereitungen für einen kleinen Aufruhr. Nichts weiter." Reavaer setzt sich in Richtung des Marktplatzes in Bewegung.

Neue Handelspartner

Am Marktplatz angekommen verschafft sich Reavaer einen Überblick über die ganzen Stände und ihre Waren. Kit, die ihm folgt, sieht inzwischen gelangweilt aus. Als die beiden durch den Marktplatz schlendern, sieht Reavaer den kleinen Mago'o, der zuvor fast in ihn hineingerannt wäre. Die Mutter des Kleinen betreibt einen Stand. „Grüße, Roano war dein Name, wenn ich mich recht erinnere?", spricht er den Kleinen an. Der Mago'o schaut daraufhin nach oben zu Reavaer und nickt nur. „Wie laufen die Geschäfte?", fragt Reavaer weiter an den Kleinen und seine Mutter gewandt. Die Standbetreiberin möchte gerade antworten, als ihr Sohn das Wort ergreift. „Schlecht, es kommen keine Wanderer, die einkaufen und Geschichten erzählen", bringt er es auf den Punkt. „So ist es. Wir bekommen nur spärlich Besucher und reisende Händler, weil, naja, manche von ihnen hier ... anders behandelt werden. Für uns haben wir gerade genug zu essen durch die Höfe in der Nähe", gibt die Mutter von Roano weiter Auskunft. Reavaer sieht daraufhin nachdenklich auf den Verkaufsstand. „Möchtet ihr vielleicht etwas kaufen?" Die Maga möchte auch gleich ein Geschäft machen. Reavaer reagiert nicht, doch Kit geht zum Stand und kauft einige Möhren. Sofort fängt sie an zu knabbern. Das knackende Geräusch reißt Reavaer aus seinen Gedanken. „Es würde nicht schaden, wenn es hier etwas Besonderes zu handeln gäbe. Dieser Markt ist trostlos und abwechslungsarm", bemerkt Reavaer, als er sich bei den Ständen umsieht. Es gibt fast nur Gemüsestände, einen Fleischstand, dessen Waren sehr teuer sind, und einen Werkzeugstand, der nur wenige Waren hat. „Mein Mago war ein geschickter Händler, er hätte sicher Ideen für neue Ware gehabt. Leider hat ihn das Unleben ereilt", gibt die Händlerin notgedrungen preis. „Vermutlich, weil er als Bauarbeiter oder Wächter eingesetzt wurde, ohne die richtigen Fähigkeiten zu besitzen", vermutet Reavaer, da Sari so etwas erwähnt hat. Die Händlerin nickt betroffen. „Verzeiht, ich habe Euren Namen nicht mitbekommen, ich bin Reavaer, das ist meine Begleiterin Kit", stellt er sich der Händlerin vor. „Oh, ich bin Doromi, meinen Sohn Roano kennt ihr ja schon." Reavaer sieht zwischen den beiden hin und her und spürt plötzlich eine stechende Hitze auf seiner Haut, die der Sonne zugewandt ist. Er dreht sich um und stellt fest, dass die Sonne heißer scheint als noch Momente davor. Daraufhin bekommt er das Gefühl, beobachtet zu werden. Hastig dreht er sich suchend in alle Richtungen. Entdecken kann Reavaer jedoch keine Person, die heraussticht und ihn ausspähen könnte. Je mehr er sich umsieht, desto weniger intensiv scheint die Sonne, bis sie wieder ihre normale Intensität hat. Als Reavaer jedoch keine Gefahr erkennen kann, gibt er die Suche auf und wendet sich zurück zur Händlerin. Sowohl Doromi und ihr Sohn als auch Kit schauen Reavaer argwöhnisch an. „Ist alles in Ordnung?", wird er von der Händlerin hinter dem Stand gefragt. „Jetzt wieder, ich hatte nur ein seltsames Gefühl. Doch es ist wieder in Ordnung", beruhigt er die Umstehenden. „Wie dem auch sei, ich habe einen Plan, wie wir die Situation im Dorf verbessern können. Dazu müssen wir die Bürgermeisterin absetzen. Und dabei könntet Ihr mir helfen", gibt Reavaer seinen Plan preis. Die Händlerin macht eine erschrockene Miene. „Die Bürgermeisterin einfach so absetzen? Ist das möglich?", wundert sie sich. „Möglich ist alles. In diesem Fall ist es sogar notwendig, damit sich die Lage im Dorf bessert. Dazu brauche ich Eure Hilfe, sonst könnte Roano dasselbe Schicksal ereilen wie seinen Vater." Angsterfüllt schaut die Mutter nun zu ihrem Sohn. „Dann will ich euch helfen! Was soll ich tun?" Sie willigt ohne zu zögern ein. „Noch gar nichts. Wenn ich anfange, die Fehlentscheidungen der Bürgermeisterin in der Öffentlichkeit zu kritisieren, dann seid Ihr an der Reihe, auch Eure Erfahrungen mitzuteilen." Sie wundert sich, nickt jedoch. „Wenn Euch das hilft, bringe ich alle närrischen Entscheidungen von ihr ans Licht, von denen ich weiß", bietet sie an. Reavaer legt den Kopf ein wenig schief. „Es wird dem Dorf helfen, und hütet Euch vor Übertreibungen oder gar Flunkereien. Wir wollen den Leuten auf ehrliche Art die Augen öffnen", stellt er noch mal klar. Da er nun weitere Hilfe gegen die Bürgermeisterin bekommen hat, schaut sich Reavaer wieder auf dem Markt um. Doch dieser ist fast leer. Als Reavaer sich umsieht, kann er sehen, wie die Leute am Stadttor stehen und hinausspähen. Gepackt von Neugier, was es dort Spannendes zu beobachten gibt, gehen Reavaer und Kit in Richtung Stadttor. Da es ohnehin keine Kunden gibt und alle anderen Stände unbesetzt sind, folgen Roano und seine Mutter ihnen. Reavaer und Kit kommen dank Kits Fähigkeit mit Leichtigkeit unbemerkt nach vorne.

Dort bietet sich ihnen ein bizarres Bild. Eine Gruppe von sechs Spinnen-Magrennar steht am Straßenrand in einiger Entfernung vom Stadttor. Sie nähern sich nur langsam und unsicher. Sie stehen und gehen aufrecht, sind sehr aufgeregt und achtsam. Die Bewohner des Dorfes sind genauso aufgeregt wie die Spinnen vor der Stadt. Es wird geflüstert und gerätselt. „Hm! Das ging schneller als erwartet", kommentiert Reavaer amüsiert. Er erntet einige fragende Blicke für seine Reaktion. Reavaer tritt zwei Schritte aus der Menschenmenge nach vorne und dreht sich zurück zu dieser. „Bitte bewahrt Ruhe, das sieht nicht wie ein Angriff aus. Diese Magrennar sind nur neugierig oder möchten euch etwas mitteilen. Ich werde zu ihnen gehen und herausfinden, was sie wollen, bitte tut nichts, was sie verschrecken könnte!", teilt er der Menge mit. Dann wendet er sich an Kit. „Pass bitte auf, dass den Leuten nichts passiert und keine Panik ausbricht." Sie nimmt seine Anweisungen grummelnd an. Reavaer wendet sich zurück zu den Magrennar und geht los, um zu sehen, was sie wollen. Auf halbem Weg hört er Rufe von hinten. „Roano, komm zurück, das ist gefährlich!" Reavaer blickt zurück. Der Mago'o, den er bereits kennt, kommt auf ihn zugerannt. Seine besorgte Mutter möchte hinterher, wird aber von Kit beruhigt. Reavaer winkt der Mutter beschwichtigend zu, als Roano zu ihm aufschließt. „Ha, ich wollte schon immer etwas Aufregendes erleben! Das wird mein erstes Abenteuer!"

Der Kleine behält die Spinnen-Magrennar im Auge, als er sich der Geschwindigkeit von Reavaer anpasst. „Das wird tatsächlich ein Abenteuer. Ich kann nicht wirklich sagen, wie das hier ausgeht. Hast du keine Angst?", fragt Reavaer Roano. „Warum? Sollte ich Angst haben?", wundert sich der Kleine. „Nein! Keine Angst, entschuldige, ich wollte dir keinen Unsinn beibringen. Du brauchst vor neuen Dingen keine Angst zu haben. Das Einzige, was du brauchst, ist Vorsicht und Besonnenheit." Roano kann mit dem Rat nichts anfangen. „Wie mache ich das? Was ist der Unterschied?", fragt er neugierig. „Hm, na gut, stell dir vor, du bist in einer für dich gefährlich scheinenden Situation. Das Schlimmste in so einer Situation wäre, wenn dich deine Angst lähmen würde. Das passiert, wenn deine Gedanken so durcheinander sind, dass du nicht weißt, was du tun sollst. Sie blockieren sich sozusagen. Wenn du aber besonnen im Angesicht der Angst deine Gedanken erst mal sortierst, kannst du reagieren. Beispielsweise wenn du angegriffen wirst, dich erst einmal nur auf das Ausweichen vor den Angriffen zu konzentrieren und den Feind zu beobachten anstatt irgendwie abzuwägen, was du sonst tun könntest." Auf Reavaers Erklärung überlegt Roano kurz. „Wenn ich wieder laufen möchte, aber Mutter mich einfangen und bei sich haben will, dann kann ich auch nur flüchten." Der Kleine muss von seinem eigenen Beispiel kichern. „Hm! Ja, so in etwa." Reavaer kann seine Amüsiertheit über dieses Beispiel nicht in seinem Gesicht zeigen, doch in seiner Stimme schwingt diese mit. „Wir sind fast da. Um die Magrennar nicht zu erschrecken oder zu verärgern, tu bitte, was ich tue und wenn ich dir eine Anweisung gebe, führst du diese sofort aus", stellt Reavaer klar kurz bevor die beiden vor den Spinnen-Magrennar stehen. Die Spinnen laufen aufgeregt hin und her. Dabei steht ihr Oberkörper aufrecht, sie gehen nur auf zwei Beinpaaren. Die anderen zwei Beinpaare stehen nach vorne ab und dienen als Greifwerkzeuge. Sie machen Klicklaute, die fast an eine hektische Konversation erinnern. Schließlich tritt einer der Magrennar vor und macht Klickgeräusche in Reavaers Richtung. „Weißt du, was die wollen?", fragt Roano an Reavaer gewandt. „Hmm, sie verhalten sich, als ob sie ein Anliegen an uns richten wollen. Etwas, das sie ihre Feindseligkeit den Maginar gegenüber vergessen lässt. Aber was dieses Anliegen sein soll, keine Ahnung", antwortet Reavaer, weiter die Augen auf die Spinnen gerichtet. Der eine Spinnen-Magren klickt weiter auf ihn ein. Doch nach einer Weile legt Reavaer den Kopf schräg. Dann hört das Klicken auf und der Magren ist erst mal still. Er kratzt sich mit einem seiner spitzen Spinnenbeine am Kopf. Dem Magren wird klar, dass er mit seinem Klicken nichts erreicht. So überlegt dieser kurz und schaut zurück zu seinen Artgenossen. Schließlich dreht sich die Spinne vor ihnen um und geht zu einer anderen Spinne und nimmt dieser etwas ab. Zurück bei Reavaer präsentiert ihm die Spinne etwas. Es ist weiß, glatt und gefaltet. Reavaer greift danach und befühlt es ein wenig. Die Beschaffenheit ist weich und flauschig. Reavaer nimmt die Hände wieder vom Material weg und überlegt kurz. Dabei sieht er, wie der Spinnen-Magren eine Geste macht. Er hält das Bein, über das das weiße Material gelegt ist, nach vorne und das Bein auf der anderen Seite zurück und tauscht dann die Positionen. Das leere Bein ist ausgestreckt und das mit dem Material zurück. „Ah! Ich verstehe!", ruft Reavaer fast schon. Alle Magrennar und auch Roano sehen ihn an. Reavaer nickt zu der Spinne vor ihm und nimmt dann das weiße Material von dessen Bein und kniet sich hinunter zu Roano. „Fühl mal, das ist feiner Stoff, den die Spinnen anscheinend selbst gemacht haben. Wie gefällt es dir?", fragt er den Mago'o. „Das fühlt sich gut an. Die Spinnen können so was Feines machen?", wundert sich Roano. „Richtig, und sie wollen mit der Stadt Handel treiben. Sie bieten diesen Stoff für irgendetwas, das sie aus dem Dorf wollen. Deine Mutter sagt doch, dass kaum Händler vorbeikommen. Wenn sich verbreitet, dass ihr so speziellen Stoff verkauft, würde das Dorf mehr besucht werden." In Roano steigt die Begeisterung auf, während Reavaer ihm seine Idee erklärt. „Mutter sagt dasselbe. Wenn wir ein besonderes Produkt hätten, würden wir mehr Luxon verdienen und dem Ort würde es besser gehen. Denkst du, das klappt?", bestätigt Roano trotz seines jungen Alters. „Ja, aber wir müssen geschickt vorgehen. Zuerst müssen wir den Bewohnern die Angst vor den Spinnen-Magrennar nehmen und danach den Magrennar als Handel das geben, was sie vom Dorf wollen und ihre Freundschaft gewinnen", erläutert Reavaer sein Vorgehen. Roano nickt zustimmend. Reavaer steht wieder auf und gibt dem Magren seinen Stoff zurück. Dann macht er zwei Schritte rückwärts auf die Straße. Roano folgt ihm, beide lassen die Spinnen nicht aus den Augen. Daraufhin macht Reavaer einladende Gesten und zeigt auf die Straße und die Stadt. Der Anführer der Spinnen scheint nichts mit den Gesten anfangen zu können, möchte aber trotzdem folgen. Jedoch zappelt er vor der Straße und traut sich nicht, diese zu betreten. Vorsichtig streckt er ein Bein aus und setzt es auf die Lichtsteine, die sich sogleich lila färben. Daraufhin zieht der Magren sein Bein erschrocken wieder zurück. „Hier hat jemand schlechte Erfahrungen gemacht. Wir müssen wohl nachhelfen, aber vorsichtig", fordert Reavaer Roano auf. Reavaer geht wieder zum Magren am Rande der Straße und greift eines seiner freien vorstehenden Beine. An diesem zieht er den Magren sanft zu sich. Roano tut es ihm gleich. Viel Widerstand macht die Spinne nicht. Nach einigen Schritten müssen die beiden noch mal ziehen. So gehen Roano, Reavaer und die Spinne Hand in Spinnenbein in Hand Richtung Dorf. Die Lichtsteine unter der Spinne leuchten hell in einer lila Farbe auf und die übrigen Magrennar laufen mit etwas Abstand neben der Straße her.

Da sieht Reavaer auch schon Jäger auf sie zulaufen. Es sind allesamt Magonar, diese werden wohl zuerst an die Front geschickt. Als Antwort streckt Reavaer seinen Arm mit der Handfläche nach oben aus. Er hält die Hand locker und macht eine Bewegung, als würde er einen faustgroßen Ball aus dem Handgelenk in die Luft werfen. Im nächsten Moment sind die Jäger erstarrt. Ihre Arme, Beine und teilweise ihre Oberkörper sind im Lauf in Eis gehüllt worden. Die Magonar sind erschrocken und möchten sich befreien, doch können sie das Eis nicht mit Magie oder Körperkraft zerstören. Als Reavaer mit seinen Begleitern an den Magonar vorbeigeht, sagt er zu ihnen: „Keine

Sorge, wenn alles erledigt ist, kommt ihr wieder frei. Geduldet euch solange." Dann wendet er sich zurück zum Stadttor. „Warst du das etwa?", fragt Roano, als sie die teilweise vereisten Jäger passieren. „Richtig, ich bin im Moment nicht in der Stimmung für einen großen Kampf oder eine Diskussion", macht Reavaer klar, während er schon die nächste Welle an Jägern erblickt. Diesmal sind es Maganar, die angreifen. Es sind weniger, nur eine Handvoll. Allerdings wirken sie ihre Magie schon aus der Ferne. Um sie auch zu vereisen, ist es zu spät. Ihre Feuer- und Erdangriffszauber sind schon im hohen Bogen auf dem Weg zu ihm. Reavaer macht als Antwort eine wischende Bewegung mit seinem freien ausgestreckten Arm. Sofort formt sich eine grobe, unregelmäßige Wand aus Eis vor der Gruppe und den Spinnen am Straßenrand. Die Angriffszauber explodieren und schlagen auf die Eiswand ein. Die Spinnen-Magrennar am Wegesrand ziehen sich verschreckt zurück. Auch die Spinne auf der Straße, die geführt wird, möchte wegrennen, wird aber von den beiden nicht losgelassen. So bleibt der Magren nur stehen und beobachtet Reavaer und Roano, wie diese unbeeindruckt von den Angriffen stehen bleiben und sogar weiter zur Stadt vorrücken wollen. Erst als sich der Rauch von den Explosionen verzogen hat und alles wieder ruhig ist, gibt die Spinne dem Zug der beiden nach und folgt ihnen weiter zum Dorf. Die Eiswand ist an manchen Stellen gebrochen und gesplittert, schwebt aber noch vor der Gruppe her, während sie zum Stadttor gehen. Als die Jägerinnen neue verheerende Angriffszauber vorbereiten wollen, lässt Reavaer seine Eiswand nach vorne auf sie zuschnellen. Die Wand trifft sie nicht wie ein Einschlag, sondern umschließt sie unregelmäßig wie zuvor die Magonar. Nun sind die Maganar genauso gefesselt und unbeweglich. Alle Gefahren auf dem Weg zum Dorf sind gebannt. Die Bewohner stehen verunsichert hinter dem Stadttor, als die beiden mit der Spinne wenige Schritte vor der Menge anhalten. Reavaer bemerkt eine wütende Bürgermeisterin Keran in der zweiten Reihe. „Geh und hol deine Mutter", weist Reavaer Roano an. Dieser nickt und geht zur Menge, um seine Mutter zu überzeugen, zu Reavaer und der Spinne zu kommen. Die Händlerin Doromi kommt ihm auf halbem Wege entgegen und fällt ihm um den Hals. „Geht es dir gut? Bist du verletzt?", fragt sie ihn hastig, während sie seinen Zustand von oben bis unten prüft. „Alles gut, wir haben etwas gelernt und er hat die Jäger ganz einfach abgewehrt", berichtet Roano über das Erlebte. „Aber was wichtiger ist! Die Spinnen haben anscheinend ein Angebot für uns. Komm, sieh es dir an." Roano zieht seine Mutter zu den Spinnen. Sie möchte lieber nicht zu dem Spinnen-Magren, doch ihr Sohn zieht sie entschlossen hinter sich her. Die Händlerin steht unsicher vor der Spinne und kann dieser kaum ins Gesicht sehen. „Und was passiert nun?", möchte sie wissen, während ihr Fluchtinstinkt ihr sagt, dass sie sich schnellstens in Sicherheit bringen soll. Doch sie vertraut Roano und seiner Zuversicht. Reavaer handelt als Nächstes, indem er mit dem Finger auf den Stoff zeigt, der über den hervorstehenden Beinen der Spinne hängt. Dann zeigt er auf die Händlerin, danach in die Stadt und wieder zurück zur Spinne. Diese versteht anscheinend, was gemeint ist, denn sie nickt hastig und hopst freudig mit klickenden Lauten. Der Magren kommt näher zu der Händlerin und überreicht ihr den gefalteten Stoff. Sie nimmt diesen vorsichtig entgegen. „Was ist das?", wundert sie sich, als sie das unbekannte Material fühlt. „Wenn aus Spinnenfäden Stoff gewoben wird, dann nennt man das Ergebnis *Seide*", klärt Reavaer sie auf. „Das ist der geschmeidigste Stoff, den ich jemals gefühlt habe. Wisst Ihr, was sie dafür haben wollen?", erkundigt sich die Händlerin. „Das gilt es noch herauszufinden." Noch während Reavaer antwortet, dreht sich die Spinne zu ihren Kameraden um und läuft zu ihnen. Diese haben sich am Wegesrand einige Schritte weiter versammelt. Der handelnde Spinnen-Magren kommt mit mehr Seide zurück. Es sind noch mal drei gefaltete Stoffballen. Diese übergibt der Magren ebenfalls an die Händlerin. „Uff, na dann wollen wir mal sehen, was unsere neuen Handelspartner dafür wollen." Vollgepackt geht sie ins Dorf. Roano und Reavaer geleiten den Magren durch das Stadttor. „Was, ihr wollt dieses Ungeheuer in unsere Stadt lassen? Das ist unerhört!", beschwert sich Keran aus der zweiten

Reihe, traut sich aber nicht, aktiv einzuschreiten. Sie wird von Reavaer ignoriert und auch sonst sind alle Bewohner viel zu neugierig auf das, was als Nächstes passieren wird und bevorzugen es, aus dem Weg zu gehen. Doch sobald der Spinnen-Magren das Stadttor passiert hat, schüttelt es ihn und er windet sich ein wenig. Er braucht eine Weile, um sich zu fangen und langsam das Dorf zu betreten. Alle Anwesenden wundert das fast schon angeekelte Verhalten des Magren, besonders Reavaer. Vorerst kann sich Reavaer das Verhalten des Magren nicht erklären, also beobachtet er die Spinne nur, bis diese sich langsam wieder normal verhält. Die Händlerin geht zu ihrem Stand und legt die Stoffe in ein sauberes Regal unter der Auslage. Währenddessen macht Reavaer vor der Spinne eine ausladende, präsentierende Geste in Richtung des Marktplatzes. Die Spinne geht dann zu den Ständen und sieht sich um. Roano und Reavaer begleiten sie. Zuerst sieht sich der Magren den Stand der Händlerin an. Er scheint nicht interessiert an dem Gemüse. Einige Stände weiter zeigt er auf die Ware. Es ist der Stand mit frischen Fleischwaren. „Es scheint, als ob Essensknappheit sie zu uns geführt hat", kommentiert Reavaer, als er sieht, was die Spinnen zum Tausch haben wollen. „Wer betreibt diesen Stand? Wir wollen etwas kaufen", ruft Reavaer in die Menge. Nach einer kurzen Weile tritt eine großgewachsene Maga vor. Sie geht näher zu ihrem Stand heran. „Was möchtet Ihr haben?", fragt sie leise. „Alles was hier ausliegt und wenn Ihr noch frische Ware in Eurem Lager habt, die noch blutig ist, dann diese ebenfalls", fängt Reavaer dann an zu handeln. „Warum soll es blutig sein?", fragt die Fleischhändlerin, dann schaut sie zu der Spinne. „Ach, ich möchte es lieber nicht wissen. Ich habe noch zwei Tiere in meinem Lager, die ich anbieten kann", berichtet die Fleischhändlerin und nennt daraufhin ihren Preis. „Habt Ihr genug, um das zu bezahlen?", flüstert Reavaer Roanos Mutter zu. „Nein, bei Weitem nicht, so viel verdiene ich nicht an einem Tag. Außerdem hätte ich dann kein Geld für andere Ausgaben übrig", gibt sie missmutig zurück. „Dann sollt Ihr die Hälfte der Einnahmen des Gemüsestandes bekommen und für den Rest des Betrages bekommt Ihr die nächste Fuhre Gemüse", schlägt Reavaer vor. Die Fleischhändlerin fängt sofort an zu rechnen, während die Gemüsehändlerin sich nervös zu Reavaer lehnt. „Das ist ziemlich riskant, noch habe ich nichts an dem Stoff verdient und ich weiß nicht, wie viel ich dafür bekomme", flüstert sie sorgenvoll in sein Ohr. „Was Euch angeboten wird, ist sehr viel mehr wert und wird in kürzester Zeit auch begehrt sein. Ihr könnt im Grunde jeden Preis dafür verlangen. Außerdem solltet Ihr jetzt so großzügig wie möglich zu den Magrennar sein. Sie könnten Euch in Zukunft noch weitere nützliche und begehrte Ware liefern, von der Ihr nicht mal wisst, dass Ihr sie braucht", erklärt Reavaer ausschweifend. Die Händlerin schaut nur ungläubig aber vertrauensvoll, als sie seine Worte hört. „Gut, ich werde Euch das Fleisch überlassen", willigt die Fleischhändlerin ein. Sogleich schickt sie zwei Magonar los, um das versprochene Tierfleisch aus dem Lager zu holen. „Gut, nun geh zu dem Magren, zeig auf das Fleisch und nick ihm zu. Gib ihm zu verstehen, dass er alles mitnehmen kann", weist Reavaer Doromi an, damit sie seine Bezugsperson wird. Sie tut es und bietet dem unsicheren aber geduldigen Spinnen-Magren das ganze Fleisch an. Dieser nimmt sich die noch triefenden Fleischstücke, wischt die Unterseite mit dem Bein ab und spinnt diese schnell in ein Netz. Mit einem Deuten auf die Fleischstücke vergewissert sich der Magren, dass er sich diese nehmen kann. Als das ganze Fleisch auf dem Stand eingesponnen ist, kommen auch die Waren aus dem Lagerhaus. Diese werden dem Magren ebenfalls angeboten. Dieser macht einen freudigen Hüpfer und spinnt diese ebenfalls ein. Die ganzen Kokons wirft er sich wie Säcke über den Rücken. Als der Magren all sein Fleisch bekommen hat, weiß keiner der Anwesenden, wie man die Transaktion beenden soll. „Reiche ihm die Hand, um den Handel zu besiegeln", flüstert Reavaer der Händlerin zu. Doromi streckt daraufhin ihre Hand zum Händeschütteln aus. Die Spinne jedoch sieht nur auf die Hand und kratzt sich mit dem Vorderbein am Kopf. Reavaer geht an die Seite der Spinne und führt das Vorderbein zur Hand der Händlerin und diese schüttelt ihre Hand mit dem Spinnenbein darin rituell zweimal auf und ab. Sie lässt das Spinnenbein wieder los und macht einen Schritt zurück. Der Magren hat keinen Grund mehr zu bleiben und geht wieder Richtung Stadttor. Die Maginarmenge macht ihm Platz, damit er die Stadt verlassen kann. Reavaer und Roano begleiten den Magren hinaus. Der Spinnen-Magren eilt zu seinen Kameraden und verteilt das eingesponnene Fleisch an alle. Die Gruppe macht laut klickende Geräusche und hüpft freudig. Sie schauen noch mal zurück zur Stadt und sehen Reavaer und Roano zum Abschied winken. Sie wissen nichts mit dieser Geste anzufangen, aber vor lauter Euphorie machen sie es ihnen nach und winken zurück. Dann laufen sie gemeinsam zum nächsten Wald.

Keine Wahl

Nachdem die Magrennar hinter den Bäumen verschwunden sind, schnippt Reavaer einmal und alle Jäger, die er eingefroren hat, sind vom Eis befreit. Bürgermeisterin Keran tritt nun vor. „Wie konntet ihr diese Ungeheuer in meine Stadt lassen?! Diese Wesen haben weder etwas auf den Straßen noch in der Stadt zu suchen, ihr habt alle Bewohner in Gefahr gebracht!", brüllt sie Reavaer an. Dieser schickt Roano erst mal zurück zu seiner Mutter, bevor er sich Keran zuwendet. „Die Bewohner waren nie in Gefahr, denn diese Magrennar waren Händler, die uns Ware angeboten haben. Du hast selbst gesehen, wie gut man mit etwas Vorsicht mit diesen Wesen umgehen kann", erklärt Reavaer gelassen. Die Menge stimmt ihm zu. Sie flüstern und unterhalten sich über das Erlebte. Die Bürger erinnert das Verhalten des Magren sehr an sich selbst. Auch wenn sie das Aussehen als gruselig und den Umgang als sehr unbeholfen ansehen, waren die Erfahrungen mit den Wesen sehr interessant für sie. Viele wünschen sich gar eine Unterhaltung mit den Magrennar. So diskutieren die Leute auf dem Marktplatz, als die Bürgermeisterin das Wort erhebt. „Genug, ihr alle habt bestimmt noch Arbeit zu erledigen! LOS!", brüllt sie über den gesamten Marktplatz. Die Menge will sich auf Befehl der Bürgermeisterin auflösen, als Reavaer wiederum spricht. „Wartet! Was hier gleich besprochen wird, ist wichtig für alle. So bleibt hier und hört zu!", ruft Reavaer wiederum in die Menge. Die Leute wissen nicht, was sie tun sollen. Einerseits haben sie eine Anweisung von der Bürgermeisterin bekommen, andererseits möchten sie hören, was besprochen wird. „Dieses Dorf braucht eine neue Bürgermeisterin." Mit dieser ersten Aussage überzeugt er sämtliche Bürger, zu bleiben und zu lauschen. Während Keran bleich im Gesicht wird, ist der Rest der Zuhörerschaft gespannt, wie das gehen soll. Es ist üblich, dass ein Bürgermeister ein Leben lang einer bleibt, es sei denn, dieser tritt freiwillig ab. „Der Grund dafür ist, dass sich das Oberhaupt dieser Gemeinde nicht um alle Bewohner gleichermaßen kümmert. Während Magonar offensichtlich nur bestimmte Arbeiten machen dürfen, können Maganar ihre Arbeit frei wählen. Doch nicht wirklich, denn jemand muss die Arbeiten erledigen, bei denen die Magonar fehlen. Also hat keines der Geschlechter durch diese Zwangsbesetzung gewonnen. Auf lange Sicht wird dieses Dorf trostlos und leer, wortwörtlich zu einer Unlebenwacht." Reavaer beendet seine Rede vorerst und lässt den Bewohnern Zeit, diese zu verarbeiten. Noch bevor man Kommentare von den Bürgern dazu hören kann, geht Keran dazwischen. „HA! Dass ich nicht lache! Was weißt du schon davon, wie es ist, eine Gemeinde zu leiten? Ich mache diesen Ort groß, wohlhabend und einflussreich. Sobald Leute von anderen Städten sich bei uns niederlassen, wird unsere Gemeinde unter meiner Führung mehr denn je aufblühen." Dann grinst sie Reavaer selbstsicher an. „Ein wenig, nein, nein, nein und sehr unwahrscheinlich", antwortet Reavaer trocken darauf.

Daraufhin schaut Keran verwirrt drein. „Was soll das heißen?" Sie kann seine zielgerichteten Antworten nicht einordnen. Dann ergreift Reavaer wieder das Wort. „Ich habe erfahren, dass selbst reisende Händler sich nicht bemühen, in diese Stadt zu kommen. Wenn diese Durchreisenden sich schon nicht willkommen fühlen, werden es sich Maginar aus anderen Gegenden zwei Mal überlegen, ob sie dauerhaft hier hinziehen. Die jetzige Bürgermeisterin hat nicht den Willen, ihr Verhältnis zu Magonar zu ändern, deshalb wird dieser Ort bald eingehen." Über die offenen Anschuldigungen wird Keran langsam ungehalten. „Ich werde gar nichts ändern! Alles ist so, wie es sein soll! Und vor allem anderen werde ich nicht zulassen, dass ein dahergelaufener Mago mir die Position streitig macht!" Am Ende ihrer Argumentation kreischt sie unverständlich und muss sich erst wieder schwer atmend fangen. „Bereits als du heute so arrogant in mein Büro gekommen bist, wusste ich, du bedeutest

Ärger! Aber du wirst mir das Bürgermeisteramt nicht wegnehmen! Kein Mago wird das!" Am Ende ihrer Aussage überschlägt sich ihre Stimme wieder vor Wut. „Ihr habt es gehört. Sie glaubt, dass ihr Weg diesen Ort groß machen wird, doch das ist ein Irrtum. Spätestens wenn eure Söhne erwachsen werden und das gleiche Schicksal wie ihre Väter erleiden, wird diese Gemeinde zerfallen", ruft Reavaer als Antwort in die Menge. Die Maganar ohne Magi'i und auch Mütter mit Töchtern verstehen die Aussage nicht. Doch den Müttern mit Söhnen wird jetzt klar, dass ihren Kleinen sobald sie erwachsen werden ein genauso schweres Leben bevorsteht wie ihren Vätern. „Ich möchte nicht, dass meinen Sohn dasselbe Schicksal ereilt wie seinen Vater!", ruft eine Maga. „Ich würde es nicht verkraften, wenn ich meinen Kleinen auch noch verliere!", bestätigt eine andere. „Und ich wünsche mir für meinen Roano, dass er selbst sein Schicksal bestimmen kann. Nicht du, oder irgendwer." Die Gemüsehändlerin Doromi stellt sich Keran selbstsicher entgegen. Die noch amtierende Bürgermeisterin wird bleich im Gesicht, als ihr plötzlich Maganar widersprechen. „Als Roanos Vater sich über seine Versetzung vom Händler zum Bauarbeiter beschwert hat, hast du dies als Angriff auf dich selbst abgetan und nun hat mein Sohn keinen Vater mehr. Ich werde nicht meine ganze Familie an dich verlieren", enthüllt die Händlerin weiter. Viele Bewohner, die vorher das System nicht sehen konnten, stimmen nun Doromi und Reavaer zu. „Um die jetzige Bürgermeisterin zu beruhigen, möchte ich sagen, dass ich ihr Amt nicht an mich nehmen will. Es sollte eine Person sein, die beliebt ist und sich um alle gleichermaßen kümmert. Deshalb schlage ich Sari die Heilerin vor." Erst herrscht Stille, die Bewohner zögern, eine Meinung zu dem Vorschlag abzugeben. Bis schließlich die Gemüsehändlerin anfängt zu klatschen und zu jubeln. Roano steigt mit ein, bis der ganze Marktplatz applaudiert. Keran hat mittlerweile keine Farbe mehr im Gesicht. Dadurch, dass sie sich und ihr Geschlecht immer idealisiert hat, versteht sie nicht, warum die Maganar sich nun gegen sie stellen. „IHR! Glaubt doch nicht wirklich, dass ich ...", möchte Keran noch einmal protestieren, doch Reavaer hebt die Hand, um sie zu unterbrechen. „Behalte bitte die restliche Würde, die du noch hast, und gib den Posten frei", mahnt er sie an. In diesem Moment betritt Sari den Marktplatz, in Begleitung von Kit. Reavaer hat gar nicht gemerkt, wie sie sich davongestohlen hat, um sie zu holen. Die Menge jubelt wieder und macht Platz für die Heilerin. Sari ist leicht überfordert mit der Situation; sie ist Dank gewohnt, aber nicht so viel auf einmal wie jetzt. Keran hat sich inzwischen wieder gefangen. „Hmpf." Mit einem Prusten dreht sie sich weg, verlässt den Marktplatz und geht zurück in das Amtshaus des Bürgermeisters. Ihr wird nur kurz von wenigen nachgesehen. Die größte Aufmerksamkeit gilt Sari, von der jetzt erwartet wird, etwas zu sagen. Ihr ist das jedoch nicht gleich klar, bis Reavaer sich zu ihrem Ohr beugt und ihr etwas zuflüstert.

„Äh, n-nun, mir wurde gesagt, ich sei die beste Kandidatin für das Bürgermeisteramt. Ich kann nicht sagen, ob das stimmt, doch ich möchte, dass sich das Leben in unserem schönen Dorf für alle bessert. Das erste Ziel sollte es sein, die Anzahl der Verletzten zu verringern und jeden die Tätigkeit machen zu lassen, die sie oder er am besten kann." Die Amtsantrittsrede kommt gut bei den Leuten an, denn sie erntet wieder Applaus und Beifall. Reavaer sowie Kit applaudieren mit. Sari selbst ist verlegen über den Trubel um sich und klatscht ebenfalls mit, bis der Beifall abklingt. Als es wieder ruhig wird, dreht sich Reavaer zu den Bewohnern. „Bitte gebt der neuen Bürgermeisterin Zeit, sich einzuarbeiten. Geht zu den Bauarbeitern und sagt ihnen, sie sollen nach Hause gehen und ein bis zwei Tage mit ihren Familien verbringen. Alle, die Angriffs- oder Verteidigungsmagie beherrschen, sollen die Wachen unterstützen. Mit der Zeit wird Sari sich bei euch melden und euch informieren, wie es weitergeht." Er wendet sich zur Heilerin. „Stimmt doch, oder?" Reavaer stellt ihr zwar eine Frage, aber möchte eigentlich ihre Bestätigung. „Oh, natürlich. Erholt euch und wir kommen auf euch zu. Wenn ihr aber wieder mit anpacken wollt, dann könnt ihr euch bei mir melden", bestätigt Sari, woraufhin Reavaer wieder das Wort ergreift. „Sie wird bei der Heilerstube sein, nicht beim Amtshaus des Bürgermeisters!", fügt er noch hinzu. Die Menschenmenge löst sich nach und nach auf. Einige der Bauarbeiter gehen zurück auf die Baustellen, jedoch nur, um den anderen auszurichten, dass sie vorerst aufhören und nach Hause gehen sollen, bis sie Anweisungen bekommen. Die Wachen werden nach Fähigkeiten eingeteilt. Schließlich sammeln sich Sari, Kit, Doromi, Roano und Reavaer am Gemüsestand. „Mein Gefühl sagt mir, dass eure ehemalige Bürgermeisterin das Amtshaus noch eine Weile besetzen wird. Es sollte gemieden werden, keine Besuche, kein Essen, nur Alnea sollte ab und zu nach Keran sehen, aber keine Anweisungen annehmen. So lange bis Keran begreift, dass sie keine Macht mehr hat. Wie lange sie im Amtshaus bleibt, hängt von ihrer Sturheit ab." Reavaer gibt Tipps für den Umgang mit der abgesetzten Bürgermeisterin. „Euer Amt müsst ihr deswegen entweder vom Heilerhaus aus tätigen, oder einen anderen Ort dafür finden. Und für Eure neuen Aufgaben als Bürgermeisterin solltet Ihr euch Alneas Wissen über Stadtverwaltung zunutze machen", gibt Reavaer weitere Hinweise für die Zukunft. Anfangs hört Sari den Empfehlungen von Reavaer noch krampfhaft nervös zu. Umso mehr Informationen sie bekommt, desto entspannter wird sie. Am Ende hört sich alles machbar an. „Gut, dann überlasse ich die Verwaltung erst mal Alnea und ich konzentriere mich auf die Bewohner. Es sollten nicht mehr so viele Verletzte ins Heilerhaus kommen, da alle zu Hause sind", denkt Sari laut nach. Als Antwort auf diesen Gedankengang nickt Reavaer bestätigend. „Dann will ich ans Werk gehen", kündigt Sari an, Reavaer geht einen Schritt zur Seite, um sie durchzulassen. Sie verabschiedet sich von den Anwesenden und verlässt den Marktplatz. Dann wendet sich Reavaer zur Händlerin Doromi. „Ihr müsst Euer neues Produkt zum hiesigen Schneider bringen. Bietet ihm einen Ballen für den doppelten Preis an, den Ihr für Eure Gemüselieferung gezahlt hättet. Falls dieser nicht einwilligt, gebt ihm einen Ballen, damit er die Qualität testen kann, das sollte ihn überzeugen." Doromi notiert sich eifrig die Tipps von Reavaer. Sie stellt Reavaer noch mehr Fragen, dieser bewundert ihren Wissensdurst und teilt alle Handelsstrategien, die er kennt, mit der Händlerin. Außerdem erklärt Reavaer ihr den Umgang mit Magrennar, falls diese noch mal auftauchen sollten. „Ihr solltet alle Arten von Magrennar sowohl mit offenen Armen als auch mit offenen Augen empfangen. Beobachtet diese genau. Nicht alle von ihnen wollen handeln, vielleicht sind einige nur neugierig. Es kann auch sein, dass manche grundsätzlich feindselig sind. Ihr müsst jeden Besuch einzeln bewerten." Diese Worte richtet er speziell an Roano. Dieser grinst breit, sein Interesse an den Magrennar ist geweckt. „Meine Aufgabe hier ist vorerst beendet, ich werde bald weiterreisen. Wann, weiß ich noch nicht, aber falls Ihr noch etwas fragen wollt, sprecht mich einfach an." Mit diesen Worten verbeugt er sich leicht und lässt die Händlerin und ihren Sohn ihren Tag fortsetzen.

Reavaer geht zielstrebig zum Stadttor. Währenddessen kommt Kit wieder an seine Seite. „Das ging kampfloser aus, als ich vermutet habe", sagt Kit und klingt dabei fast enttäuscht. „Du gehst bei jeder Meinungsverschiedenheit von Kampfhandlungen aus", antwortet Reavaer, als er den Torbogen sowie den Außen- und Innenbereich begutachtet. „Hmmm, und was machst du da?", seufzt Kit erst und fragt anschließend. „Ich möchte wissen, warum der Spinnen-Magren so angeekelt reagiert hat, als er das Tor passiert hat", enthüllt Reavaer, während er den Boden ansieht, auf dem der Magren gelaufen ist. „Und du glaubst, es ist so wichtig, dem nachzugehen?" Kit fragt zwar, aber in ihrer Stimme schwingt Langweile mit. Daraufhin unterbricht Reavaer seine Nachforschungen und dreht sich zu Kit. „Im Moment ist es für mich am wichtigsten, herauszufinden, warum der Magren so angeekelt reagiert hat. Tut mir leid, wenn dir das nicht spannend genug ist." Reavaer wendet sich wieder seinen Nachforschungen zu. Nun ist er beim Marktstand angekommen und untersucht die Fläche, wo das Fleisch gelegen hat. „Hm, die Spinne hat das Fleisch an der Unterseite abgewischt. Dort wo sich Fleisch und Holz berührt haben", stellt er fest und fährt mit der Handfläche über die hölzerne Auslage des Marktstandes. Prüfend betrachtet Reavaer seine Handfläche, reibt die Finger aneinander und hält sie an die Nase. „Ich habe eine Theorie ...", murmelt Reavaer vor sich hin. „Wenn ich recht habe, würde diese Welt viel friedlicher werden, aber die Wirtschaft würde sich verändern", berichtet er nun laut an Kit gerichtet.

„Das hört sich ja schwerwiegend an. Du denkst, die kleine Reaktion eines Magren könnte diese Welt so drastisch verändern?", gibt Kit zweifelnd zurück. „Es sind immer die kleinsten Dinge, die große Ereignisse auslösen. Das müsstest du am besten wissen", wird Kit von Reavaer belehrt. Dabei hält er Kit seine offene Handfläche hin. „Für Details bin ich die falsche Person, ich versuche, das große Ganze zu sehen", wird Reavaer wiederum belehrt. Danach sieht Kit sich die Handfläche genauer an. „Was soll da sein?" Sie kann nichts Ungewöhnliches erkennen. Reavaer reibt noch mal seine Finger aneinander. „Siehst du nicht diese kleinen schwarzen Partikel? Das ist von dem Holz. So was gibt es in anderen Welten nicht. Ich glaube, die Bäume hier sondern diese Partikel aus, wenn sie gefällt und bearbeitet werden und das lässt Tiere wütend werden. Ich glaube, das ist nach der magischen Kontrolle der Bäume ein weiterer Abwehrmechanismus. Die Bäume geben diese Partikel ab, wenn sie beschädigt werden, diejenigen, die die Bäume beschädigen, bekommen die Partikel ab. Die Partikel wiederum machen die Tiere rasend und sie greifen die Wesen an, die die Bäume beschädigt, oder in unserem Fall, gefällt haben", flüstert Reavaer seine Theorie sehr leise in Kits Richtung, damit es ja keine Maginar mitbekommen. Auf Kits Gesicht erscheint ein verwunderter Ausdruck. „Bist du sicher? Warum hat dann bisher keiner der Bewohner dieser Welt diesen Zusammenhang festgestellt?" Kit versteht die Unwissenheit der Bewohner nicht, die schon seit Ewigkeiten mit diesem Umstand leben, ohne es zu merken. „Das Leben hier ist hart. Die Maginar müssen jeden Tag schwer arbeiten, um zu überleben. Und diejenigen, die die Naturgesetze erforschen wollen, müssen extrem aufpassen, damit die Natur sie nicht von der Bildfläche fegt, während sie forschen. Außerdem weiß ich nicht, ob die Bewohner auf die

Verarbeitung von Bäumen überhaupt verzichten wollen", berichtet Reavaer ausführlich. Kit seufzt und nickt daraufhin. „Na gut, du wirst schon wissen, was das Beste für diese Welt ist. Willst du die Bewohner dann gleich darauf hinweisen?", möchte Kit die weiteren Pläne von Reavaer wissen. „Auf keinen Fall. Ich werde mit Vorsicht einen Einheimischen auf diese Idee bringen", klärt Reavaer sie auf und danach beenden die beiden ihr Geflüster.

Blind und stolz

Reavaer dreht sich zurück zum Marktplatz, doch plötzlich steht eine sehr alte Maga nur zwei Schritte vor ihm. Sie trägt eine Augenbinde und hat offensichtlich kein Augenlicht. Doch sie scheint Reavaer vor sich wahrzunehmen. Er und Kit schauen sie neugierig an. „Grüße, kann ich irgendwie helfen?", bricht Reavaer das Schweigen und spricht die Maga an. „Oohoho, er ist ein Höflicher." Die alte Maga amüsiert sich über Reavaers Reaktion. „Mich nennt man Reavaer, mit wem habe ich die Ehre?", fragt er, immer noch stillstehend. „Solch Zuvorkommenheit ist erfrischend. Mein Name ist Yrona, sehr erfreut", stellt sich die Maga amüsiert vor. Reavaer schaut sich die Person vor ihm etwas genauer an. Abgesehen von der auffälligen Augenbinde besitzt sie einen Wanderstab mit einem trüb-weißen Kristall an der Spitze, den sie als Stütze benutzt. Ihr graues Haar fällt lose über die Augenbinde und ihre Schultern. Sie ist die älteste Person, die Reavaer bis jetzt auf Rialar gesehen hat. „Dann gehen wir ein Stück spazieren und Ihr erzählt mir, warum Ihr mich aufgesucht habt", schlägt Reavaer vor und fängt an zu gehen. „Oohoho, gehen wir ein Stück." Yrona folgt nebenher.

Bei jedem Schritt hört man ihren Wanderstab aufsetzen. „Oje, nun hat er wieder Gesellschaft und ignoriert mich", seufzt Kit und folgt ebenso. Dabei sieht sie, wie alle anwesenden Einwohner entweder das Weite suchen oder sich wegdrehen, als Yrona und Reavaer näherkommen. Sie haben keinen Grund, Reavaer zu meiden, deshalb ist es wohl Yrona, der sie entkommen wollen. „Ihr habt meine Neugier geweckt, weil ich Euch mit dem alles wahrnehmenden Licht ... naja, nicht wahrnehmen konnte. Ich hätte Eure Präsenz gar nicht spüren können, wenn Ihr nicht plötzlich so undurchdringlich für das Licht geworden wärt und sämtliches Licht reflektiert hättet. Das sind zwei Zustände, die ich nur selten wahrnehme, geschweige denn in einer Person. Was ist Euer Geheimnis?", erzählt Yrona ausgelassen vor sich hin, bis ihre Frage zum Ende sehr fordernd wird. „Meine Kenntnisse mit Lichtmagie sind minimal. Die Eigenschaft meiner Magie ändert sich mit meinen Gefühlen. Will ich unauffällig sein, so verhalte ich mich unauffällig und so stellt sich meine Lichtmagiekontrolle ein. Dasselbe gilt, wenn ich auffallen will", erklärt Reavaer kurz und knapp. „Ohoo, ist das so einfach für Euch? Dann seid Ihr ein Gefühlsmagi mit ein wenig Erfahrung in Lichtmagie. Interessant, sehr interessant!", johlt die alte Maga amüsiert. „Das ist richtig, wobei ich ein wenig Erfahrung mit allen Magiearten habe. Gefühls-, Licht-, Elementar- und Transfusionsmagie, von allen etwas. Ich bin sehr wissbegierig", verrät Reavaer weiter, ohne sich zurückzuhalten. Kit wundert sich, während sie hinterhertrottet. Normalerweise ist Reavaer nicht so gesprächig über sich und seine Fähigkeiten. Sie vermutet, er hat etwas vor. „Oohoho, sehr ungewöhnlich. Ihr wart bestimmt viel auf Reisen, um all diese Fähigkeiten zu erlernen?" Während Yrona die Frage stellt, biegt Reavaer in eine andere Straße ab und sie folgt ihm ohne Probleme. „In der Tat, ich war viel und lange auf Reisen. Nun bin ich auf dem Weg zurück in die Heimat. Doch wo wir gerade von Fähigkeiten sprechen: Ihr könnt mehr als nur mich wahrzunehmen, ohne Eure Augen zu benutzen. Was für eine Art Magie benutzt Ihr?", möchte Reavaer ganz nebenbei wissen. „Das Licht war schon immer meine größte Begabung. Ich konnte jedes außer Kontrolle geratene Gefühl und jeden unerwünschten Gedanken entkräften. Dann verließ das Licht meine Augen, doch die Verbindung zum Licht blieb. Nun spüre ich alles, worauf das Licht trifft, und nehme meine Umwelt wahr. Nur Gefühle und Gedanken bleiben mir seitdem verborgen", erzählt sie wehmütig. „Dann wart Ihr es, die das Sonnenlicht so verstärkt hat, dass mir richtig warm geworden ist? Das war sehr unangenehm, besonders weil ich nicht ausmachen konnte, wer dafür verantwortlich war." Reavaers Vermutung lässt Yrona seufzen. „Oohoho, das habt Ihr richtig erkannt, ich habe Euch wahrgenommen, aber nur schwach. Meist spüre ich mehr, wenn ich das Licht der Sonne verstärke, doch in diesem

Fall nicht und ich habe es übertrieben. Dann habe ich beschlossen, Euch einfach normal weiter zu beobachten", gibt Yrona kaum reumütig zurück. „Dann weiß ich nun, warum ich Eure Neugier geweckt habe. Aber nun kennt Ihr meine Methode, bin ich immer noch interessant für Euch?" Reavaer schaut zu der alten, neben ihm hergehenden Maga hinunter. Yrona, Reavaer und Kit sind die Einzigen auf der Straße. Wegen der Anweisung der neuen Bürgermeisterin sind die Straßen schon zu früher Stunde leer und leise. Das Einzige, was man hört, ist der Wanderstab von Yrona, der bei jedem Schritt auf dem Boden klackert. „Ich denke, ich möchte Euch auch weiterhin begleiten. Nicht nur wegen Eurer Magie und Präsenz. Sondern auch weil Ihr der Einzige seid, der seit Langem respektvoll genug war, um EIN GESPRÄCH MIT MIR ZU FÜHREN!", ruft sie den letzten Teil in die Straße. „Die Maginar in diesem Ort sind wie scheue Käfer, DIE DAVONLAUFEN, SOBALD MEINE AUFMERKSAMKEIT AUF SIE GERICHTET IST!", brüllt sie wieder vorwurfsvoll in die Gegend. „Die Bewohner sind genauso respektlos wie Eure Begleitung, die uns still und heimlich folgt. Sie denkt, nur weil sie nichts zu sagen hat, braucht sie nicht zu grüßen oder sich vorzustellen", fährt Yrona grantig fort, ohne sich Kit direkt zuzuwenden. Kit wiederum wird nun klar, warum Yrona gemieden wird, wenn sie so schnell wütend wird, sollte ihr etwas nicht passen. „Nun, ähm, ich bin Kit und ich fühlte mich nicht angesprochen. Zudem habe ich gelernt, mich nicht in Reavaers Unterhaltungen einzumischen. Aber kann ich ihn mir ganz kurz ausleihen?", rechtfertigt sich Kit und zieht Reavaer einige Schritte von Yrona weg. „Ts, in der Ferne tuscheln, das könnt ihr jungen Leute", grummelt die alte Maga. „Die bedeutet Ärger, die Bewohner wollen nichts mit ihr zu tun haben. Wenn sie sich an deine Fersen heftet, wirst du sie womöglich nicht mehr los", flüstert Kit. „Die Reaktionen der Bewohner habe ich bemerkt. Doch wenn sie mich begleiten will, dann wird sie ein Teil meiner Reise", erwidert Reavaer in demselben leisen Ton. Kit seufzt laut und lässt den Kopf hängen. „In Ordnung, ich kenne dich gut genug, um zu wissen, dass du solche seltsamen Gestalten förmlich anziehst. Und dass du der Einzige bist, der mit dieser Art von Leuten umgehen kann. Das ist wohl das Zeichen, zu meinen üblichen Aufgaben überzugehen." Kit hat das Interesse an dieser Welt erst mal verloren. „Na dann bis zu meinem nächsten Besuch", verabschiedet sie sich und winkt Reavaer sowie Yrona zu. „Viel Erfolg bei der Arbeit", erwidert Reavaer nickend. Schon ist Kit hinter der nächsten Hausecke verschwunden. Reavaer geht zurück zu Yrona. „Von ihr hätte ich solche Unhöflichkeit erwartet, aber nicht von dir." Die alte Maga sieht beleidigt weg. „Das stimmt, ich entschuldige mich und als Wiedergutmachung möchte ich Euch einladen, mit mir auf Reisen zu gehen." Auf Reavaers sofortige Entschuldigung und Einladung wendet sich Yrona ihm wieder zu. „Ohoo, du möchtest die Stadt verlassen? Wohin willst du reisen?", möchte sie sofort wissen. Es scheint gewirkt zu haben, sie scheint nicht mehr beleidigt, sondern sehr interessiert. „Ein Ziel habe ich zwar, doch weiß ich nur ungefähr, wo es sich befindet. Ich müsste mir erst einmal auf einer Karte ansehen, wo ich bin", erzählt er der alten Maga. „Ohohoho, du bist hierhergekommen, doch weißt nicht, wo du bist? Ooohohoho." Sie lacht und amüsiert sich über die Antwort. „Dann musst du die Vorbereitungen übernehmen, ich war seit Jahrzehnten nicht auf Reisen", stellt Yrona klar, nachdem sie ausgelacht hat. „Einverstanden, wir brauchen Taschen, ein wenig Rialit, eine Decke und Essen. Wenn es geht auch eine Karte, aber das ist nicht unbedingt notwendig", fängt Reavaer sofort an zu planen. „Wisst Ihr, wo die Handwerkshäuser sind?", möchte er gleich noch wissen. „Ohoho, ich kann Maginar anhand ihrer Form unterscheiden. Häuser sehen für mich alle gleich aus", entgegnet Yrona. „Es wäre sicher faszinierend, die Welt durch Eure Sinne wahrnehmen zu können, selbst wenn es nur kurz wäre." Reavaer sieht nachdenklich zu Yrona, während er das sagt. „Wie dem auch sei, dann müssen wir ein wenig spazieren, bis wir die richtigen Handwerker finden", fährt Reavaer fort, als er sich nach den Straßen umsieht, die vom Marktplatz weggehen. Er wählt eine Straße aus, auf der er noch nicht war und schlägt deren Richtung ein.

Die beiden marschieren durch die Straßen, bis Reavaer ein Schild für einen Lederverarbeiter sieht. Reavaer möchte das

Handwerkshaus gleich betreten, merkt aber, dass Yrona nicht mit hineingehen will. „Bitte kommt mit, ich brauche Eure Hilfe", bittet er sie, woraufhin sie nur seufzt. Im Haus des Lederverarbeiters sieht er verschiedene handliche Waren, die aus Leder gefertigt sein müssen, um widerstandsfähig genug für ihre Verwendung zu sein. „Grüße, seht euch ruhig um", wird Reavaer vom Geschäftsinhaber begrüßt, während dieser in einer Ecke des Zimmers noch an einem halb fertigen Produkt arbeitet. Reavaer wendet sich sofort den Reiseutensilien zu. Er nimmt eine Reisetasche und legt diese probeweise an. Währenddessen betritt Yrona das Geschäft. Der Inhaber wiederholt seine Begrüßung, auf sein Projekt konzentriert. „Drinnen ist es immer so dunkel." Der Inhaber erkennt ihre Stimme und schaut auf. „Oh! Grüße, wie kann ich helfen?" Er steht sofort auf und bietet seine Hilfe an. Die alte Maga betritt langsam das Geschäft, während sie vom Inhaber beobachtet wird. Reavaer ergreift das Wort mit der Tasche in der Hand. „Wir möchten auf Reisen gehen und brauchen noch Ausrüstung." Nachdem er den Inhaber informiert hat, nimmt er sich noch einen Wasserschlauch und geht zu diesem an seinem Arbeitsplatz. „Wir bräuchten das hier." Reavaer legt die Tasche und den Schlauch vor dem Inhaber auf den Tisch. Dieser sieht zwischen Reavaer und Yrona hin und her. „Ihr meint Frau Yrona verlässt das Dorf?" In seinem Gesicht sieht man die Überraschung, aber auch ein wenig Begeisterung. „Hoho, ganz recht. Ich gehe seit langer Zeit wieder auf Reisen. Was nicht heißt, dass ich nicht wieder zurückkomme", stellt sie schnell klar. „Oh, dann betrachtet die Sachen als ... ähm vorläufiges Abschiedsgeschenk von mir." Der Inhaber klingt aufgeregt. „Das ist zwar nett von Euch, aber gute Arbeit muss entlohnt werden. Das ist eine Sache des Respekts", stellt Yrona fest, als sie ebenfalls am Arbeitstisch des Inhabers ankommt. „Das sehe ich genauso. Leider habe ich keine Luxon bei mir. Die Bürgermeisterin hat mir keine Arbeit gegeben, bevor sie ... naja, abgesetzt wurde." Reavaer spricht zwar mit dem Verkäufer, aber wendet sich an Yrona, als er Auskunft gibt, dass er kein Geld hat. „Nur keine Sorge, ich habe etwas dabei." Sie kramt in ihrem Geldbeutel und legt dem Lederhandwerker eine Handvoll Luxon hin. Der Inhaber ist zwar nicht beeindruckt, nimmt es aber gerne an. „Und einen Tipp habe ich noch für Euch. Auf dem Markt bei der früheren Gemüsehändlerin Doromi gibt es ganz neues Handwerksmaterial. Dieses hat sie heute frisch bekommen, Ihr solltet Euch das ansehen." Reavaer lehnt sich zu dem Mago nach vorne und gibt ihm den Tipp mit gedämpfter Stimme. „Die Gemüsehändlerin? Woher sollte sie …?" Der Handwerker ist skeptisch, wird aber von Reavaer unterbrochen. „Ich war heute auf dem Marktplatz, als sie die Ware bekommen hat. Ihr werdet mir niemals glauben, wo sie den Werkstoff her hat. Glaubt mir einfach, es lohnt sich, das frühzeitig anzusehen", spricht Reavaer weiter. Der Handwerker schaut unbeeindruckt, nickt aber. Yrona und Reavaer verabschieden sich und verlassen das Geschäft. Yrona trägt den Wasserschlauch und Reavaer die Tasche.

Einige Häuser weiter ist eine Weberei, dorthin verschlägt es Reavaer als Nächstes. Yrona folgt geduldig hinterher. Eine alte Weberin arbeitet gerade am Webstuhl, während ihre Tochter sich um die Auslage der Ware kümmert. Von Reavaer lassen sich die beiden nicht irritieren. Als Yrona jedoch das Geschäft betritt, steht die Tochter bereit und begrüßt sie. „Willkommen, sucht Ihr etwas Bestimmtes?", bietet sie gleich mit einem übertriebenen Lächeln ihre Dienste an. Sogar die Weberin stoppt ihre Arbeit kurz und grüßt Yrona. „Wir brauchen eine Decke, die reisetauglich ist. Wir haben jedoch nicht viel Geld dabei", ergreift Reavaer das Wort für sich und Yrona. „Ihr verlasst das Dorf?", fragt die Tochter gleich aufgeregt an Yrona gerichtet. Diese bestätigt nur nickend. Die alte Weberin steht auf und kommt zum Verkaufsbereich. „Yrona, Ihr wollt noch mal in die Welt hinausziehen? Ist das nicht zu anstrengend? Ich könnte mir nicht vorstellen, noch mal auf Reisen zu gehen", tratscht die Weberin gleich drauflos, während sie eine Decke aus dem Regal nimmt. „Ohohoho, es ist noch sehr viel Kraft und Neugier in mir." Die drei Maganar unterhalten sich lauthals lachend und kichernd. Da Reavaer sie in ihrem Tratsch nicht stören will, sieht er sich gemächlich im Geschäft um, bis sie sich zu Ende unterhalten haben. Schließlich will Yrona der Weberin noch einige Luxon für die Decke dalassen. „Ach Yrona, wir kennen uns schon so lange. Ich würde meiner alten Freundin gerne ein Abschiedsgeschenk machen, falls wir uns nicht wiedersehen." Die Weberin lehnt die Bezahlung ab. Die beiden alten Maganar unterhalten sich noch ein wenig weiter. Bevor Reavaer und Yrona das Geschäft verlassen, wendet sich Reavaer noch mal an die Weberin und die Verkäuferin. „Ich habe noch einen wichtigen Tipp für euch. Auf dem Markt gibt es einen neuen Stoff. Die Gemüsehändlerin Doromi hat heute etwas erstehen können, das euch sicher gefallen würde. Seht es euch an, bevor es jemand anders wegschnappt." Reavaer macht auch bei der Weberin Werbung für den neuen Seidenstoff.

Draußen geht Reavaer die Straße weiter entlang, bis er einen Schmied entdeckt. „Ich hatte schon vergessen, wie viele Vorbereitungen man treffen muss, bevor man reisen kann", quengelt Yrona, folgt jedoch hinterher. „Es ist nicht mehr viel, was wir brauchen. Das Wichtigste haben wir bereits", beruhigt Reavaer die alte Maga. Bei dem Schmied sucht er sich einen Stab aus Rialit aus und ein Messer aus dem Sortiment. Als der Schmied von Yronas bevorstehender Reise hört, möchte er diese auch beschenken. Doch sie gibt ihm die restlichen Luxon, die sie noch hat.

Als Nächstes suchen die beiden den Kartenzeichner des Dorfes auf. Währenddessen wendet sich Yrona zu Reavaer. „Den Stab verstehe ich, aber wozu hast du ein Messer mitgenommen?", möchte sie wissen. „Ein Freund hat mir beigebracht, dass man nie ohne ein Messer unterwegs sein soll. *Ein Messer ist ein wichtiges Allzweck-Werkzeug,* hat er immer gesagt", zitiert Reavaer seinen früheren Bekannten. „Ohohoho, interessant. Dann bin ich gespannt, wofür man das Messer benutzen kann. Ohoho", lacht Yrona amüsiert. Schließlich finden sie das Haus des Kartenzeichners und betreten dieses. Im Inneren ist es dunkler als in den anderen Häusern. Für Yrona ist das zu dunkel, um sich noch zurechtzufinden. Sie hält sich am Oberarm von Reavaer fest. „So dunkel sollte kein Haus sein. Ihr müsst ausreichend Licht in die Räume lassen", meckert die alte Maga, denn hier ist sie wirklich fast blind. Die Kartenzeichnerin sieht zu den beiden, als sie gerade die Regale sortiert. „Verzeiht, ich möchte nicht, dass das Papier ausbleicht. Deshalb halte ich es hier dunkel", erklärt die Zeichnerin, als sie Yrona sieht. „Wir bleiben nicht lange. Wir zwei wollen auf Reisen gehen und ich würde mir gerne einen Überblick über das Umland verschaffen. Damit ich weiß, welche Richtung wir einschlagen müssen. Leider haben wir keine Luxon mehr bei uns", äußert Reavaer, als er weiter in die Stube hinein geht. „Keine Luxon, keine Karten", gibt es von der Zeichnerin nur kurz und bündig als Kommentar. „Das ist in Ordnung, ich wollte nur einen kurzen Blick auf eine Karte der Umgebung werfen", verhandelt Reavaer weiter. „Solange ich die Karte nach Eurer Benutzung noch verkaufen kann, bin ich einverstanden", willigt die Zeichnerin ein und zeigt auf eine Karte der örtlichen Umgebung auf dem Tisch. Vorsichtig klappt Reavaer die Karte auf. Beim Betrachten der Umgebung erkennt er keinen der Wälder und Orte. „Dieses Gebiet ist mir fremd. Ich hatte keine Karte, die mich hierhergeführt hat", erzählt Reavaer den Maganar im Raum. „Kennt Ihr die Wüste am Meer, oder das Wyrm-Gebirge?", fragt er die Kartenzeichnerin. „Aus Geschichten von Reisenden. Diese müssen weit im Süden sein. Ich selbst habe diese Orte nie gesehen." Reavaer nickt, während er sich die Karte ansieht und einprägt. Nach wenigen Augenblicken faltet Reavaer die Karte wieder zusammen. „Danke sehr, das hat uns wirklich geholfen", bedankt sich Reavaer. Nach einer kurzen Verbeugung vor der Kartenzeichnerin begibt er sich mit Yrona am Arm hängend zum Ausgang. Draußen löst sich Yrona wieder von Reavaers Arm. „Ohohoho, das ist viel besser. Müssen wir noch irgendetwas besorgen?", fragt sie mit sichtlich guter Laune, da sie wieder unter der Sonne ist. „Etwas Proviant brauchen wir noch. Den holen wir uns am Marktplatz und dann können wir direkt aufbrechen", berichtet Reavaer, woraufhin die beiden zurück zum Marktplatz spazieren.

Dort angekommen sehen sie geschäftiges Treiben am Stand von Doromi. Die beiden gehen an ihrem Stand vorbei, um zur Fleischhändlerin zu kommen. Dabei hört Reavaer bruchstückhaft Verhandlungen um Lohn und Preise. Am Stand der Fleischhändlerin gibt es kein frisches Fleisch mehr, aber das will er ohnehin nicht. „Wir brauchen bitte Trockenfleisch für unsere Reise", spricht Reavaer die Händlerin an. „Wie viel wollt ihr denn?", fragt sie und zeigt gleich auf das dazugehörige Fach. „So viel wie wir dank Eures guten Willens bekommen. Wir haben leider keine Luxon mehr übrig." Die Händlerin seufzt, aber sieht die beiden an. „Na gut, dank Euch bekomme ich bald frische Fuhren mit Gemüse und Fleisch. Nehmt Euch die kleinen Stücke ganz unten aus dem Fach." Ohne zu viel in dem Fach herumzukramen, nimmt sich Reavaer kleine Streifen und Brocken Dörrfleisch heraus. Er verstaut diese in seiner Tasche und bedankt sich bei der Händlerin. Seine Neugier führt ihn zurück zu Doromi. Jäger bieten der Händlerin ihre Dienste an, um Fleisch zu beschaffen. Doromi selbst ist gerade zu beschäftigt, doch ihr Sohn Roano gesellt sich zu Reavaer und Yrona. „Jeder, der den Stoff einmal gefühlt hat, möchte diesen haben. Die Jäger hätten sich am liebsten gleich mehr davon bei den Spinnen geholt. Doch Mutter sagte ihnen, dass wir nicht wissen, woher die Spinnen ihn haben. Also müssen wir warten, bis sie uns mehr bringen und ihnen dann Fleisch geben." Reavaer nickt bestätigend. „Deine Mutter lernt schnell. Man darf es am Anfang nicht überstürzen. Und man darf dem neuen Handelspartner auf keinen Fall etwas aufzwingen." Nachdem Reavaer zu Roano gesprochen hat, kniet er sich vor dem Kleinen nieder. „Aber ich habe einen Tipp, wie ihr schneller wieder mit ihnen handeln könnt." Roano bekommt große Augen und möchte gleich mehr hören. „Also, wenn ihr wieder Fleisch habt, sagen wir zwei oder drei Tiere, geht ihr zum Wald, in den sich die Spinnen zurückgezogen haben. Ihr geht nicht hinein, sondern wartet am Rand. Die Spinnen werden euch wahrnehmen und euch aufsuchen. Dann machst du den Spinnen verständlich, dass ihr handeln wollt, mit derselben Geste, die sie damals uns gezeigt haben. Vielleicht haben sie dann wieder etwas Seide oder andere Waren?", spricht Reavaer zu Ende. Roano wird ganz aufgeregt und läuft zurück zu seiner Mutter, während Reavaer wieder aufsteht.

„Mein Werk hier ist getan. Ich bin bereit für unsere Reise. Habt Ihr in der Stadt noch etwas zu erledigen?", wendet sich Reavaer an Yrona. „Nein, ich mag keine dramatischen Abschiede, gehen wir einfach", antwortet Yrona. Beide gehen anschließend zum Tor und verlassen den Ort. Als sie einigen Abstand zu dem Dorf haben, sieht sich Reavaer die Landschaft rundherum an. Dabei sieht er, wie sich einige Bewohner am Tor eingefunden haben. Es sind Händler, Heiler und Handwerker zu sehen, die ihm begegnet sind. „Seht, es sind doch Leute gekommen, um Euch zu verabschieden." Die alte Maga dreht sich stumm um und beide winken noch mal zum Abschied.

Als sie weitergehen, kommen die beiden auch an dem Wald vorbei, in dem sich die Spinnen-Magrennar niedergelassen haben. Reavaer sieht schon aus der Ferne Spinnweben zwischen den Bäumen. Doch eines springt ihm ins Auge. Eine kleine Spinne steht am Waldrand und beobachtet die beiden auf der Straße. Als sich die Blicke von Reavaer und dem kleinen Spinnen-Magren treffen, hüpft das Kleine freudig. Neugierig geht Reavaer an den Straßenrand nahe am Waldrand. Yrona bleibt an seiner Seite. Das Kleine kommt näher, während es klackende und quietschende Geräusche macht. Es bleibt direkt vor Reavaer am Straßenrand stehen und klackert weiter. Reavaer geht hinunter auf ein Knie und beobachtet es. Es scheint sich nicht beruhigen zu wollen, also greift Reavaer in seine Tasche und kramt einen kleinen Brocken Trockenfleisch heraus und reicht es dem Kleinen als Geschenk. Der Magren wiederum quietscht weiter und streckt Reavaer drei helle Gegenstände entgegen. Er nimmt diese, und als er sie sich ansieht, stellen sie sich als Spinnweben-Ballen heraus. Irgendetwas hat das Kleine in Ballen eingesponnen und möchte damit nun handeln. Dann nimmt Reavaer noch zwei kleine Brocken Fleisch heraus und gibt diese dem Kleinen, damit die Tauschsumme gleich bleibt. Der kleine Spinnen-Magren hüpft und dreht sich sogleich um und geht zu seinen Leuten zurück in den Wald. Reavaer steht wieder auf. „Was hast du da bekommen?", möchte Yrona wissen. „Ich weiß es nicht. Da ist etwas in Spinnfäden eingewickelt." Er macht einen der kleinen Seidenbälle auf, indem er die Fäden mit seinen Fingern zur Seite schiebt. „Hier ist ein eingesponnener Käfer drin. Interessant", stellt er fest. „Ohoho, willst du die behalten?", amüsiert sich die alte Maga über seinen Tausch. „Aber sicher, ich habe mir diese schließlich erhandelt. Außerdem habe ich auf meinen Reisen noch nie etwas bekommen, das ich nicht gebrauchen kann. Ich hoffe nur, dass der Kleine das Trockenfleisch verträgt." Reavaer steckt alles in seine Tasche und die beiden setzen ihre Reise fort. Sie kommen nicht mehr weit, bevor die Dämmerung hereinbricht. Nachdem die Sonne untergegangen ist, möchte Yrona sich ausruhen. Die beiden rasten am Wegesrand, die alte Maga in die Decke gehüllt und Reavaer neben ihr in Meditation versunken.

Gefängnistempel

Am nächsten Morgen wird Yrona bei den ersten Sonnenstrahlen wieder munter. Sie setzen ihre Wanderung fort. Den Vormittag über passiert nichts, sie gehen einfach die Wege entlang und grüßen andere Wanderer. Irgendwann sieht Reavaer eine Stadt in der Ferne. Diese scheint richtig groß zu sein, sie hat hohe Mauern und einen hohen Turm, der in der Mitte herausragt. Doch in einigem Abstand davon bietet sich ihm ein ungewöhnlicher Anblick. Ein Waldstück steht unweit der Stadt, doch es sieht aus, als ob es abgebrannt ist. Die Bäume haben keine Äste und sind verkohlt. Reavaer stößt ein wutunterdrückendes Brummen aus. „Kannst du das da hinten sehen? Ich meine wahrnehmen?", fragt er Yrona, als er sie am Rücken fasst und zu der Szene in der Ferne dreht. Sie hebt ihren Stab in die Luft und neigt diesen leicht nach vorne. „Du meinst die Bäume? Die haben seltsame Formen, was ist mit diesem Waldstück?" Sie scheint wahrzunehmen, was Reavaer meint. „Es ist zerstört worden. Anscheinend ist alles verbrannt und verkohlt. Das missfällt mir zutiefst", raunt Reavaer, immer noch seine Wut unterdrückend. „Wer würde so etwas Gefährliches und Unnötiges tun?", fragt Yrona, als sie sich wieder dem Weg zuwendet und weiter die Straße entlanggeht. „Ich habe da einen Verdacht." Reavaers Blick fällt auf die Stadt, als er neben Yrona weitergeht. Umso näher die beiden der Stadt kommen, desto größer erscheinen die Mauern. Sie sind doppelt so hoch wie normale Wohnhäuser. Auch das Stadttor mit einem schweren Fallgitter erweckt den Eindruck, dass diese Stadt sich als Festung sieht, die niemand unbemerkt betreten darf. Aus der Nähe sieht man Wachen auf den Mauern und am Tor stehen. Als die beiden schließlich am Stadttor ankommen, hört Reavaer ein kleines, schwaches Seufzen in seinem Kopf. Er weiß nicht, was das genau war, doch es muss etwas mit der Stadt zu tun haben. Jedoch ist das Fallgitter unten, als sie bei der Stadt ankommen. Eine Gruppe Wanderer diskutiert mit den Wachen vor dem verschlossenen Tor, wird aber abgewimmelt und setzt ihre Reise enttäuscht fort. Als Reavaer und Yrona zu den Wachen hintreten, werden sie streng von diesen beäugt. „Seid gegrüßt, wir möchten gerne in die Stadt", begrüßt Reavaer die Wachen, die sich aber nicht vom Fleck rühren. „Grüße, die Stadt ist gesperrt. Niemand kommt heute hinein, nicht einmal Händler", antwortet der Wächter mit verschränkten Armen. „Das entspricht nicht der Kultur der Maginar. Reisende haben das Recht, eine Stadt zu betreten und einzukehren. So kenne ich es und nicht anders", unterrichtet Reavaer die Wache. „Von so einem Recht weiß ich nichts. Unsere Stadt sucht sich genau aus, wer hinein darf und wer nicht. Heute jedenfalls hat unser Führungsrat beschlossen, dass niemand mehr hineindarf", erklärt die Wache wiederum grimmig. „Dann haben wir ein Problem. Mein Weg hat mich nicht umsonst zu dieser Stadt geführt. Ich müsste mit Eurem Führungsrat wegen des niedergebrannten Waldes in der Nähe der Stadt sprechen. Und das Wichtigste wäre, dass mich etwas in dieser Stadt ruft." Reavaer bewahrt die Ruhe, so gut es geht, doch seine Stimme wird tiefer und fordernder. „Das ist mir alles egal. Hier kommt niemand hinein und nun verschwinde!" Die Wache löst die verschränkten Arme und nimmt eine kampfbereite Position ein. „Das ist Eure letzte Warnung, hier unbeschadet herauszukommen. Macht das Tor auf, oder ich mache es auf." Während Reavaer der Wache sein Ultimatum gibt, sieht er sich die Positionen der anderen Wachen an. „Ich weiß ja nicht, für wen Ihr Euch haltet, aber Eure Drohung könnte Euch ..." Weiter kommt die nun gereizte Wache mit der Antwort nicht. Er spürt, wie etwas Nasses, Glitschiges von hinten auf ihn springt und sich über seinen Rücken auf dem Körper ausbreitet. Zuerst versucht die Wache, die seltsame Substanz abzuschütteln, doch ohne Erfolg. Irgendwann kann sich die Wache nicht mehr bewegen und der Mund ist auch verdeckt, damit diese keinen Lärm macht. Mit einem Blick sieht die Wache auch, dass es dem Kollegen auf der anderen Seite des Tores nicht besser geht. Als sein Blick zurück zu Reavaer wandert, sieht die Wache, wie dieser seinen Arm nach vorne angewinkelt hat und die Finger wie ein Puppenspieler bewegt, bis beide Wachen gefesselt sind und sich nicht mehr bewegen können. „Ohoho, was ist das denn? Hat sich die Mauer eben um diese respektlosen Wächter gewickelt?" Yrona tritt näher heran und fühlt den Stein, der sich um die Wächter gelegt hat. Weiters fühlt sie eine Verbindung von dem Stein an der Wache zu der Mauer. „Ohohoho, tatsächlich hat die Mauer sie ruhiggestellt. Warst du das?" Sie wendet sich amüsiert an Reavaer. „Richtig, es schien mir angemessen, dafür die Mauer zu benutzen", gibt Reavaer entspannt zurück, als er nach oben schaut, um all die Wachen, die auf der Mauer patrouillieren, zu erfassen. Er hebt seinen Arm und macht eine herabdrückende Geste, woraufhin alle sichtbaren Wachen in die Mauer sinken und auch feststecken. Nun da die beweglichen Ziele festsitzen, wendet sich Reavaer dem Stadttor zu. Er sieht zum oberen Teil des Tores, der daraufhin sofort aufweicht. Der Stein an der oberen Seite des Tores wabert, behält aber größtenteils seine Form. Reavaer geht zum Fallgitter und hebt dieses mit einer Hand hoch über seinen Kopf. Das Gitter geht direkt durch den weichen Stein und bleibt oben in Position. Dann wird der Stein um das Tor wieder fest. „Sehen wir uns an, was diese Stadt uns verheimlichen wollte", spricht Reavaer ruhig zu Yrona und geht in die Stadt. „Ohoho, wie interessant", kommentiert sie kurz und schließt zu ihm auf.

„Wie ungewöhnlich, ich dachte, du beherrschst Eismagie. Zumindest war es das, was du in Ardin benutzt hast", stellt Yrona fest, während sie neben Reavaer hergeht. „Da habt Ihr recht, in Ardin habe ich Eis verwendet. Doch hier schien es mir angemessen, den Stein zu benutzen, den die Bewohner angesammelt haben, um Fremde fernzuhalten", erklärt Reavaer mit einem Grummeln am Ende. „Hohoho, nein, das meine ich nicht. Ich wollte wissen, wie du den Stein und Eis kontrollieren kannst", fragt sie noch mal speziell nach. „Ach so, das, nun, ich habe kein bestimmtes Element, das ich kontrolliere. Wie ich schon mal erwähnt habe, eignete ich mir verschiedene Magiearten an. Doch meine Spezialität liegt darin, wenn ich zwei elementare Aspekte miteinander kombiniere. Bei Eis benutze ich die Kälte der Luft mit der Formlosigkeit des Wassers. Und bei dem flüssigen Stein benutze ich die Formlosigkeit des Wassers und die Stabilität des Steins. Solange die zwei Elemente direkt aufeinandertreffen, kann ich meine zu kontrollierende Magie erschaffen. Ich hoffe, das macht Sinn", erklärt Reavaer nun ausführlicher. „Dann könnt Ihr noch andere kombinierte Elemente erschaffen?", vermutet Yrona, woraufhin Reavaer stumm nickt.

Einige Schritte können die beiden noch gehen. Doch Reavaer hört nun nicht mehr nur ein schwaches Seufzen in seinem Kopf, sondern auch langsames piepsendes Atmen. Er wird unruhig und fühlt Schmerz in dieser Vision. Jedoch kann Reavaer seinen Gang nicht beschleunigen, da er Yrona nicht zurücklassen will. Auch sind das offene Tor und die einzementierten Wachen nicht unbemerkt geblieben. Die übrigen Wachen suchen nun die Stadt nach den Unruhestiftern ab und machen Reavaer und Yrona schnell als diese aus.

Die Stadtwachen umzingeln die beiden, reden auf sie ein und versuchen, sie auch festzunageln. Reavaer ist die Lust am Reden vergangen, er schwingt seine Arme, dreht seine Handgelenke und krümmt die Finger, woraufhin Säulen und Seile aus Stein aus den Wänden der Häuser die Wächter greifen, umschlingen und überziehen. Die Wächter und einige Stadtbewohner können dem ausweichen. Sie greifen Reavaer und Yrona aus allen Richtungen mit magischen Attacken bestehend aus verschiedenen Elementen an. Reavaer bringt vorne und hinten Wände aus Stein von den Hauswänden zwischen sich, Yrona und die Attacken. Einige Angreifer schaffen es hoch in die Luft, andere machen Schwachstellen in Reavaers Abwehr aus. Diese blendet Yrona mit der Hilfe von verstärkten Strahlen aus der Sonne und bringt sie mit der Hitze der selbigen aus dem Gleichgewicht. Im Gegensatz zu Yrona, die nur ihren Stab in die Höhe strecken muss, um Sonnenstrahlen gezielt zu verstärken, muss Reavaer ausschweifende Bewegungen machen, um den flüssigen Stein zu kontrollieren. Die fließenden, weichen, aber auch übertrieben weiten Bewegungen wirken wie ein Tanz, bei dem der flüssige Stein den Armen, Beinen und Händen von Reavaer folgt. Während die Angreifer ihre mächtigsten Zauber benutzen, um Reavaer und Yrona zu bezwingen, konzentrieren sich diese auf die Verteidigung, um keinen Angriff abzubekommen. Zwischen den Explosionen, Einschlägen und Elementarstößen findet Reavaer immer wieder Zeit, um einzelne Feinde mithilfe von Steinsäulen, die aus Hausmauern schießen, festzunageln. Langsam wird ein Angreifer nach dem anderen mehr oder weniger sanft aus dem Kampf genommen, bis alle angreifenden Bewohner und Wachen festsitzen. „Wenn ich in dieser Stadt erledigt habe, weshalb ich hier bin, kommt ihr alle wieder frei! Verhaltet euch bis dahin ruhig!", ruft Reavaer der festsitzenden und versteckten Menge zu. „Ohohoho, so viel Aufregung hatte ich schon lange nicht mehr", kommentiert die alte Maga und folgt Reavaer zum hohen Turm im Zentrum der Stadt. Der Weg dorthin ist ansonsten ruhig, die Stadtbewohner haben alle ihre Mittel am Eingang der Stadt verwendet. Erst am Turm begegnen Reavaer und Yrona wieder Maginar in hellen und reich verzierten Roben. Drei Magonar und vier Maganar stehen zwischen den beiden und dem Zentralgebäude mit dem hohen Turm. Die beiden halten einige Schritte vor den Magonar. Anstatt etwas zu sagen, fangen ihre Augen an zu leuchten. Die Robenträger zielen mit ihrer Lichtmagie alle gemeinsam auf Reavaer. Dieser schreit auf, er kann sich nicht auf den Beinen halten und fällt auf die Knie. Das konzentrierte Licht brennt sich an seinem Körper vorbei direkt in seine Seele. Der Schmerz verhindert, dass er selbst Magie wirken kann. Seine Sicht verschwimmt, er muss das linke Auge schließen, damit er noch halbwegs Lichtmagie im rechten Auge wirken kann. Doch Reavaers Lichtmagie reicht nicht, um einen der feindlichen Lichtmaginar zu irritieren. Ihm brennt der ganze Oberkörper und als er versucht, einen Arm zwischen seine Brust und die Blicke der Lichtmagie zu bekommen, schmerzt der Arm umso mehr.

„Genug!", ruft Yrona dazwischen. „Wie armselig seid ihr, dass ihr eure Magie alle auf einmal gegen eine einzelne Person

richtet? Diese feige Respektlosigkeit werde ich nicht dulden!",
fügt sie wütend hinzu. Yrona hebt ihren Stab und rammt das
untere Ende laut gegen den Lichtsteinboden. Daraufhin blitzt
der trübe Kristall ihres Stabes kurz und mehrfach auf. Das wiederum irritiert die Robenträger sehr. Sie alle werden beim Wirken ihrer Lichtmagie unterbrochen. Diese Unterbrechung gibt
Reavaer genug Zeit, um seine Konzentration zu sammeln. Im
nächsten Moment macht Reavaer eine greifende Bewegung mit
seiner Hand und ausgestreckten Fingern. Zeitgleich kommen
fingerartige Auswüchse aus nassem Stein von der Mauer hinter den Gegnern. Diese Finger legen sich über die Köpfe aller
Robenträger. Der Stein legt sich über die Augen und schlingt
sich um das Kinn. Ihre Köpfe werden in dieser Position durch
die Finger an der Wand gefesselt, als der Stein austrocknet. Panisch versuchen die Robenträger, den Stein von ihren Köpfen
zu drücken und zu kratzen, doch ohne Erfolg.

Ohne ein Wort zu verlieren, geht Reavaer gefolgt von Yrona an den Robenträgern vorbei. Hören würden sie ihn ohnehin
nicht. Nach einem weiteren Schritt sind die beiden schon vor
dem großen Tor zu dem zentral liegenden, aufwendig gebau-
ten Gebäude. Reavaer versucht, das Tor zu öffnen, doch es bewegt sich kein Stück. Es scheint von innen verriegelt zu sein.
Ein frustriertes Raunen ist von Reavaer zu hören, während er
sich den Rahmen und die Befestigung des Tores ansieht. Reavaer
hebt seine Hand und drückt diese gegen das Tor. Dann wirkt er
seine Magie auf den Stein, an dem die Angeln der Torflügel befestigt sind. Als der Stein weich und formbar wird, fällt das Tor
haltlos in das Gebäude und gibt den Weg frei. Für Yrona ist das
Innere nur dunkel und miefig. Reavaer jedoch kann in diesen
Lichtverhältnissen gut sehen. Er macht einen Mago am Ende
des Raumes aus und mehrere verschiedene Lebensformen an
der Innenseite der äußeren Wände. Die Schritte der zwei hallen
laut durch den größtenteils leerstehenden Raum.

„Mir gefällt überhaaaupt nicht, was Ihr mit meiner Stadt
aaangestellt haaabt. Ihr haaabt Gebäude beschädigt und meine Bürger erschreckt! Es wird laaange braaauchen, bis Ihr die

Gebäude wieder aaaaufgebaaaut haaabt und die Bewohner Euch verzeihen!", durchbricht die hochnäsige Stimme des Mago das Geräusch der Schritte. Reavaer antwortet ihm nicht. Stattdessen beobachtet er den Mago, der als Nächstes seine Hände hebt. Reavaer sieht ansonsten keine Bewegungen vom Mago ausgehen, doch er spürt, dass eine unsichtbare Kraft auf seinen Oberkörper drückt. Reavaer kann die Ursache dieses Gefühls nicht ausmachen, deshalb benutzt er die Macht seines linken Auges. Er schließt beide Augen und öffnet nur das linke. Der gesamte Augapfel leuchtet in einem endlosen Schwarz und die Gesichtspartien, die davon angestrahlt werden, verdunkeln sich in ein formloses Schwarz. Mit diesen Augen sieht er geisterhafte Klauen von den Händen des Mago vor ihm ausgehen. Die Klauen drücken gegen seine Brust und versuchen ihn anscheinend zu durchbohren. Doch die Geisterklauen kommen nicht in seine Seele hinein, deshalb strecken sie sich nach der nichtsahnenden Yrona aus. „Oh nein, das wirst du nicht!", ruft Reavaer und schwingt seinen Arm von einer locker hängenden Position hinauf bis über seinen Kopf. Zeitgleich schießt eine Säule aus feuchtem Stein vor ihm schräg auf den Mago zu und klatscht ihm direkt ins Gesicht. Der Mago schreit, die geisterhaften Klauen fahren zurück in seine Hände und nun kann er sich das Gesicht abwischen. Diese Zeit nutzt Reavaer, er manipuliert den Stein unter dem fremden Mago und formt eine Kugel aus Stein um ihn. Sie hat mehrere kleine Löcher, durch die er nicht hinaus kann.

„Aaah! Waaas ist daaas?", schreit der Mago panisch, jedoch weiterhin in seiner langgezogenen, arroganten Art. Was Reavaer auf die Nerven geht. Mit einem Wisch mit der Hand schließen sich viele der Löcher in der Kugel um den Mago. Es bleiben nur einige kleine Löcher an der Unterseite, damit er Atemluft bekommt. Das Geschrei aus der Kugel lässt jedoch nicht nach und es kommen Geisterklauen aus der Kugel, die blind, aber wild umherschlagen. „Oohohoho, was passiert hier denn? Ich kann fast gar nichts wahrnehmen", möchte Yrona zu dem ganzen Tumult um sich herum wissen. „Es scheint, wir haben hier einen Seelensammler mit einer ungewöhnlichen Begabung. Seine Seelenhände sind unsichtbar und spitz. Leider setzt er seine Fähigkeit nicht zum Wohle aller ein. Sag mir, Yrona, wann konnten arrogante Tyrannen die Mächte in verschiedenen Städten ergreifen? Und welche Dummköpfe haben ihnen diese Macht gegeben?", erklärt Reavaer hörbar frustriert. „Oohohoho, das hört sich gar nicht gut an. Leider habe ich keine Ahnung, wie diese Leute an diese Positionen gekommen sind. Nun sind wir jedoch hier, um ihnen eine Lektion in Respekt zu erteilen", erwidert die alte Maga aufgeregt. „Das stimmt, nun sind wir hier, damit Übeltäter nicht mehr ungestraft weitermachen können. Für die Bewohner dieser Stadt habe ich keine Argumente, diese habe ich vor dem Stadttor gelassen. Im Moment habe ich nur Bestrafung für sie." Somit geht Reavaer auf sein selbst erschaffenes Stein-Kugel-Gefängnis, in dem der Anführer der Stadt gefangen ist, zu. Mit seinen wild umhergreifenden und -schlagenden Geisterklauen versucht der festsitzende Mago verzweifelt etwas zu greifen. Da Reavaer mit seinem linken Auge die Geisterklauen sehen kann, ist es ihm möglich, diesen auszuweichen. Erst als er sich vor der Steinkugel auf ein Bein hinunterkniet und sich auf dem Schenkel des anderen Beines abstützt, können ihn die Klauen packen. Sie drücken, stechen und zerren an seiner Seele, während er sich konzentriert. Ohne aus der Ruhe gebracht zu werden, setzt er seine freie Hand an der Kugel an und weicht die Stelle auf. Reavaer drückt seine Hand samt Arm in den feuchten Stein, bis er auf der anderen Seite herauskommt und zieht diesen wieder zurück. An dieser Stelle formt er eine Beule. Diese fängt an zu leuchten, woraufhin die Geisterklauen des Anführers im Inneren der Kugel verschwinden. Anschließend zieht Reavaer eine Linie mit dem Zeigefinger von der Beule im Stein hinunter zum Boden. Dann holt er den Rialit-Stab heraus und führt ihn in den Boden am Ende der Linie hinein. Das Leuchten fließt die gezogene Linie hinunter zum Stab, der zu leuchten beginnt wie eine Fackel. „Was ist denn das für ein Magiefluss, den ich wahrnehmen kann?", fragt Yrona, neugierig über den konzentrierten Energiefluss, der aus der Kugel in den Rialit-Stab geht. „Das ist ein selbstversorgender Zauber, der die magische Kraft im Inneren des Gefängnisses absaugt und sich damit am Wirken hält. Die ganze überschüssige Kraft geht hier hinunter in den Stab und dort wird die Kraft in Licht und Wärme umgewandelt. So kann der Insasse keine Magie wirken und ist für Umstehende keine Gefahr", erklärt Reavaer trocken, steht dabei auf und sieht sich nun in Ruhe im Inneren der Halle um. Yrona geht währenddessen näher zur Steinkugel und hält ihren Wanderstab als Erweiterung ihrer Sinne nahe an den Zauber von Reavaer, um den magischen Fluss besser wahrzunehmen. Dem Geschrei und Gejammer aus dem Inneren der Kugel schenken die beiden keine weitere Beachtung.

Verbunden

Reavaer beendet den Zauber auf seinem linken Auge, da er keine unsichtbare Magie mehr aufspüren muss. Danach wirkt er wieder die Lichtmagie seines rechten Auges und sieht erneut die Geschöpfe an der Außenwand der Halle. Die Wesen sind in Käfige gesperrt. Drei Seiten des Käfigs sind Rialitgitter und die vierte Seite ist die Außenwand des Turms. In jeden Käfig ist ein anderer Vertreter einer Magren-Art eingesperrt. Als Erstes sieht er einen Fuchs-Magren, dann einen Wolf, einen Bär, eine Spinne, einen Tiger und weitere Arten. Sie alle wirken ausgemergelt und abwesend. Es scheint, sie versuchen schon lange nicht mehr auszubrechen. Sie sitzen oder liegen hoffnungslos in ihren engen Käfigen. Da Reavaer nicht weiß, wie die Magrennar vorher behandelt wurden, beschließt er, nicht mit ihnen in Kontakt zu treten. Er hält sich von den Käfigen fern. Stattdessen benutzt er seine Kontrolle über den Stein, indem er die Wand des Turmes aufweicht. Mit einer Handbewegung öffnet sich die Steinwand langsam nach oben wie ein Vorhang. Somit fehlt den Käfigen die hintere Wand und die Magrennar können gehen. Erschrocken und verwirrt über die plötzliche Freiheit trauen sich die Magrennar nur zögerlich hinaus, auch weil ihre Augen nicht an das helle Licht draußen gewöhnt sind. Einer nach dem anderen tapst hinaus und langsam kommt die Freude über die neu gewonnene Freiheit auf. Obwohl die Magrennar abgemagert und hungrig sind, werden ihre Lebensgeister geweckt und sie nutzen ihre tierischen Fähigkeiten, um die Mauer zu überwinden und zurück zur Natur zu gelangen.

Nachdem der letzte Magren hinter der Mauer verschwunden ist, glaubt Reavaer, seine Aufgabe in der Stadt erfüllt zu haben. Aber das Gefühl, das ihn in die Stadt geführt und bis hierher geleitet hat, ist nicht verschwunden. Es fühlt sich an, als ob er noch etwas zu erledigen hat. Nun wird Reavaer nervös und sieht sich energisch um. Mit seinem leuchtenden rechten Auge sucht er nun jeden Winkel des Turmes ab. Schließlich findet er am Ende der Käfigreihe für die Magrennar einen kleinen Käfig über Kopfhöhe an einer Kette hängen. Er erinnert an einen Vogelkäfig und darin erkennt er ein leichtes Glitzern. Energisch nähert Reavaer sich dem Käfig. Einen Vogel kann er nicht erkennen. Etwas liegt auf dem Boden des Käfigs, doch es ist zu dunkel, um zu erkennen, was es ist. Reavaer greift nach dem Käfig und möchte diesen vom Haken nehmen. Das schafft er jedoch nicht, der Käfig ist zu schwer und massiv. Als die Ketten rasseln und der Käfig sich bewegt, hört er etwas aus dem Käfig. „Aaahh! Aaahh!", piepst es in einem hohen, schrillen Ton. Um höher zu kommen, muss Reavaer sich Treppen aus Stein formen, damit er das schwere Metallgebilde vom Haken heben kann. Dann trägt er es vorsichtig nach unten und legt es auf den Boden. Erst jetzt sieht er mithilfe des einfallenden Lichtes, dass darin ein kleines Schlangen-Magren liegt. Kraftlos und schwach atmend liegt das kleine Wesen auf dem Bauch. Vorsichtig, mit zittrigen Händen öffnet Reavaer die Käfigtür. Die Finger und die Schwanzspitze des Kleinen zucken bei dem quietschenden Geräusch. Schließlich will er in den Käfig greifen und das Kleine herausholen. Doch bevor er zugreift, zögert er und zieht die Hände zurück. Er schaut entgeistert vor sich hin. Hastig und mit noch stärker zitternden Händen greift Reavaer in seine Tasche. Er holt die gefaltete Decke heraus und legt sie vor sich. In diesem Moment bemerkt Reavaer erst, wie nervös er ist, und schließt kurz die Augen. Als er die Augen wieder öffnet, kann er sich wieder konzentrieren. Seine Hände sind wieder ruhig. Vorsichtig umgreift er mit einer Hand die Schultern und Hüften, mit der anderen Hand die Mitte des Schweifes. „Aaahh! Aaahh!", piepst das kleine Schlangen-Magren weiter. An den Fingern, die sich um den Bauch schlingen, spürt Reavaer etwas Klebriges. Also legt er das Kleine mit dem Rücken auf die Decke. Als die Schlange weich liegt, wird sie sofort ruhiger und aus dem aufgeregten Piepsen wird ein Seufzen. Da sieht Reavaer den Grund für den klebrigen Bauch. Es sind offene Wunden, die durch den Druck des Gewichts des Wesens auf das Bodengitter entstanden sind. Sie konnten sich nicht schließen, da es sich kaum bewegt hat. Um die Wunden an Brust und Bauch will sich Reavaer später kümmern. Erst muss das Kleine zu Kräften kommen. „Yrona, ich brauche bitte das Wasser", ruft er die alte Maga zu sich. „Oohoho, du klingst sehr durstig", stellt sie süffisant fest. „Ich nicht, aber wir haben hier ein sehr durstiges kleines Wesen", antwortet er ihr, während er den Schlauch öffnet. Vorsichtig lässt er das Wasser vom Schlauch tropfenweise über seinen Zeigefinger an das Maul des kleinen Schlangen-Magren tropfen. Überrascht öffnet es das Maul und die Tropfen fließen hinein. „Was haben wir denn hier?", fragt Yrona, die wohl die Form dieses Lebewesens nicht kennt. „Das hier, werte Yrona, ist ein kleines Schlangen-Magren. Vermutlich eine Maga'a", erklärt Reavaer, während er das Kleine trinken lässt, bis es den Kopf wegdreht. „Hoo? Sind denn alle kleinen Magrennar so winzig? Ich hätte sie gar nicht bemerkt." Als Reaktion auf Yronas Bemerkung brummt Reavaer grimmig. „Sie ist sehr lange in diesem Käfig gelegen. Vermutlich hat sie nicht genug gegessen oder hat nicht genug bekommen. Wenn sie es nicht schafft, werde ich diese Stadt in Schutt und Asche legen." Reavaer klingt verbittert und wütend. Er greift in die Tasche, auf der Suche nach etwas Essbarem. Erst will er etwas Trockenfleisch herausholen, aber dann fühlt er die Spinnenfäden-Kokons. Er wird wieder gelassener und sieht dann zu Yrona hoch. „Erinnert Ihr Euch noch, wie ich sagte, dass ich noch nie etwas bekommen habe, das ich nicht brauche? Seht her." Reavaer holt die drei Kokons hervor. „Oooh. Dann erklär mir, wie diese ... Gegenstände helfen sollen?" Yrona ist erstaunt und neugierig zugleich. „In Ordnung, also ...", fängt Reavaer an zu erklären und hält erst mal einen der Kokons in der Hand. Er holt das Messer aus der Tasche und schneidet eine Seite des Kokons auf, damit er an den Käfer im Inneren kommt. Des Weiteren erklärt er Yrona, dass junge Schlangen-Magren solche Käfer gerne jagen und essen. Vorsichtig hält Reavaer den Käfer vor das Maul der kleinen

Schlange. Sie öffnet es und züngelt ein wenig an dem Krabbeltier, das nicht mehr krabbelt, seit es von der Spinne gefangen und eingesponnen wurde. Langsam schiebt er den Käfer in das Maul der Kleinen. Doch ab einem bestimmten Punkt geht es nicht weiter. Der Käfer wird zu breit für den kleinen Körper der Schlange. Erst jetzt bemerkt Reavaer die Größe des Käfers. Dieser ist fast genauso breit wie die Schlange an ihren Schultern, würde also niemals hineinpassen, und die Kleine hilft auch nicht mit ihren Händen mit. In dieser Position möchte er die Finger von dem Käfer nehmen, damit die Kleine selbst einen Weg findet, den Krabbler zu essen. Doch sie röchelt und windet sich nur. Schließlich zieht er den Käfer wieder heraus. „Du musst etwas essen, kleines Wesen. Damit du wieder zu Kräften kommst. Ich bin eben erst wieder zurückgekommen, bitte brich mir nicht das Herz." Reavaer redet auf die Kleine mit Frustration und Verzweiflung ein. Nach einigen unangenehmen Augenblicken, die Reavaer sich nehmen muss, um seine Gedanken zu sammeln, wendet er sich an Yrona. „Verzweiflung oder Panik haben noch nie bei Rettungen geholfen. Das Ziel ist nun, der Kleinen etwas zu Essen zu machen." Nachdem er dies laut ausgesprochen hat, steht er auf und sieht sich um. Er kann eine steinerne Schale auf einer hüfthohen Säule nahe dem Eingang erkennen. Dort angekommen überprüft er das Wasser. „Das ist frisch, ideal zum Kochen", merkt Reavaer an. Dann lässt er den Fuß der Säule weich werden, damit er die Schale samt Wasser zur Kleinen auf der Decke gleiten lassen kann. Nachdenklich sieht er sich noch mal um und als er sich das Gefängnis für den Anführer der Stadt ansieht, ändert sich sein Gesichtsausdruck. „Ich habe eine Idee!", verkündet Reavaer, während Yrona immer noch keine Ahnung hat, was er vorhat. Reavaer lässt die Säule samt Wasserschale weiter über den Boden gleiten bis zum glühenden Rialitstab vor dem Gefängnis, der immer noch von der Magie des Anführers gespeist wird. Reavaer lässt den Stein der Säule aufweichen und langsam den Rialitstab umschließen. Die stumpfe Spitze des Stabes deutet daraufhin in das Wasserbecken, was das Wasser langsam zum Kochen bringt. „So, nun muss es schnell gehen."

Er rennt zurück und hebt die kleine Schlange auf. Vorsichtig trägt er sie samt Decke zu seinem improvisierten Kochtopf und legt sie daneben ab. „Oohoho, als du gesagt hast, du wolltest was zubereiten, hast du wirklich Kochen gemeint." Yrona ist überrascht und amüsiert und verfolgt das Treiben weiter. „Ich bin ein furchtbarer Koch, aber es ist die beste Möglichkeit, etwas leicht Verdauliches zu bekommen", gesteht er und nimmt dabei den Spinnweben-Kokon in die Hand. Er hält diesen über den Dampf des kochenden Wassers. Die Spinnweben werden wieder weich und klebrig. Einen Teil reißt er ab und gibt ihn in das Wasser. Den Rest legt er an den Rand. Dann nimmt er den Käfer und bricht das Außenskelett auf. Als Nächstes nimmt er sein Messer aus der Tasche und spießt den Käfer an der Seite damit auf. Schließlich taucht er den Käfer in das Wasser. Die Spinnweben haben eine Art Brühe gebildet. Nun beobachtet er, wie der Käfer aufgeht und die Schale immer weiter aufknackt. Schließlich nimmt Reavaer den Käfer aus dem Wasser und streift diesen am Rand der Schüssel vom Messer. Vorsichtig zieht er den Insektenpanzer oben herunter und sieht, dass das Insektenfleisch rosa und fest ist. Nun schneidet er das Fleisch in mundgerechte Häppchen und schließlich bekommt die kleine Schlange die Happen vorgesetzt. Sobald sie den Geruch des Fleisches wahrnimmt, öffnet sie ihr Maul und vertilgt schmatzend einen Happen nach dem anderen. „Es scheint zu schmecken. Alles aufgegessen", berichtet Reavaer, woraufhin Yrona wieder amüsiert kichert. Die Atmung der Schlange wird langsamer und sie beginnt gleichmäßig summend zu schnarchen. „Und direkt eingeschlafen. Ihr scheint es so weit gut zu gehen. Nun kommt aber der unangenehme Teil. Sie hat offene Wunden an Bauch und Brust wegen des Gitters, auf dem sie so lange gelegen hat. Ich muss die Wunden reinigen und verbinden. Ich hoffe, das wird ihr nicht wehtun", fährt Reavaer mit seinem Bericht fort. Dann reißt er wieder ein wenig von dem Spinnennetz-Kokon ab und hält ihn über das dampfende Wasser. Damit wischt er vorsichtig über die Wunden, entfernt dabei Schmutz, Rost und Hautreste, die durch das Gitter in ihr Fleisch gedrückt und gekratzt wurden. Sie zuckt ein wenig und quietscht im Schlaf. Reavaer ist höchst konzentriert bei der Reinigung und zuckt ebenfalls zusammen, wenn sich die kleine Schlange bewegt, weil sie Schmerzen wegen der Wunden hat. Doch er entfernt gründlich alles, was beim Heilen der Wunden einwachsen könnte. Als Letztes nimmt er den Rest des Kokons und hält ihn wieder in den Dampf. Das große Stück Spinnweben legt er auf Brust und Bauch der Kleinen und wickelt es hinten fest. Vorsichtig dreht er sie auf den Bauch. Damit es hält, wischt Reavaer mit dem Finger über den Boden und nimmt mit dem Zeigefinger etwas flüssigen Stein auf die Fingerspitze. Am Rücken verbindet er die Enden des Spinnennetz-Kokons und wischt mit dem Finger den flüssigen Stein darüber, damit diese zusammenhalten. „So, der Verband ist dran. Ich hoffe, das hält so lange wie die Wunden heilen", verkündet er stolz. „Es sieht ein wenig wie Kleidung aus. Steht ihr gut", kommentiert er noch am Ende. „Ohoho, das muss ich mir genauer erfühlen, wenn wir wieder im Sonnenlicht sind." Yrona klingt, als ob sie in Aufbruchsstimmung ist. „Ich bin hier auch fast fertig." Behutsam nimmt Reavaer die Decke samt kleiner Schlange auf und klappt die gefaltete Unterseite nach oben, um die Kleine zuzudecken. Nun hält er sie mit seiner rechten Hand und dem Oberarm fest, die an seine Brust gedrückt sind. Mit der linken Hand macht er dirigierende Bewegungen. Die Gitter an den Seiten der Halle, die vorher als Käfige für die Magrennar gedient haben, setzen sich in Bewegung. Sie gleiten auf Wellen aus flüssigem Stein auf dem Boden zum Kugel-Gefängnis und legen sich unregelmäßig darum, bis die Kugel von den Käfigen umschlossen ist. Reavaer geht zum Gefängnis und macht wieder Hügel, Symbole und Striche darauf, die zu den Gittern gehen. Alles fängt an zu leuchten und die Gitter fangen an zu glühen wie der Rialitstab vorher. „Was soll das sein?", möchte Yrona wissen, als sie diese große Hitze wahrnimmt. „Eine Strafe, die dem Unheil, das er angerichtet hat, angemessen ist", gibt Reavaer nur kurz als Antwort. Dann geht er zu seinem improvisierten Kochtopf. Er stößt den Steinanteil der Schüssel und Säule um. Diese fällt weich klatschend zu Boden und nur der

Rialitstab bleibt stehen. Diesen zieht Reavaer wieder aus dem Boden und lässt ihn abkühlen, bevor er ihn wieder in die Tasche steckt. „Ich denke, wir sind hier fertig. Ich will diese Stadt hinter mir lassen." Noch während Reavaer das sagt, macht er sich auf zur Tür, durch welche die beiden eingetreten sind. Yrona geht ihm nach, froh, diesen dunklen Ort endlich verlassen zu können. Je näher sie dem Ausgang kommen, desto heller wird es. Reavaer sieht hinunter zur kleinen Schlange, die zugedeckt auf seiner Hand und seinem Oberarm liegt. Vorsichtig hält er die linke Hand über ihren Kopf. Sie schläft zwar, doch das plötzliche helle Licht könnte ihren Augen schaden, die nur an Dunkelheit gewöhnt waren. Draußen haben die Robenträger inzwischen den Versuch aufgegeben, ihren Kopffesseln zu entkommen. Es haben sich Bewohner der Stadt am Platz vor dem Turm versammelt, die den vorherigen Kampf nur aus der Ferne mitbekommen haben. Die Bewohner weichen zurück, als Reavaer und Yrona vor die Tür treten. Gemächlich spazieren die beiden auf der Straße zurück zum Stadttor. Die Menschenmenge macht einen Bogen um sie und weicht aus dem Sichtfeld der beiden, aus Angst, sie zu erzürnen. Unbeirrt gehen die beiden bis zum Stadttor und hinaus. Der Wächter steht noch immer gefesselt außerhalb der Mauer. Reavaer wendet sich ihm zu. „Ihr könnt eure elende Stadt zurückhaben. Wenn ich erfahre, dass ihr erneut Lebewesen so schlecht und lebensverachtend behandelt, komme ich zurück und mache die Stadt dem Erdboden gleich. Richte das eurem nächsten Anführer aus", droht er dem Wächter, welcher Reavaer schweigend ansieht. Schließlich setzen Yrona und Reavaer ihren Weg auf der Straße fort. Mit einigem Abstand zur Stadt konzentriert sich Reavaer und lässt alle gefangenen und gefesselten Bewohner der Stadt frei. Die eingesunkenen Wachen auf der Mauer sowie das Fallgitter im Inneren des Steintores werden ebenfalls befreit. Danach geht der ganze Stein wieder in seinen natürlich harten Zustand über.

Schlurfi

Als die beiden weiter dem Weg folgen, begegnen ihnen mehrere Reisegruppen und Händler. Ein Großteil der Händler reist mit einem Reavaer wohlbekannten Gefährt. Es werden kistenförmige Wagen nachgezogen, die mit elementarer Magie in Bewegung gebracht werden. Die Straße ist so belebt, dass Reavaer niemanden aufhalten möchte, um sich über die Transportkiste zu informieren. Zu seinem Glück steht die Sonne schon fast am Horizont und ist im Begriff, unterzugehen. Langsam bereiten sich die Reisenden und Händler für die Nacht vor. Sie sammeln sich in kleinen Gruppen am Wegesrand auf dem Erdstreifen zwischen Straße und Wiesenrand. Es werden Decken als Nachtlager ausgebreitet. „Es wird dunkel, wir sollten bis zum Morgen rasten", schlägt Reavaer vor. „Ohoho, das klingt gut. Meine Beine sind es nicht gewohnt, so lange zu wandern", stimmt Yrona zu, woraufhin Reavaer nach einem geeigneten Rastplatz Ausschau hält. Er findet schnell einen freien Platz neben einem Händler, seiner Transportkiste und Begleitschutz. „Verzeiht, dürfen wir neben Euch lagern?", fragt Reavaer den Händler direkt. Dieser sieht zu ihm auf und ist im ersten Moment über die Gesellschaft nicht sonderlich begeistert. „Sicher, der Platz ist für jeden offen", willigt der Händler desinteressiert ein. Reavaer nickt dankend, legt seine Tasche auf den Boden und holt die kleine Schlange aus der Decke. Dann legt er die Schlange auf die Tasche und breitet die Decke über der Erde aus. Als Nächstes hilft er Yrona, die Decke zu finden, damit sie sich daraufsetzen kann. Und schließlich nimmt er die Tasche mit der Kleinen wieder an sich. Der ganze Vorgang hat sie aufgeweckt. „Miihh?", quietscht sie in einem hohen Ton. Reavaer nimmt sie in beide Hände und hält sie unter den Achseln hoch direkt vor sich. „Guten Abend, genug geschlafen? Ich hoffe, du wurdest nicht zu sehr auf meinem Arm durchgeschüttelt", redet er gleich auf die

Kleine ein. Der Händler wird darauf aufmerksam. Im Schein eines leuchtenden Rialitstabes sieht er Reavaer mit der Kleinen. „Wen habt ihr denn da?" Sogleich kommt der Händler näher, um sich das kleine Wesen anzusehen. „Ein kleines Schlangen-Magren. Wir haben uns erst vor Kurzem getroffen, sie hat noch gar keinen Namen", antwortet Reavaer dem neugierigen Händler. Seine Leibwächter werden nervös, da ein Magren jeglicher Art gefährlich werden kann. Reavaer beobachtet den Händler und die Wachen ein wenig. Da sie nicht bedrohlich wirken, dreht er seinen Kopf wieder zu der Kleinen, die ihren Kopf schieflegt und plötzlich nach seiner Nase schnappt. Alle, die das beobachten, erschrecken, bis auf Yrona, die wegen mangelnden Lichts keine Formen wahrnehmen kann. „Dieses Verhalten ist neu. Ich hoffe nur, sie probiert jetzt ihre Giftzähne nicht aus", quakt Reavaer mit zugekniffener Nase. „Ohohoho, was hat sie denn mit dir gemacht?", amüsiert sich Yrona über Reavaers Stimme. Die kleine Schlange kaut und schmatzt währenddessen auf seiner Nase herum, ohne die Zähne zu benutzen. „Ich glaube, sie hat wieder Hunger", stellt Reavaer kurzerhand fest und zieht sie vorsichtig von seiner Nase weg. Reavaer verschränkt die Beine zu einem Schneidersitz und legt die kleine Schlange auf seinen Schoß. Im schwachen Schein des leuchtenden Rialitstabes sieht sie sich neugierig die ganzen Personen um sich herum an. Währenddessen holt Reavaer einen weiteren Kokon aus der Tasche. Mit dem Messer öffnet Reavaer den Kokon an der Oberseite und schneidet den Käfer heraus. Dabei ist er vorsichtig, damit er den Kokon so wenig wie möglich beschädigt. „Was ist das denn?", fragt der Händler von der Seite, als er Reavaer dabei beobachtet. „Das ist Spinnenseide. Das Dorf Ardin handelt neuerdings damit", berichtet Reavaer dem Händler. Dieser ist sehr interessiert daran. Reavaer bemerkt das und reicht ihm die Seide. „Hier, überzeugt Euch von der Qualität. Aber nicht beschädigen, ich brauche es noch." Der Händler nimmt ihn entgegen. Er untersucht das Objekt ausführlich. Währenddessen entfernt Reavaer die Beine des Käfers und bricht mit den Fingern die Schale auf, damit dieser nicht so starr ist. Dann hält er diesen der kleinen Schlange hin. „Haaa!" Sie quietscht freudig und nimmt den Käfer. Gleich wird dieser verschlungen. Nachdem die Kleine mit dem Essen fertig ist, widmet sich Reavaer nun ihrem Verband, der noch immer um ihre Brust und ihren Bauch gewickelt ist. Die Schlange beobachtet seine Hände, als sie zu ihrem Rücken wandern und den steinernen Streifen aufdröseln, der den Seidenwickel zusammenhält. Vorsichtig entfernt er den seidenen Verband. An ihren Wunden auf der Vorderseite bleiben noch einzelne Fäden verklebt zurück. „Das sieht gut aus. Es heilt schnell", murmelt Reavaer mehr zu sich selbst und tippt mit dem Daumen sanft auf ihren Bauch. „Miihh!" Die Kleine weicht zuckend zurück. „Aber noch etwas empfindlich. Das wird schon wieder", murmelt er weiter. Reavaer nimmt den Wasserschlauch von Yrona und den benutzten Verband. Er hält den Schlauch über die Kleine. Langsam träufelt er einige Tropfen auf ihren Rücken. Sie erschrickt und will ausweichen. „Miihh Mihaaaa Miiiiihh", quengelt sie, als das Wasser an ihr herunterfließt. Dann nimmt Reavaer den benutzten Verband und streift das Wasser damit ab. „Halte still, ich möchte nur den Staub und Schmutz entfernen", redet er auf sie ein. Während sie weiter quengelt, macht er ihren Rücken und die Arme sauber. Den Schweif lässt er in Ruhe und die Vorderseite hat er schon beim Wundreinigen sauber gemacht. „Du magst Wasser wohl überhaupt nicht. Das ist schade", stellt Reavaer fest. Als er fertig ist, streicht er mit dem Zeigefinger ihren Rücken, mit dem Daumen ihren Hals und das Kinn, um sie zu beruhigen. Die Kleine entspannt sich in seiner Hand. Das benutzte Seidenknäuel, das als Verband und Handtuch verwendet wurde, wirft er zur Seite. Dann streckt er seine freie Hand fordernd zum Händler aus. „Ich brauche bitte die Spinnenseide zurück." Der Händler gibt ihm den Kokon. „Die benutzte Spinnenseide könnt Ihr kostenlos haben. Sie ist abgewetzt, nass und etwas schmutzig, aber sie kostet nichts", bietet Reavaer dem Händler an und weist auf das Seidenknäuel neben ihm. Der Händler nickt eifrig und macht sich daran, es mit seinem eigenen Wasserschlauch zu säubern und später zu trocknen.

Nun braucht Reavaer beide Hände. Also legt er die Kleine in Rückenlage hin. Sie schaut ihn von unten an, während er an dem Kokon arbeitet. Er höhlt den Kokon aus, damit oben und unten große Löcher entstehen und an den Seiten kleinere Löcher direkt gegenüber. „Jetzt brauche ich etwas Hilfe. Yrona, würdet Ihr bitte die Kleine kurz halten?" Yrona wiederum kichert wieder auf ihre Art, als sie Reavaers Bitte hört. „Ohoho, nur wenn sie mich nicht beißt", fordert die alte Maga. „Ich hoffe nicht, das könnte jetzt etwas schwierig werden. Bitte streckt Eure Hände aus, als ob Ihr einen Apfel halten würdet." Yrona streckt ihre Hände mit den Handflächen nach oben aus. Reavaer hebt die Kleine in die offenen Hände von Yrona. Die kleine Schlange schaut und züngelt neugierig in alle Richtungen. Reavaer jedoch setzt seinen Daumen unter dem Kinn der Schlange an und drückt diesen nach oben, damit sie hinaufschaut. Plötzlich, aber mit Gefühl stülpt er der Kleinen den Kokon über den Kopf und zieht diesen nach unten, damit ihr Kopf oben wieder herausschaut. Ihre Arme werden durch die Löcher an den Seiten hinausgeführt. „Und fertig. Ein wenig zu groß, aber es soll nur den Bauch abpolstern." Reavaer begutachtet sein Werk und krault die Kleine am Kinn, damit sie sich nach der Prozedur wieder entspannt. Mit beiden Händen unter ihren Achseln nimmt er die kleine Schlange wieder aus Yronas Händen. „Danke, das war es schon. Hmm, das sieht weniger nach einem Verband für ihre Wunden aus und mehr nach einem Kleidungsstück." Angesichts von Reavaers Feststellung muss Yrona kichern. „Wenn ich ein geübter Schneider wäre, könnte ich ihr das besser anpassen. Was meint Ihr, wie sieht das aus?", fragt Reavaer nun zu dem Händler gewandt. Dabei sieht er, wie der Händler eifrig alles in ein Notizbuch schreibt, das er beobachtet. „Was? Oh ja, das sieht eindrucksvoll aus. Ich bin ein wenig neidisch, dass sie so ein feines Material tragen kann", gibt der Händler amüsiert zurück. Reavaer streckt seinen Daumen wieder zum Bauch der Schlange und drückt ihn an die empfindlichen Stellen. Die Kleine zuckt nicht. Sie schaut nur hinunter auf seinen Finger. Dann fühlt sie selbst, wie gut das Material polstert und die Wunde nicht gereizt wird. „Haaa! Mihaaaa!", freut sie sich und streckt die Arme in die Höhe. „Nun zeige ich Euch etwas Wichtiges. Falls Ihr auf einen Schlangen-Magren trefft und diesen beruhigen wollt", kündigt Reavaer an und schaut dabei zu Yrona und dem Händler. Sogar die Wächter sind neugierig. Reavaer nimmt seine Hände von der kleinen Schlange. Sie ist nicht mehr gestützt, deshalb sinkt sie etwas ab und muss sich mit ihren Händen abstützen. Reavaer sieht ihr in die Augen, als er anfängt, den Kopf hin und her zu schlenkern. In einer rhythmischen Bewegung schwingt er den Kopf in einer liegenden Achter-Bewegung vor der Kleinen. Dabei summt er eine leicht eingängige Melodie. „Hm hm hmm hm hmmm hm hm hm hm hmm hm hmmmm." Das wiederholt er einige Male, es dauert nicht lange, bis die Schlange seinen Bewegungen folgt. Sie macht die Bewegung nach. Dabei öffnet sie ihr Maul, gefolgt von einem summenden Seufzen. „Seid Ihr sicher, dass das hilft, um Schlangen zu beruhigen? Das sieht aus, als würde sie das noch aufgeregter machen", stellt der Händler fest, während er in sein Notizbuch kritzelt. „Beruhigt werden Schlangen dadurch wirklich nicht. Aber man kann sie damit zumindest ablenken", muss Reavaer zugeben. „Was ich Euch noch fragen wollte: Die Transportkiste, die Ihr da habt. Wisst Ihr, wo diese hergestellt werden oder wo man diese kaufen kann?", hängt Reavaer noch eine Frage an, während er weiter mit dem Kopf vor der Schlange umherschlenkert. „Ihr meint meinen Schlurfi? Den habe ich im Süden gekauft. Das ist ein Original, es gibt viele, die diese nachbauen. Doch keines ist so gut wie das echte aus Oradi." Als Reavaer das hört, stoppt er seine Bewegung und sieht entgeistert zu dem Händler. „Schlurfi? Dieser Name hat sich durchgesetzt?", fragt Reavaer ungläubig. Der Händler nickt bestätigend. „Du meine Güte." Reavaer wiederum schüttelt fassungslos den Kopf. Als Reavaer seine Aufmerksamkeit zurück zur Kleinen richtet, sieht er, wie sie ihren Schweif unter sich zusammengerollt hat und verspielt auf und ab hüpft wie auf einer Sprungfeder. „Was machst du denn da?", richtet Reavaer die Frage an die kleine Schlange und möchte sie gleichzeitig mit den Händen wieder hochheben. Sie hat jedoch andere Pläne. Noch bevor seine Hände sie erreichen, springt sie in die Höhe direkt in sein Gesicht. Der Händler erschrickt wieder, als sie sich mit ihren Klauen an Reavaers Schläfen festhält. „Mii haa! Mihaaa Miiiii!", jubelt sie verspielt, während sie zugleich ihren gepolsterten Bauch an seinem Gesicht reibt. „Dieses Verhalten kenne ich nicht, das ist ziemlich sonderbar." Alle Anwesenden lachen laut auf. Sogar Yrona macht sich ein Bild von diesem Anblick. Reavaer dreht und wendet seinen Kopf, die Kleine baumelt nur von seinem Gesicht herunter. Das bringt die Beobachter nur noch mehr zum Lachen. „Wie bekomme ich dich nun wieder runter?", denkt er laut nach. „Mal sehen, ob du kitzlig bist." Mit der Ankündigung fängt Reavaer an, die kleine Schlange unter den Armen und an den Seiten zu streicheln. Eine Reaktion bleibt aus, sie zuckt nicht mal. Da das nicht funktioniert, nimmt er sie unter den Armen auf. Vorsichtig hebt er sie nach oben, damit der Zug von seiner Kopfhaut genommen wird. Er zieht sie weiter nach hinten durch seine Haare, was sie offensichtlich mag, denn sie lässt los. Begeistert windet sie sich auf seinem Haupthaar. Für sie ist das wie ein weicher Teppich. Reavaer hält seine Hände schützend neben sie, damit sie nicht herunterfällt, bis sie sich schließlich beruhigt hat. Zu guter Letzt liegt sie entspannt seufzend auf Reavaers Kopf. Mittlerweile ist es dunkle Nacht geworden. An den Wegesrändern kehrt Ruhe ein. Alle Wanderer, Händler und ihre Karawanen legen sich zum Schlafen hin. Auch der Händler sowie Yrona machen es sich bequem. „Ihr sagt, diesen Stoff gibt es in Ardin?", fragt der Händler noch mal bei Reavaer nach. „Richtig, die Produktion und der Handel damit ist noch nicht ganz organisiert. Aber wenn Ihr Glück habt, wird die Händlerin Doromi dort etwas für Euch haben. Ihr könnt auch nach Fadenspulen fragen. Diese sollten schneller herzustellen sein als gewobener Stoff", gibt Reavaer weiter Tipps. Der Händler wiederum nickt zufrieden und legt sich schließlich schlafen.

Die Käfer-Jägerin

Am nächsten Morgen wird Yrona, geweckt von den ersten Sonnenstrahlen, als Erste wach. Mit der Sonne kehren ihre Kräfte wieder, die es ihr ermöglichen, Formen und Schemen zu sehen, die von den Sonnenstrahlen getroffen werden. Nachdem sie aufgestanden ist und sich gestreckt hat, sucht sie ihre Begleiter, denn Reavaer ist nicht mit ihr auf der Decke. Es dauert jedoch nicht lange, bis sie die beiden anhand ihrer Silhouetten findet. Etwas weiter auf der Wiese steht Reavaer der Sonne zugewandt. Er steht mit dem Rücken zu ihr, Yrona nimmt an, die Schlange muss irgendwo bei ihm sein. „Hohoho, guten Morgen. Ein Sonnenaufgang ist immer etwas Schönes", grüßt die alte Maga, als sie neben Reavaer stehen bleibt, um die ersten Sonnenstrahlen des Tages zu genießen. „Das sehe ich auch so. Doch der heutige Sonnenaufgang ist etwas Besonderes. Es ist der erste für die kleine Schlange", berichtet Reavaer, während er die Hand mit leicht gespreizten Fingern vor das Gesicht der Schlange hält. „Nicht direkt in die Sonne schauen, das ist ungesund." Die Kleine wiederum sitzt in Reavaers Hand mit weit offenem Maul. Sie hält sich mit den Händen an den Fingern vor sich fest, um so viel von diesem großen hellen Objekt wie möglich zu sehen. „Hoho, willst du sie weiterhin nur Schlange oder Kleine nennen? Sie braucht einen Namen." Yrona klingt dabei fast fordernd. „Ihr habt recht, doch ich bin ein furchtbarer Namensgeber. Wie sollen wir sie Eurer Meinung nach nennen?", bittet Reavaer sie wiederum um Rat. „Was? Du möchtest, dass ich mir einen Namen für sie aussuche? Ohohoho, sie ist doch viel mehr an dich gebunden. Du solltest ihr einen Namen geben", gibt sie amüsiert zurück. „Ich bin ein schlechter Namensgeber. Meine erste Eingebung wäre Miha. Weil sie das andauernd von sich gibt. Aber das könnte sie irritieren." Als Reavaer

„Miha" ausspricht, schaut die Kleine zu ihm auf. „Miiihaaa", ruft sie nach oben. Reavaer hebt die Kleine zu sich auf Augenhöhe. „Ja, darauf reagierst du, aber ich weiß nicht, was das für dich bedeutet. Doch ich denke, wir sollten es mal mit Miha versuchen, oder?" Die kleine Schlange legt bei Reavaers Ansprache den Kopf schief. „Ohoo, ich sehe ein Glitzern auf ihrem Rücken." Yrona streckt die Hand aus, um über die Stelle an ihrem Kopf und Rücken zu streichen. Miha seufzt und züngelt in die Richtung der alten Maga. „Stimmt, sie hat wirklich einen goldenen Streifen, der von ihrer Nase über ihren Kopf bis zur Schwanzspitze verläuft. Der Rest ihres Körpers hat grüne und braune Muster, doch der goldene Streifen in der Mitte glitzert hell im Sonnenlicht. Vielleicht hat sie ein Talent für Lichtmagie?", vermutet Reavaer, als er ebenfalls über die glitzernden Stellen streicht. Von so viel Streicheleinheiten windet und krümmt sie sich verspielt. Das macht sie jedoch nur wenige Momente mit. Geschickt dreht sie sich und klettert auf Reavaers andere Hand, um von dort aus wieder mit dem Maul an seine Nase zu springen. Er hält sie fest, bevor sie wieder herunterfällt, da ihr Kiefer nicht stark genug ist, um sich daran festzuklammern. „Es scheint, es wird Zeit für Frühstück", quakt er wieder mit zugekniffener Nase, während Yrona sich lachend amüsiert. Zusammen gehen sie zu ihrer Decke zurück. Dort isst Yrona etwas von dem Proviant und Miha bekommt den letzten Käfer, der noch in einem Kokon eingesponnen ist. „Das ist der letzte, den ich hatte. Es scheint, wir beide müssen lernen, Käfer zu jagen", spricht er zu der Kleinen, während sie den Käfer verschlingt. Schließlich bauen sie das Lager ab. Vom Händler verabschieden sie sich, denn er reist in die entgegengesetzte Richtung weiter. Miha will wieder auf Reavaers Kopf. Sie hält sich an einzelnen Haarbüscheln fest und genießt allgemein das weiche Gefühl und die Aussicht von dort oben. Neugierig sieht sie sich um, nach allem, was sie bis jetzt noch nicht kannte und bei jeder Windbrise hört man ein zufriedenes Seufzen. Als die drei dem Weg folgen und die Sonne ihre Bahn zieht, wird es für Yrona und Miha wieder Zeit für die nächste Mahlzeit. Yrona kann sich aus dem Proviant in der Tasche ernähren. Doch Miha möchte etwas Frisches. „Dann lass mich dir mal das Jagen beibringen." Reavaer legt die Kleine auf dem Boden ab und kniet sich selbst hin. Miha weiß nichts mit der Situation anzufangen und schaut hinauf zu Reavaer. Dieser aber sieht sich anfangs um, dann konzentriert er sich für einige Augenblicke. Als sein Blick sich von seinen Gedanken wieder zu seiner Umgebung wendet, nimmt er einige Kiesel und Splittersteinchen von der Straße. Er umschließt sie kurz in seiner Hand, wirft sie dann Richtung Wiese, aber anstatt der Steinchen fällt Sand aus seiner Hand, der zwischen den Gräsern verschwindet. Miha schaut aufgeregt, was als Nächstes passieren wird, und gleichzeitig versucht sie, sich aufzustellen, doch sind ihre dafür benötigten Muskeln noch nicht ausgeprägt genug. Es dauert nicht lange, da schwebt ein Käfer von Sand umklammert und noch immer strampelnd hervor. Dieser bleibt mit etwas Abstand vor Miha in der Luft schwebend stehen. Die Schlange züngelt und beobachtet das Verhalten des Käfers. Reavaer legt sich auf den Bauch und geht mit dem Kopf neben Miha. „Ham ham." Er macht ausschweifende Beiß- und Schlingbewegungen mit dem Kopf, um ihre natürlichen Fress- und Jagdinstinkte zu wecken. Miha beobachtet die Lektion von Reavaer. Sie kriecht näher zum Käfer, öffnet ihr Maul mit ausgefahrenen Giftzähnen und schließlich schnellt sie vor. Ein kurzer Biss und sie weicht zurück. Dann fällt der Käfer durch den Sand auf den Boden und krabbelt noch wenige Schritte, bevor er sich nicht mehr bewegt. Miha kriecht zu dem Käfer hin. Sie tippt ihn vorsichtig an. „Haaaa!", jubelt die Kleine freudig, als sie sich den erjagten Käfer schnappt. Sie versucht, sich aufzurichten, um beide Hände frei zu haben, doch da ihr das nicht gelingt, legt sie sich auf den Rücken und schlingt den Käfer so herunter. Nachdem sie fertig gegessen hat, liegt sie seufzend und entspannt auf der Straße. Reavaer tippt ihr mit dem Finger auf das Schweifende, sie schaut hinauf zu ihm und er zeigt mit seinem Finger zu noch einem Käfer in der Luft. Sie versteht es aber nicht. Stattdessen bewegt sie sich zu seinem Finger und hält sich mit ihren Klauen daran fest. Er dreht ihren

Oberkörper dann in die gewünschte Richtung, damit sie den zweiten Käfer sieht. „Haa!", freut sie sich wieder. Sie kriecht erneut hin und fährt ihre Zähne aus. Diesmal aber fällt der Käfer durch den Sand, bevor sie angreift. Der Käfer macht sich krabbelnd davon, was die Kleine irritiert. Reavaer stupst sie an. Nun folgt sie dem Käfer, sie scheint schneller als der Krabbler zu sein. Doch mit der Zielgenauigkeit gibt es Probleme. Sie erwischt den Käfer in der Bewegung nicht mit den Giftzähnen. „Miiihhh", jault sie frustriert, doch sie gibt nicht auf. Nach einigen Versuchen und als sie schon fast wieder bei der Wiese ist, erwischt sie den Käfer am Rücken. Dieser schafft es noch wenige Schritte und bewegt sich dann nicht mehr. „Haaa!", freut sich die Kleine über ihren Erfolg. Die Beute wird wieder schnell verschlungen. Reavaer ist so gebannt von den Bemühungen der kleinen Schlange, dass er nicht bemerkt, wie er von vorbeigehenden Wanderern und Händlern beobachtet wird. Yrona regelt den Verkehr, da Reavaer einen Teil der Straße einnimmt. Als Reavaer das bemerkt, tippt er Miha wieder an den Schweif. Sie reagiert viel träger als vorher und rappelt sich nur langsam auf. Er nimmt sie unter den Achseln wieder zu sich hoch. Wie ein nasser Sack lässt sie sich auf seinen Oberarm legen. Satt und in Sicherheit entspannt sie sich liegend, als Reavaer und Yrona ihren Weg fortsetzen.

Während die drei dem Weg folgen, unterhalten sich Reavaer und Yrona über alle möglichen Dinge und beziehen Miha in die Unterhaltung mit ein. Damit sie sich an die Sprache gewöhnt und diese vielleicht leicht lernen kann. Den ganzen Tag passiert nicht wirklich viel. Sie verbringen ihn damit, die Landschaft zu studieren. Miha bekommt alles ausführlich erklärt, ob sie es versteht oder nicht. Beim nächsten Jagd-Training lässt Reavaer Miha die Beute wieder selbst fangen. Diesmal platziert er die Käfer weiter weg. Er geht wieder hinunter neben sie und möchte ihr beibringen, ihr Gift zu verschießen. Er öffnet den Mund und lässt Sand, der vor seinen Lippen schwebt, im hohen Bogen den Käfer treffen. Die Kleine versteht nicht sofort und er muss die Lektion wiederholen. Schließlich macht sie es ihm nach.

Bei ihr kommt nicht sofort etwas aus den Zähnen geschossen. Nach einigen Versuchen greift ihr Instinkt und sie kann giftige Flüssigkeit aus ihren Zähnen drücken, die den Käfer verfehlen. Diese Disziplin braucht wiederum einige Anläufe, bis sie punktgenau treffen kann. Schließlich kann sie sich wieder zwei Käfer erjagen. Diesmal ist sie nicht nur entspannt, sondern auch müde, denn es wird dunkel und die drei rasten am Straßenrand bis zum nächsten Morgen.

Der mysteriöse Wald

Den nächsten Tag folgen die drei weiter dem erstbesten Weg nach Süden. Es fällt seltsam auf, dass bei allen Abzweigungen und Gabelungen keine Städtenamen auftauchen. Es werden Wälder, Gebirge und Flussnamen mit Richtungsangaben angezeigt. Wegen des Mangels an Städten in der Nähe sind auch nicht viele Reisende auf dieser Strecke. Ungewöhnlich wird es vor allem, als die drei an eine Gabelung kommen. Auf der einen Seite geht die Straße ganz normal weiter, auf dem Wegweiser stehen interessante Orte. Doch die Straße in der anderen Richtung ist schmutzig und verwittert. Es sieht aus, als ob seit Jahrzehnten keiner diese Straße benutzt oder gereinigt hätte. Reavaer weist Yrona auf den Zustand der Straße hin. Sie hätte dort gar keine Straße erkannt, wenn Reavaer sie nicht darauf angesprochen hätte. „Meine Neugier ist viel zu stark als das ich nicht wissen möchte, warum dieser Weg so verlassen ist." Reavaer kann nicht anders als dem verwitterten Weg zu folgen.

Die verwitterte Straße führt direkt in einen Wald. Das alleine ist schon ungewöhnlich, denn Straßen führen niemals direkt in Wälder. Das wäre wegen der Nähe zu den Bäumen viel zu gefährlich. „Was denken Sie?", wendet sich Reavaer zu Yrona. „Ho, warum sollte die Straße durch einen Wald führen? Das macht so gar keinen Sinn, aber es wäre spannend herauszufinden, hohoho", gibt sie wie üblich amüsiert zurück. Da die beiden sich einig sind, sich ihrer Neugier zu ergeben, betreten sie den Wald, der Straße weiter folgend. Auf einmal fällt auf, dass ein kurzes Stück der Straße nicht überwuchert ist. Es sieht aus wie neu und als würde es im Inneren einer unsichtbaren, kreisrunden Zone liegen. Jedoch lässt sich das Zentrum der Zone nicht genau ermitteln, da der Bereich basierend auf der Rundung riesig sein muss. Yrona und Reavaer wenden sich einander zu und zucken mit den Schultern, da sie nichts mit diesem Anblick anfangen können. Vorsichtig streckt Reavaer seine freie Hand auf den Grenzbereich zu, der den verwitterten Bereich der Straße von dem neuen trennt. Langsam überschreiten seine Finger die Grenze. „Es kribbelt … Hier ist irgendeine Energie am Werk. Wenn wir da hineingehen, kommen wir eventuell nicht mehr so schnell hinaus." Reavaers Warnung klingt ernst. „Hoho, du möchtest also lieber nicht herausfinden, was da vorgeht?" Weiterhin amüsiert möchte Yrona ihn herausfordern. „Wenn es nur um uns beide gehen würde, dann hätte ich keine Bedenken. Wir können unsere eigenen Entscheidungen treffen. Aber ich habe hier die kleine Miha und weiß nicht, ob es nicht zu gefährlich für sie dort im Wald ist", äußert Reavaer seine Sorgen. Die kleine Schlange horcht auf, als sie ihren Namen hört. „Haaa", frohlockt sie. Sie wirkt wieder fit und bereit für neue Abenteuer. Verspielt schlängelt sie sich Reavaers Arm hinauf zu seinem Hals. Geschickt schlingt sie sich um seinen Hals und stellt sich neben seinem Gesicht auf. Mit einem Arm hält sie sich an seinen Haaren am Hinterkopf fest. Fröhlich reibt sie ihr Gesicht gegen seine Wange und seufzt. Reavaer wiederum greift mit einer Hand hoch, um sie zu halten, damit sie nicht abrutscht. „Andererseits habe ich in solchen Momenten das Gefühl als ob wir alles schaffen können." Nun ist Reavaer überzeugt und motiviert, den mysteriösen Wald zu betreten. Seine Hand, die noch immer durch die unsichtbare Wand gestreckt ist, hat Reavaer schon fast vergessen, obwohl sie noch immer kribbelt. Er zieht sie zurück, um zu prüfen, ob es seiner Hand geschadet, oder sie irgendwie verändert hat. Doch nach ausgiebiger Prüfung seines Gefühls und der Funktion der Hand stellt er fest, dass alles in Ordnung ist. Sogar das Kribbeln lässt wieder nach. „Es scheint ungefährlich zu sein. Da wir aber nicht wissen, was dieses Phänomen hervorgerufen hat und was dort passieren wird, sollten wir uns bereit halten, schnell zu flüchten." Yrona stimmt seiner Strategie zu. Schließlich gehen die beiden hinüber auf den Teil der Straße, der wie neu aussieht. Wobei Reavaer die kleine Miha nun über den ganzen Rücken hält, damit er sie sich schnappen kann, wenn die Situation hektisch wird. Alle drei spüren das seltsame Kribbeln in ihrem Körper und haben nach einem Augenblick innerhalb der Grenze einen blendenden weißen Lichtblitz in den Augen. Der Blitz erinnert sie nicht an Lichtmagie und außer dass sie kurz geblendet sind, scheint er keine Folgen zu haben. Das Kribbeln jagt Reavaer und Yrona einen Schauer über den Rücken. Doch Miha quietscht vergnügt. Ihr Oberkörper schlenkert wellenartig von unten nach oben. „Oh, was hat sie denn?", möchte Yrona wissen, da sie das Verhalten der Schlange nicht einschätzen kann. „Ich bin mir nicht ganz sicher, aber es scheint als ob sie gerne neue Gefühle kennenlernt. Es kann auch sein, dass sie das kitzelt", vermutet Reavaer, kann es aber auch nicht einordnen. „Es muss schön sein, das alles zum ersten Mal zu erleben, hohoho." Als das Kribbeln allmählich nachlässt, schreiten die beiden in den Wald. Dabei wechseln sie von der Straße auf Waldboden. Sie kommen nur langsam voran, da sie Büschen und größeren Pflanzen ausweichen müssen. Je weiter sie in den Wald kommen, desto seltsamer wird das Bild. Die Bäume stellen alle vier Jahreszeiten auf einmal dar. An demselben Baum sind sowohl grüne als auch braune Blätter, Blüten und Eiszapfen. Und so sieht es an fast jedem Baum aus. Manchmal sind nicht alle vier Jahreszeiten zu sehen, sondern nur zwei oder drei. Die Zeit scheint in diesem Wald völlig verwirrt und durcheinander. „Seht Ihr das?" Normalerweise traut Reavaer seinen Augen, doch dieses Bild muss er sich von Yrona bestätigen lassen. „Ohoho, etwas ganz Seltsames geht hier vor. Sogar die Winde sind mal warm und im nächsten Moment eisig kalt." Reavaer bestätigt dies, indem er weiter vorangeht. Da der Wald dunkler wird, muss sich Yrona an seinen Arm hängen, damit sie nicht versehentlich an eine Pflanze oder einen Baum stößt. Bald sind die seltsamen Bäume nicht das einzig Seltsame an dem Wald. Reavaer sieht aus dem Augenwinkel Schemen von Lebewesen vorbeiziehen, die jedoch verschwinden, sobald er sich ihnen zuwendet. Reavaers Schritte werden immer langsamer, bis er schließlich zum Halten kommt. Die Erscheinungen werden immer häufiger, bis sie überall für kurze Momente auftauchen. Es erscheinen Schattengestalten, durchsichtige Geisterschemen und neblige Formen. Auch die Formen sind unterschiedlich. Mal erscheint eine Gruppe Maginar, ein anderes Mal streifen Magrennar durch den Wald. Schließlich ist auch etwas zu hören, leises Flüstern und Stimmen von überall. Yrona scheint nur die Stimmen wahrnehmen zu können, auf die Erscheinungen reagiert sie nicht. „Was sind das für Geräusche? Sag mir, was du siehst", möchte die blinde Maga wissen, als sie den Griff an Reavaers Mantel fester zuzieht. „Es scheint, als ob hier alle möglichen Lebewesen als Seelen oder Beschwörungen umherstreifen. Mir ist nicht klar, was sie in diesen Wald ruft." Reavaer muss bei seinem aktuellen Wissensstand davon ausgehen, dass hier ein ungewöhnlicher Fall von Unleben vorliegt. „Doch die Seelen nehmen uns nicht wahr. Es scheint ihnen nicht bewusst zu sein, dass sie im Unleben sind. Wie zu Lebzeiten gehen sie ihrem Alltag nach, auch wenn ihre Erscheinung nur kurz auftaucht", berichtet Reavaer ausführlich. Yrona sagt nichts dazu. Das macht für sie keinen Sinn, dass sie mit ihrer Lichtmagie keine Seelen wahrnehmen kann. Als eine Erscheinung an ihnen vorbeiläuft, streckt Reavaer seine Hand danach aus, aber diese gleitet einfach hindurch, ohne etwas zu fühlen. Reavaer fällt auf, dass dabei kein geisterhafter Rauch, wie bei Seelen üblich, aufgewirbelt wird. Es ist, als würde die Hand durch einen Spiegel greifen. „Das ist wirklich seltsam hier, wir müssen unbedingt mehr herausfinden. Gehen wir weiter." Reavaer setzt sich in Bewegung, nachdem er es angekündigt hat. Yrona hält sich noch immer an seinem Mantel fest und Miha schaut neugierig züngelnd die ganzen durchsichtigen Gestalten an. Obwohl die Erscheinungen im ersten Moment keine Gefahr darstellen, schreitet Reavaer sehr vorsichtig durch den Wald. Auch wegen der Bäume. In der Zwischenzeit ändern sich die Jahreszeiten mit jedem Schritt. Den einen Schritt stapft er auf Frost, der nächste Schritt landet auf warmer Walderde. Reavaers Ziel ist das Zentrum dieses unwirklichen Waldes, die Orientierung fällt jedoch nicht leicht, da man die Sonne oder eine andere Quelle nicht als Fixpunkt nehmen kann. Die Phantome jedoch helfen ein wenig, da ab und an Spurensucher zu sehen sind, die in dieselbe Richtung wollen. Reavaer hält sich an diese, wann immer er sie sieht. Doch auch mit der ganzen Orientierungshilfe der Umgebung und der Phantome dauert es eine gefühlte Ewigkeit, bis die Gruppe so etwas wie ein Zentrum findet. Sie kommen an ein Gebiet, das von einer dichten Rauchschwade umgeben ist. Es scheint um eine Zone herumzukreisen. Gerade als Reavaer den Rauch mit Magie entfernen will, weicht dieser von alleine zurück. Dabei wird die Sicht auf einen Mago freigelegt, der gerade dabei ist, einen Zauber zu wirken. Er sieht geschunden aus, mit zerrissener Robe, zerzausten Haaren und verrücktem Gesichtsausdruck. „Da vorne sollte jemand sein. Könnt Ihr ihn wahrnehmen?", wendet sich Reavaer an Yrona hinter sich. Sie stellt sich neben ihn und benutzt ihre Lichtmagie. „Da steht jemand. Doch die Magie, die er wirkt, kenne ich nicht", bestätigt sie, als sie all ihre Sinne einsetzt. „Dasselbe gilt für mich." Reavaer streicht mit den Fingern über Mihas Rücken, um sich zu vergewissern, dass sie noch immer auf seiner Schulter sitzt. Die Kleine quietscht und schlenkert wieder fröhlich. Weiterhin achtsam hält er seine Hand an der kleinen Schlange, um schnell reagieren zu können. Wachsam nähert sich Reavaer dem Mago, der sich noch auf seinen Zauber konzentriert. „Verzeihung, kann man helfen?", eröffnet Reavaer ein Gespräch. Der Fremde wendet sich der Gruppe zu. „Aahahaha! Was wollt ihr schon wieder? Wir haben bereits festgestellt, dass ihr nicht helfen könnt. Ich muss mich konzentrieren, diesmal gelingt mir der Zauber bestimmt, hehehehe!", gibt der Fremde, der die drei zu kennen scheint, zurück. „Kennen wir uns irgendwoher?", fragt Reavaer, verwundert über die Reaktion des Fremden. „Ich bin der gute Illiox! Mehr braucht ihr nicht zu wissen, denn diesmal klappt mein Zauber, dann entkomme ich von hier und ihr könnt mir alle egal sein! Aahahahaha!" Die Aussage von Illiox klingt im ersten Moment ziemlich verrückt. Doch Reavaer will ihn nicht als Wahnsinnigen abtun. Stattdessen sieht er sich den Zauber an, den Illiox wirkt. Rosa leuchtende Linien verbinden sich zu einer Art Tor. Es ist unförmig, schief und eckig, doch es bildet einen geschlossenen Übergang. Im Inneren dieses Tores wabert eine im Torrahmen senkrecht stehende Substanz, die an verschiedenen Stellen aufleuchtet. „Hmm, die Masse im Türrahmen scheint konzentrierte arkane Energie aus dem Netzwerk zu sein. So was habe ich noch nie gesehen. Was soll dieser Zauber bewirken?", analysiert und fragt Reavaer drauflos. „Das wird mein Weg hier heraus. Sobald der Zauber fertig ist, spaziere ich hindurch und bin irgendwo, nur nicht hier, hehehe", sagt Illiox und kichert voller Vorfreude. „Das soll also ein Transportzauber werden?" Reavaer benutzt daraufhin sein dunkles linkes Auge, das seine linke Gesichtshälfte in einen unnatürlichen Schatten hüllt. „Das ist sehr viel magische Energie, die du da angesammelt hast. Wo soll dich dieser Zauber hinbringen? Auf den Mond?", stellt Reavaer überrascht fest, als er mit seinem energieaufspürenden Auge das Werk von Illiox begutachtet. „Haaaa, das ist doch egal, soll es der Mond sein. Ich bin diesen Ort hier leid. Ich sammle einfach Energie und wenn ich mich entschieden habe, gehe ich einfach hindurch", stellt Illiox klar. Das ergibt für Reavaer nicht wirklich Sinn. Er könnte den Zauber jederzeit fertigstellen und benutzen. „Was hat es mit all diesen Seelen um uns herum auf sich?", spricht Reavaer gleich das nächste Thema an, um die Situation und Illiox besser zu verstehen. „Pah! Seelen, von wegen. Störenfriede und Besserwisser sind das!" Wieder keine eindeutige Antwort. Langsam ratlos werdend schaut Reavaer sich um, beobachtet die Erscheinungen. Bis er etwas entdeckt, das ihn stocken lässt. „Warte, das kann nicht sein ... wir ..." Reavaer kann seinen Satz nicht beenden, als Illiox ihn mit einem Schrei unterbricht. „Aaargh!" Noch als sich die gesamte Gruppe zu Illiox umdreht, erscheint ein grelles Leuchten in den Augen aller.

Der seltsame Wald

Das blendende weiße Licht lässt nach und die Gruppe überkommt ein kribbelnder Schauer nach dem Betreten der seltsamen Zone. Nur Miha quietscht fröhlich vor sich hin. „Anscheinend mag sie das kribbelnde Gefühl", stellt Reavaer fest, woraufhin Yrona lachen muss. „Ohohoho, dann hat sich dieser Ausflug schon gelohnt." Es herrscht sofort heitere Stimmung. Mit diesem Gefühl geht die Gruppe weiter in den Wald. Schon bald bemerken sie die Bäume in allen möglichen Jahreszeiten. Es ist still, aber nach einer Weile hören sie alle ein Flüstern. Sowohl warmer als auch eisig frostiger Wind weht zwischen den Bäumen. „Miih!", quengelt Miha und drückt sich an die warme Gesichtshaut von Reavaer. „Wo ist denn deine gute Laune hin?", fragt Reavaer die Kleine, als er ihr den Rücken krault. Doch Miha ist nicht die Einzige, die sich an Reavaer festhält. Auch Yrona kommt von der Seite an ihn heran und schlingt ihren Arm um seinen. „Wo kommen diese Stimmen her? Ich höre Geflüster, aber kann keine Personen um uns herum wahrnehmen." Yrona klingt ängstlich. „Ich höre sie auch, wir werden dem auf den Grund gehen", versucht Reavaer Yrona zu beruhigen. Die heitere Stimmung von Miha und Yrona ist inzwischen verflogen. Vorsichtig setzt Reavaer sich in Bewegung. Er achtet auf Bäume und Sträucher, damit die Lage aufgrund von Unfällen nicht noch schlimmer wird. Die flüsternden Stimmen werden alle paar Schritte deutlicher. Doch es bleiben unzusammenhängende Gesprächsfetzen. Bei dem, was zu hören ist, geht es darum, das Geheimnis des Waldes zu enthüllen, den Wald zu verlassen oder überhaupt das Zentrum zu finden. Als der Wald dunkler wird und sich die Augen von Reavaer und Miha an die Lichtverhältnisse angepasst haben, beginnen sie leuchtende Bewegungen in den Augenwinkeln zu erkennen. Reavaer hält an, als plötzlich Schemen im dunklen Dickicht auftauchen. Diese Erscheinungen ignorieren die drei. „Haaa?", meldet sich Miha auf Reavaers Schulter. „Weiß ich auch nicht", antwortet Reavaer der Kleinen, genau wissend, worüber sie sich wundert. „Was seht ihr? Was geht hier vor?", möchte wiederum Yrona wissen, die nur die Stimmen hören kann. „Es sind Erscheinungen zu den Stimmen aufgetaucht. Es sind verschiedene Wesen in Seelenform zu sehen. Doch sie scheinen uns nicht zu bemerken." Mit Reavaers Beschreibung kann Yrona nichts anfangen. Die Erscheinungen kann sie nicht wahrnehmen, das Flüstern ist für sie aber auch irritierend genug. „Die Erscheinungen tauchen ganz willkürlich auf. Die Wesen scheinen nicht recht zu wissen, was zu tun ist", berichtet Reavaer weiter. „Hm, da hinten sind Spurenleser. Die scheinen eine Richtung zu haben. Sollen wir denen folgen?", fragt Reavaer an Miha gerichtet, unwissend, ob sie versteht, was er meint. „Haaa!", antwortet sie trotzdem, freudig auf ihrem Schweif hüpfend. Ob die Kleine auf Reavaers Frage geantwortet hat oder sich nur über die Aufmerksamkeit freut, ist nicht klar. Reavaer folgt den Spurenlesern, die gezielt in eine Richtung unterwegs sind. Die Tatsache, dass sie nur kurze Erscheinungen sind, macht es nicht einfach, sie zu verfolgen, doch Reavaer ist sehr achtsam. Mit der Hilfe der Erscheinungen kommen sie gut voran, aber es dauert trotzdem eine gefühlte Ewigkeit, bis die drei irgendwo ankommen. Doch schließlich sehen sie etwas Verdächtiges. Ein Gebiet, das von dunklem, rauchigem Nebel umgeben ist. Er kreist langsam um eine bestimmte Fläche und scheint nicht nachzulassen. Reavaer möchte den Rauch mit seiner Sandkontrolle wegwischen. Bevor er jedoch die Hand ausstrecken kann, weicht er bereits und enthüllt einen verrückt und verwittert aussehenden Mago, der an einem Zauber arbeitet. Der Mago beachtet die Gruppe gar nicht. Er widmet sich nur seinen Zauber vor ihm, der aussieht wie ein unförmiger, rosa leuchtender Torrahmen mit einem flüssig-wabernden Durchgang. „Grüße, darf man fragen, was hier vor sich geht?", fragt Reavaer drauflos, als er die Szene ein wenig beobachtet hat. „Jaja, ich bin Illiox, Grüße zurüüüück." Seine Antwort klingt gezwungen höflich. Reavaer weiß zwar nicht, woher diese Reaktion kommt, doch bleibt ruhig wie immer. „Nun, dieser Zauber sieht beeindruckend aus. Was soll er denn bewirken?" Reavaer schiebt ein kleines Kompliment in die nächste Frage, um Illiox gesprächiger zu machen. „Na dann aufs Neue ... Dieser Zauber ist mein Weg aus diesem elendigen Wald! Sobald er fertig ist, bin ich hier weg!", antwortet Illiox auch bereitwillig. „Hier weg? Also soll das eine Art Teleportzauber sein? Bist du erfahren in dieser Art von Magie?", muss Reavaer noch mal nachbohren wegen des unförmigen Durchgangs, den Illiox erschaffen hat. „Nein, bevor ich hier ankam, war mein Element Feuer. Hehe, dass ich das noch weiß. Mein Gedächtnis muss wirklich gut sein." Illiox grinst vor sich hin, während er seinen Zauber weiter wirkt. „Aber jetzt kann ich nur noch diese Aschewolken kontrollieren. Um hier zu entkommen, musste ich mir selber einen neuen Zauber beibringen", fügt Illiox weiter grinsend hinzu. Reavaer benutzt sein linkes, dunkles, energieaufspürendes Auge. „Ich verstehe, wo soll dich dieser Zauber denn hinbringen?" Reavaer hat Zweifel an der Funktionsweise des Zaubers. „Wohin ist doch egal, Hauptsache weg von hier!", antwortet Illiox bereitwillig, ohne sich etwas dabei zu denken. Nun ist sich Reavaer sicher, dass etwas nicht stimmt. „Dann benutz den Zauber jetzt gleich. Es ist genug magische Energie in dem Zauber gesammelt, um dich an jeden erdenklichen Ort zu bringen. Worauf wartest du noch?", schlägt Reavaer kurzerhand vor, während sein linkes Auge wieder normal wird. „Was? Der Zauber ist noch nicht fertig! Ich muss ihn noch ... ähm ... abstimmen und noch mehr Energie sammeln, sonst funktioniert er nicht!", wehrt sich Illiox gleich gegen diese Idee, seinen Zauber einzusetzen. „Hm!" Reavaers Reaktion darauf ist wiederum ein kurzes Glucksen mit einer erhobenen Augenbraue. Illiox' Reaktion macht keinen Sinn in Anbetracht der Umstände. Für den Moment kommt Reavaer bei ihm nicht weiter. Also wendet er sich ohne wirklichen Ansatz für das weitere Vorgehen seiner Umgebung zu. Er beobachtet die erscheinenden und verschwindenden Gestalten. Schaut sich die saisonal völlig vermischte Landschaft im Wald an. Als sein Blick dann über seine Schulter wandert, fällt ihm etwas auf. Seine Augen werden weit. Ungläubig schaut er sich weiter um, als er sich langsam, mit Yrona immer noch um den Arm geschlungen, umdreht. Manche Erscheinungen, die zufällig auftauchen, sind Yrona, Miha und er. Sie erscheinen gleichzeitig an mehreren Stellen, gehend und stehend. Reavaer nimmt seine Hand von Miha, denn sein anderer Arm wird immer noch von Yrona in Beschlag genommen, streckt diese zu seinem geisterhaften Ebenbild aus und lässt sie hindurchgleiten. Sie durchdringt die Erscheinung, ohne jede Veränderung. „Kann es sein, dass dies keine Seelen sind? Diese Erscheinungen und Geräusche müssen etwas völlig anderes sein." Während Reavaers Verstand versucht, sich die Lage zu erklären, merkt er, dass Miha nicht mehr auf seiner Schulter sitzt. Reavaer schaut an sich herunter und zu Yrona. Als er sie nirgends um sich herum findet, vergisst er alles andere um sich herum. „Miha, wo bist du hin?", ruft er sie und schaut zum Zauber von Illiox, da es dort gefährlich sein könnte. Er entdeckt etwas Kleines, Kriechendes. Es hat jedoch nicht die Form einer kleinen Schlange. Dann sieht er zu Illiox selbst und entdeckt zu seinen Füßen etwas Schlängelndes. Das ist wirklich Miha, sie ist direkt vor Illiox' Bein und tippt dieses an. „Huch, hallo du. So nah warst du bisher noch nie. Vielleicht solltest du wieder zurück zu ihm", spricht Illiox, als er Miha vor sich bemerkt. Reavaer versucht, zu Miha zu kommen. Doch im ersten Moment hält ihn Yrona zurück, da sie noch immer an seinen Arm geklammert ist. Abschütteln will er sie nicht. „Lasst mich bitte los, werte Yrona, ich muss Miha holen." Die alte Maga reagiert aber nicht auf ihn und hält fest. Die kleine Schlange wiederum ist viel zu interessiert an Illiox. Sie schlängelt sich sein Bein hinauf. Mit ihren Klauen und eleganten Bewegungen fällt es ihr leicht, hinauf zu seinen ausgestreckten Armen zu kommen. Reavaer wiederum will sie unbedingt holen. Er streckt seine freie Hand aus und versucht mit seiner Sandkontrolle, Miha vorsichtig zu schnappen. Die Kleine wiederum springt

Illiox mitten ins Gesicht über die Augen, Nase und Mund. Dabei hält sie sich mit den Klauen seitlich an seinem Kopf fest. „Waah! Was ist das denn? Weg da!", schreit Illiox und schüttelt den Kopf. Reavaer will nun noch dringender zu Miha, die verletzt werden könnte. Er hat sie schon fast mit einer kleinen Sandwolke erreicht. Doch bevor er an sie herankommt, wird er von einem gleißenden, weißen Licht geblendet.

Das Geheimnis des Waldes

Das blendende Licht lässt nach, nachdem sie den seltsamen Teil des Waldes betreten haben. Das Kribbeln jagt ihnen einen Schauer über den Rücken. Reavaers Schulter fühlt sich seltsam an. Seine Hand, die eigentlich Miha lose umklammert hat, fühlt nichts mehr. Eben, bevor sie den Wald betreten haben, war sie noch auf seiner Schulter gesessen und nun ist sie fort. „Wo ist die Kleine? Sie ist plötzlich nicht mehr da. Könnt Ihr sie wahrnehmen?", ruft er erschrocken zu Yrona. Sie ist erst mal überrascht, aber tut, worum Reavaer sie bittet. Sie tippt ihren Stab auf den Boden, dessen obere Spitze daraufhin zu leuchten beginnt. „Ich kann nichts wahrnehmen, das die Form der Schlange hat. Zumindest nicht in der Nähe", berichtet die alte Maga. Reavaer wird dadurch noch ungehaltener. Trotzdem möchte er nicht in irgendeine Richtung losstürmen, um die kleine Schlange blindlings zu suchen. „Wo ist sie nur hin? Wenn sie von mir gesprungen oder weggeschlängelt wäre, hätte ich das bemerkt. Sie ist einfach von einem Moment zum anderen verschwunden." Nervös macht Reavaer einige Schritte in den Wald hinein, in der Hoffnung, irgendeine Spur zu entdecken. „Wenn sie nun woanders ist, müssen wir sie finden, wie beim ersten Mal." Nachdem Reavaer Yronas Vorschlag hört, hält er sofort inne. Er sieht stillstehend zu Boden. „Richtig, richtig. Das ist unsere beste Möglichkeit, sie wieder zu finden." Er stellt sich zurück neben Yrona und wendet sich dem Wald zu. „Könntet Ihr bitte Lichtmagie auf mich anwenden? Sorgenvolle Gedanken blockieren meine Konzentration", bittet er die blinde Maga, da er weiß, dass sie ihm bei genau diesem Problem helfen kann. Sie schmunzelt ein wenig, aber beginnt ihre Magie zu wirken. Ihr Stab leuchtet wieder an der Spitze, als sie diese direkt vor Reavaers Gesicht hält. Stück für Stück entspannen sich seine Muskeln, als sein Kopf klarer wird. „Das ist genug, danke", bittet Reavaer darum, die Lichtmagie auf ihn zu beenden. Yronas Stab hört auf zu leuchten. Mit ruhigem Gemüt blickt Reavaer nun in den Wald. „Ich kann die Vertrautheit von damals spüren. Es zieht mich in diese Richtung, mitten in den Wald. Das sagt mir zumindest, dass sie am Leben ist. Wir müssen uns beeilen, nicht erschrecken", kündigt Reavaer nur kurz an und nimmt Yrona auf die Arme. „Ohohoho", kichert die alte Maga überrascht, als sie plötzlich von Reavaer auf den Armen getragen wird. Sie umklammert liegend ihren Stab. Reavaer sammelt Sand hinter sich, genug, um sich von diesem tragen zu lassen. Er schwebt eine Armeslänge hoch in der Luft, bevor er den Sand, der ihn trägt, nach vorne beschleunigt. In Schrittgeschwindigkeit positioniert Reavaer vor sich ebenfalls Sand im Halbkreis, den er benutzt, um Hindernisse und Pflanzen frühzeitig zu erkennen und ihnen auszuweichen. Je besser er sich an diese Art der Fortbewegung gewöhnt, desto schneller kommen die beiden voran. Seine Verbundenheit mit Miha gibt ihm eine Richtung vor, diese ist aber nicht sehr genau. Den seltsamen Zustand des Waldes mit den vermischten Jahreszeiten bemerkt Reavaer zwar, doch das interessiert ihn in diesem Moment nicht. Genauso wenig wie die geisterhaften Erscheinungen. Der Sand vor ihm erkennt die durchsichtigen Gestalten nicht als Hindernis, deshalb schwebt er hindurch, auf mehr oder weniger direktem Wege zu seinem Ziel. Allerdings muss Reavaer immer wieder anhalten, um die Richtung zu prüfen. Das Gefühl der Verbundenheit wird schwächer, wenn er sich auf den Weg und die Hindernisse vor sich konzentrieren muss. Mit jedem Halt wird die Richtung, in die es ihn zieht, genauer. Reavaer spielt mit dem Gedanken, noch schneller durch den Wald zu schweben. Er möchte die Übersicht und Sicherheit für Geschwindigkeit opfern. Den Gedanken muss er aber nicht zu Ende führen, da vor ihm ein seltsamer Wirbel aus Rauch auftaucht. „Da ist etwas vor uns. Ich fühle, dass sie hier irgendwo sein muss." Nach dem Bericht setzt Reavaer die alte Maga vorsichtig ab. Die Sandmasse nutzt er, um den Rauch wegzuwischen. Dazu lässt er den Sand als feine Wand durch den

Wirbel gleiten und die Rauchpartikel mitnehmen. Dahinter bietet sich für Reavaer ein seltsames Bild. Ein heruntergekommener, zerzauster Mago mit verwitterter Robe wirkt einen unförmigen Zauber. In den zerzausten Haaren liegt Miha, als wäre das ganz normal. Es muss seine kleine Miha sein, sie trägt ihren Spinnenseiden-Verband immer noch. Irritiert schaut sich Reavaer diese Szene an. „Wer bist du? Und warum ist Miha bei dir?", ruft er dem Fremden zu. Als Miha ihren Namen hört, sieht sie zu Reavaer und springt auf. „Miiihaaa haaa!" Sie erkennt Reavaer und freut sich sichtlich. „Illiox mein Name, sie hat mir diesmal bei der Vorbereitung meines Zaubers Gesellschaft geleistet", gibt der Fremde als Antwort zurück. Reavaer kann damit nichts anfangen, er weiß nur, dass Miha bei irgendeinem Mago ist und er kann sich nicht erklären, warum. Da Reavaer die Absicht und Gesinnung von Illiox nicht kennt, will er sich die Kleine holen. Entschlossen stapft Reavaer auf Illiox zu. Miha richtet sich auf und breitet ihre Arme aus, als sie sieht, dass Reavaer auf sie zukommt. „Ich ... Ääh ... möchte nur meinen Zauber weiter aufladen ...", wirft Illiox unsicher ein. Er weiß nicht, was er von Reavaer zu erwarten hat. „Sei still und beweg dich nicht", befiehlt Reavaer in strengem Ton. Illiox wagt es nicht, auch nur zu zucken, als Reavaer ihm die Kleine vom Kopf nimmt. Sobald Reavaer die kleine Miha wieder in den Händen hält, entspannt er sich. Mit einer Hand legt er sich die Kleine über die Schulter und streicht ihr über den Rücken. Die andere Hand legt er Illiox auf die Schulter, nahe dem Nacken. Der zerzauste Mago ist so einen festen Griff nicht gewohnt. Er wimmert ein wenig, doch Reavaer lässt nicht locker. „Nun unterhalten wir uns über diesen Zauber. Was soll der bewirken?" Reavaer hat einen ernsten und sehr fordernden Unterton bei der Frage. „Das soll ein Portal werden, es soll mich aus diesem Wald bringen", antwortet der eingeschüchterte Illiox. Auf diese Aussage aktiviert Reavaer sein linkes, dunkles Auge. Sein Augapfel wird schwarz und seine linke Gesichtshälfte wird in Schatten gehüllt, als ob das Auge jegliches Licht bindet. Dann schaut er an Illiox rauf und runter. Als Nächstes dann zum Zauber und zurück zu Illiox.

„Wohin willst du damit reisen?", verhört er den zerzausten Mago weiter. „Das ist mir eigentlich gleichgültig. Ich möchte nur weg von hier." Durch diese Antwort gerät Reavaer in einen Konflikt. Die Hand auf der Schulter von Illiox sollte ihm helfen, zu erkennen, ob er lügt. Aber er kann keine Unehrlichkeit anhand der Reaktionen von Illiox erkennen. Seine Worte ergeben aber keinen Sinn. „Was soll dieser Unsinn? Der Zauber ist so voll von magischer Energie, dass du dich in die letzte Ecke dieser Welt teleportieren lassen könntest", konfrontiert Reavaer den eingeschüchterten Mago. „Nein, das geht nicht. Ich muss noch mehr magische Energie sammeln." Wieder ist Illiox absolut ehrlich und überzeugt von seiner Ansicht. Was anhand der Einschätzung von Reavaer nicht stimmen kann. Mit der gesammelten Energie kann er eine ganze Stadt auf die andere Seite der Welt teleportieren. Sich selbst sogar noch weiter. Das Problem liegt nicht an der gesammelten Energie. Entweder hat Illiox nicht die Fähigkeit, die Energie in ein Portal umzuwandeln, oder er kann sich nicht von der Gewohnheit trennen, Energie zu sammeln. Mit einem Blinzeln seines linken Auges wird es wieder normal, seine linke Gesichtshälfte ist wieder sichtbar. Nun blinzelt er mit dem rechten Auge, woraufhin dieses gelb, wie eine kleine Sonne aufleuchtet. Mit diesem Auge, welches Lichtmagie einsetzt, durchleuchtet er Illiox. „Hmm, ich glaube, ich verstehe …" Reavaer nimmt die Hand von der Schulter des Mago. Dabei merkt er, dass seine andere Hand, die eigentlich Miha halten sollte, leer ist. „Oje, die Kleine ist schon wieder weg. Yrona, habt Ihr eine Ahnung, wo sie hin ist?", fragt Reavaer wieder besorgt und beendet den Lichtzauber in seinem rechten Auge mit einem Blinzeln. Dann sieht er sich um. Unten an einer Wurzel direkt vor dem unförmigen Zauber ist etwas Kriechendes zu sehen. Es hat jedoch keine Arme und bewegt sich anders. Bei genauerer Betrachtung ist es ein Wurm, der von der magischen Energie des Zaubers angezogen wird. Direkt davor verbindet sich der Wurm mit einem Strahl, der aus seiner Spitze kommt, mit dem Tor-Zauber. Es schafft eine kleine Öffnung, wie einen Trichter, auf dem Zauber. Der Wurm kringelt sich zusammen wie eine

Feder, um in den Trichter zu springen. Aus dem Trichter kommt langsam ein gleißendes Licht. Kurz bevor es so hell wird, dass die Augen schmerzen und man diese schließen muss, wird der Wurm von etwas getroffen und das weiße Licht verblasst. Reavaer erkennt, wie der Wurm sich windet und kringelt, es steckt eine kleine Nadel im Wurm. Danach springt Miha aus derselben Richtung, aus der die Nadel kam, auf den Wurm und verschlingt ihn. „Mmmhh Mihaa", kommentiert die kleine Schlange schmatzend. „Du bist mir heute zu oft entfleuchend." Reavaer bückt sich und hebt Miha hoch. „Nicht bewegen, ich bin gleich wieder da", befiehlt er Illiox. Reavaer bringt Miha zu Yrona. „Könnt Ihr sie bitte halten? Ich möchte nicht, dass sie wieder abhaut und zurückbleibt." Yrona nimmt Miha auf die Hand, die Kleine bleibt brav bei der alten Maga. Reavaer wendet sich wieder an Illiox. „Nun helfe ich dir bei deinem Problem." Dieser wundert sich, wie ihm geholfen werden soll, er hat nach eigener Ansicht alles unter Kontrolle. Wieder auf Illiox zugehend streckt Reavaer seine Hand nach ihm aus. Erst sieht es so aus, als ob er in wieder bei der Schulter greifen will. Doch dann geht Reavaers Hand an die Stirn des zerzausten Mago, in Form eines Dreiecks. Reavaer nutzt seine Seelenverbindung, um das Problem von Illiox in seiner Seele zu suchen. Erst ist Illiox verwundert, was die Finger auf seiner Stirn sollen. Er fühlt sich außerdem unwohl dabei, wie Reavaer ihn mit abwesendem, glasigem Blick ansieht. Schließlich spürt Illiox ein Kribbeln aus seinem Inneren. Es fühlt sich an, als würde etwas aus seiner Brust herausgezogen werden. Es steigt in seinen Rachen und verlässt den Körper aus dem Mund. Ein kleiner rosafarbener Orb schwebt aus dem Mund von Illiox. Der Orb schwebt von Illiox weg und wird von Reavaer mit einem Happs verschlungen. Als Letztes trennt Reavaer die Verbindung durch seine Finger und nimmt sie weg. „Wie sieht es jetzt aus? Bereit, das Portal zu benutzen?", möchte Reavaer nach der Behandlung wissen. „Natürlich bin ich bereit! Ganz gleich, wohin es mich verschlägt, ich werde ein wunderbares Feuerland erschaffen! Die Welt wird sich für immer an Illiox den mächtigsten Vulkanmagi erinnern!"

Seine gesamte Persönlichkeit schlägt völlig um. Er wird laut und lässt hohe Stichflammen aus seinen Handflächen aufsteigen. „Sehr gut, lass mich dir helfen", bietet Reavaer an und verbindet sich selbst durch Transfusionsmagie mit der gesammelten Energie. Es öffnet sich ein unförmiges Tor in derselben schiefen Form wie die Energieansammlung selbst. „Dann nur hinein", gibt Reavaer kurz zurück und dreht sich schnell zur alten Maga. „Yrona, wir gehen. So wie wir hergekommen sind. Bitte halt Miha sicher bei dir, wir müssen schnell verschwinden." Überrascht folgt sie der Anweisung. Sie drückt Miha leicht an sich, den Stab genauso mit der anderen Hand. Reavaer nimmt sie wieder auf den Arm, sammelt Sand hinter sich und hebt ohne Vorwarnung ab. Er steigt schnell über die Baumspitzen und beschleunigt so schnell er kann. Trotz der Geschwindigkeit, die er aufbringen kann, kommt er nicht aus der Zone, bevor ihn eine heftige Schockwelle aus dem Zentrum trifft. Obwohl Reavaer mit so einer Druckwelle gerechnet hat, bringt diese ihn aus dem Gleichgewicht. Da er sich in einer sitzenden Position von dem Sand tragen lässt, erwischt ihn der Druck unregelmäßig. Es reißt ihn wirbelnd nach vorne. Er will Yrona an sich drücken, doch da er sie in liegender Position in den Armen hält, fällt sie ihm doch heraus. Gefolgt von der Druckwelle erscheint ein blaues Licht vom Boden der beeinflussten Zone. Das blaue Licht sendet immer wieder weiche, wellenartige Stöße vom Boden, begleitet von einem seltsamen Geräusch. Diese weichen Stöße geben Reavaer einen leichten Auftrieb, sodass er sich wieder fangen kann. Er sammelt erneut Sand um sich. Mit dem wiedergewonnenen Gleichgewicht sucht er Yrona und Miha, die auf dem Weg nach unten sind. Er hat nicht genug Reserven an Sand, um selbst zu schweben und die beiden aufzufangen. Er muss die Augen schließen und sich besinnen, während er auf dem Weg nach unten ist. Bevor er unten ankommt, reißt er die Augen auf und lässt eine Eisfläche unter sich entstehen. Seine Landung ist unsanft, doch er sieht wieder in die Richtung, in der er Yrona vermutet. Blitzschnell lässt er auch eine Eisplattform unter ihr entstehen, eine, die frei schwebt und sie bei der Landung abfedert. Das Eis ist zu glatt, um darauf zu gehen oder sich daran festzuhalten. Reavaer muss eine kleine Plattform, auf der er knien kann, herausbrechen und damit zu Yrona schweben. Währenddessen bekommt die Plattform, auf der Yrona liegt, eine Seitenwand rund um die Plattform wie ein Kochtopf. Reavaer springt von seiner kleinen Plattform zum Eisgefäß, in dem Yrona liegt und hält sich am Rand fest. Es ist nicht leicht, das Eisgebilde schweben zu lassen, während er selbst am Rand hängt. Er muss sich konzentrieren, bevor sich das schwebende Eisgefäß in Bewegung setzt, um den blau leuchtenden Bereich zu verlassen. Sobald er keine Druckwellen vom Boden aus spürt und kein unnatürliches blaues Licht mehr in den Augen hat, setzt er zum Sinkflug an.

Die drei landen mitten auf der Wiese. Obwohl Gras gefährlich sein kann, wenn es keine Sonne bekommt, legt er sich ausgebreitet darauf. Das Eisgefäß löst sich in Luft auf und Yrona kommt zum Vorschein. Sie bleibt auch einen Moment liegen. „Oohoho, das war ein wilder Flug", sagt Yrona und lacht, als sie sich aufsetzt. „Hahahaaaa Mihaaa!", kreischt Miha, springt auch hervor und jubelt. Sie streckt die Arme nach oben und schlenkert amüsiert mit dem Oberkörper, wie bei einem Siegestanz. „Hohoho, da hatte wohl jemand Spaß", kommentiert die alte Maga das Verhalten der Kleinen. „Wurdet Ihr verletzt?", fragt Reavaer kurz und knapp, als er sich nach der Aufregung beruhigt hat. „Nein, die Landung auf dem Eis war kalt und unbequem, aber ich hatte schon schlimmere Stürze", antwortet Yrona, während Reavaer sich aufrichtet. Er hilft der alten Maga, aufzustehen. Dabei nimmt er Miha wieder an sich. „Hmm, bist du größer geworden?", fragt er die kleine Schlange, die ihn wohl nicht versteht, aber tatsächlich gewachsen zu sein scheint. Ihr Spinnenseiden-Verband reißt auf und es stehen Hautfetzen ab, als ob es Zeit wäre, sich zu häuten. Im nächsten Moment dröhnt es hinter ihnen. Das blaue Licht strahlt bis zum Himmel. Die Druckwellen sehen aus wie Schichten, die nach oben geschossen werden und alles mit sich in die Höhe reißen. Yrona bekommt von dem Spektakel nur das dröhnende Geräusch mit. Miha wiederum ist begeistert über das blaue Licht, die Bewegung darin und das aufregende Geräusch. Sie hängt entzückt, mit offenem Maul und großen Augen in Reavaers Händen. Das geht eine Weile so, es sind unzählbar viele Wellen, die nach oben schießen. Letztendlich endet das Spektakel. Das tosende Geräusch verstummt und das Licht erlischt. Es wird wieder ruhig. „Wir sollten hier weg." Reavaer hält Yrona am Arm und führt sie von der Ereigniszone weg. Sie wundert sich, warum es so schnell gehen muss. Diese Frage wird beantwortet, als hinter ihnen lautes Gepolter zu hören ist. Die ganzen Bäume und Steine, die in die Luft geschleudert wurden, fallen in allen Himmelsrichtungen wieder herunter. Als auch dieses Ereignis vorüber ist, wirft Reavaer noch mal einen Blick zurück dorthin, wo zuvor der seltsame Wald war. Dort ist jetzt nur noch eine karge Landschaft voller abgebrochener Bäume, herausgerissener Wurzeln und aufgewirbelter Erde. „Hoffen wir, dass sich der Bereich von diesem verheerenden Zauber wieder erholt." Die drei wandern davon und überlassen den Rest der Natur. Als Erstes sucht die Gruppe eine Straße, um von der Wiese herunterzukommen. Auf dem Gras fühlen sie sich nicht sicher. Bei Abenddämmerung finden sie eine befestigte Straße. Erschöpft richten sie sich einen Schlafplatz am Straßenrad her.

Handel und Proviant

Den nächsten Tag kann Yrona ausschlafen. Als sie von selbst aufwacht, hört sie ein bekanntes Geräusch. Sie benutzt gleich ihren lichtwahrnehmenden Sinn, um ihre Umgebung zu erfühlen. Da kann sie Miha erkennen, wie sie sich einen gerade gefangenen Käfer einverleibt. „Ihr seid wach, dann können wir gleich aufbrechen. Ich möchte nur noch schnell den Verband entfernen. Der wird sowieso nicht mehr lange halten", spricht Reavaer sie auch gleich an. Die alte Maga beobachtet, wie er den Spinnenseiden-Verband ein wenig von der Haut der Kleinen wegzieht, um diesen mit dem Messer vorsichtig aufzuschneiden. So kommt nach ein wenig Gefriemel der Verband herunter. Hervor kommen noch leichte Spuren von Narben auf ihrem Oberkörper. „Es sind immer noch Narben zu sehen", schnaubt Reavaer unzufrieden. Er streicht mit seinen Daumen über den Bauch und Oberkörper der kleinen Schlange, um zu fühlen, ob die Haut ganz verschlossen und eben ist. Miha seufzt und quietscht, als er mit dem Finger über ihre Haut streicht. Sie schubst seinen Daumen weg und weicht weiteren Berührungen spielend aus. „Ohoho, was macht sie denn für Geräusche." Yrona ist wie immer amüsiert, Reavaer ist jedoch überrascht über ihr Verhalten. „Nun, ääh … Ich bin nicht sicher. Entweder sie ist kitzlig an dieser Stelle, oder meine Berührung war ihr peinlich. Ich hoffe wirklich, dass es der erste Grund war. Denn sonst würde sie für meinen Geschmack zu schnell erwachsen werden", lamentiert Reavaer, während sich Yrona nicht einkriegt vor Lachen. Das Lachen ist für Miha ansteckend, denn sie öffnet ihr Maul und stößt ein stoßweise summendes Geräusch aus. Reavaer hingegen sitzt ausdruckslos da, krault Miha jedoch am Kinn. „Du bist wirklich etwas gewachsen. Deine Haut will auch schon runter." Reavaer zupft an einem losen Hautstück am Kinn. Miha bemerkt es und streicht sich selbst über das Gesicht. „Miiih." Mit ihren Klauen reißt sie die lose Haut an der Mundspitze ein und zieht sich diese mit Bewegungen und Reiben langsam ab. „Wo wir gerade dabei sind, was war das eigentlich für ein Wald? Es ging alles so schnell, dass ich mir nicht zusammenreimen konnte, was dort passiert ist", fragt Yrona, als sie nun etwas Zeit und Ruhe haben. „Ganz sicher bin ich mir nicht. Es ging wirklich alles sehr schnell, da ich besorgt um die Kleine war. Aber trotzdem könnten wir sehr viel mehr Zeit dort verbracht haben als wir uns erinnern." Yrona schaut verwundert drein, auch die Augenbinde kann ihren Gesichtsausdruck nicht verbergen. „Als wir durch den Wald schwebten, habe ich Flüstern gehört, Ihr bestimmt auch, nicht wahr?", erzählt Reavaer weiter. Yrona nickt bei der Erklärung. „Außerdem sah ich dort viele Erscheinungen von Wesen, die einst den Wald durchstreift haben. Es waren Erscheinungen, da sie wie Seelen ausgesehen haben. Und zuletzt waren die Jahreszeiten vermischt und ganz durcheinander." Die alte Maga hört aufmerksam zu, auch wenn sie nicht alles bestätigen kann, wie die Erscheinungen und die Jahreszeiten. „Das Seltsamste aber war, dass ich Erscheinungen von uns auch gesehen habe. Es war nur zweimal, aber das waren eindeutig wir, die durch den Wald geirrt sind." Nun hat Yrona dasselbe ausdruckslose, grüblerische Gesicht, das Reavaer immer beim Nachdenken hat. „Ich habe eine Theorie dazu. Dieser Zauber von Illiox hat irgendwie die Zeit in diesem Bereich beeinflusst. Er hat so viel magische Energie angesammelt, dass sie sich an einen festen Tag gebunden hat. Jeder weitere Tag hat sich wie eine Decke übereinander gefaltet." Er macht eine kurze Pause, um das Gesagte sacken zu lassen. „Was hatte es mit dem Kriechtier auf sich? Die Kleine hat es bei etwas unterbrochen. Oh, und dann noch diese seltsame Aura, die du diesem Fremden entzogen hast?", möchte die alte Maga noch weiter im Detail wissen. „Naja, dieser seltsame Wurm hat wohl versucht, diese Ansammlung von magischer Energie zu nutzen. Er hat instinktiv versucht, ein Tor für sich damit zu öffnen. Miha hat ihn dann abgefangen, bevor er hindurch konnte. Was dieses gleißende Licht zu bedeuten hatte, weiß ich nicht", erklärt Reavaer erst mal die erste ihrer Fragen. „Ohoho, ein Wurm öffnet ein Tor. Oder genauer gesagt ein Loch. Hohoho, ein Wurmloch, durch das das Würmchen springen wollte, hohoho", kommentiert Yrona dazu amüsiert. „Oh, nein. Nein nein nein, so nennen wir es nicht. Wurmloch, das klingt unsinnig", bringt Reavaer seinen Widerstand über diese Namensgebung zum Ausdruck. „Wie auch immer. Die Aura war ein Gefühlsfeld. Ein Zurückhaltungsfeld, um genau zu sein. Wegen dieser konnte er die angesammelte magische Kraft nicht benutzen. Es hat ihn zurückgehalten, er war sich nie sicher, ob er genug angesammelt hat. Vermutlich hätte er magische Kraft angesammelt bis ans Ende der Zeit", klärt Reavaer ein weiteres Rätsel auf. „Wo ihn sein Zauber wohl hingebracht hat?", fragt sich Yrona. „Das kann ich nicht beantworten. Wenn er kein Ziel festgelegt hatte und nur aus dem Wald heraus wollte, kann er fast überall gelandet sein." Die letzte Frage bleibt unbeantwortet.

Inzwischen hat sich Miha fertig gehäutet. Die alte Haut ist sehr zerrissen und zerschnitten, weil sie größtenteils ihre Klauen benutzt hat, um sie loszuwerden. Dennoch sammelt Reavaer jedes kleine Stück, das er finden kann, und packt diese in die Tasche. Er nimmt die Kleine auf und hält sie hoch. „Wieder sauber und glänzend", kommentiert er nur kurz, als er sie auf seinen Kopf in seine Haare legt. Sie hält sich seitlich mit ihren Klauen fest, was sich nicht sehr angenehm anfühlt. Aber so weiß er immer, wo sie ist. Yrona und Reavaer stehen auf und machen sich reisebereit.

Wieder gemütlich die Straße entlang wandernd, sieht Reavaer nach einer Weile Tiere in der Ferne. Verschiedene Arten von Pflanzenfressern tummeln sich abseits der Straße nahe einem Wald. Am Rand des Waldes liegt ein umgestürzter Baum und in dessen Nähe liegen die Tiere auf der Lauer. Als die Gruppe von Tieren die drei entdeckt, stürmen die Stiere, Böcke und weitere Tierarten auf Yrona, Reavaer und Miha zu. „Wir bekommen ein Problem. Tiere haben uns entdeckt und wollen sich austoben", berichtet Reavaer an Yrona gewandt, die ihre Wahrnehmung jetzt ausbreitet. Beide machen sich bereit, sich notfalls zu verteidigen. Die Tiere sind bereits fünfzig Schritte von den dreien entfernt und wollen Angriffszauber vorbereiten. Da ziehen sie sich zurück. Sie entfernen sich auf einhundert Schritte und sammeln sich dort im Halbkreis. „Das ist ein seltsames Verhalten", wundert sich Reavaer. Yrona ist mindestens genauso überrascht, spart sich aber Kommentare. Reavaer will dieses Phänomen untersuchen. Er geht einige Schritt vorwärts, lässt Yrona aber an Ort und Stelle stehen. Die Tiere weichen vor Reavaer zurück, somit kann es nicht an Yrona liegen. Also muss der Grund für das Zögern der Tiere bei Reavaer liegen. Eigentlich sollten die Tiere ganz normal auf ihn reagieren, doch seit seiner Rückkehr hatte er noch keine Berührung mit Pflanzenfressern. Als er anhält und die Tiere genau beobachtet, die immer denselben Abstand zu ihm halten, spürt er Bewegungen auf seinem Kopf. „Kann es denn sein?", fragt er sich selbst und greift nach oben. Er holt die kleine Miha herunter. „Bist du denn so furchteinflößend?", fragt er nun Miha, die jedoch nur vor sich hin züngelt und den Schweif windet. Reavaer geht zurück zu Yrona und legt die kleine Schlange in ihre Hände. Nun geht er wieder einige Schritte von Yrona weg. Siehe da, nun entfernen sich die Tiere nicht mehr von ihm. Die Tiere knurren bereits, als Reavaer auf sie zukommt. Doch er verlässt den sicheren Radius nicht, der irgendwie von Miha bewirkt wird. „Tatsächlich, die wilden und erbarmungslosen Tiere, die Gruppen von Maginar und ganze Städte angreifen, weichen vor unserer kleinen Schlange hier zurück", stellt Reavaer sarkastisch fest. Yrona in ihrer üblichen Art lacht sich schlapp. Er nimmt Miha zurück in seine Hände. „Was macht dich denn so schreckenerregend? Zeig mir, wie du mit ihnen umgehst." Dann setzt Reavaer die Kleine auf den Boden. Sie steht aufrecht, ihren Blick auf die Tiere gerichtet, die immer noch angreifen wollen. Miha schlängelt auf die Tiere zu, die sich weiter zurückziehen. „Miihh!", kommt es von der Kleinen, die daraufhin das Interesse an den Tieren verliert und in die Wiese schlängelt. Reavaer und Yrona folgen ihr bis vor die Wiese, damit sie so weit in der schützenden Zone um Miha bleiben wie möglich. Sogar als sie sich fast unsichtbar im Gras bewegt, reagieren die Tiere. Somit weiß Reavaer ungefähr, wo sich die Kleine befindet. Bald kommt sie wieder aus dem Gras geschlängelt, mit Käfern in den Händen. Reavaer kniet sich zu Miha hinunter, wartet aber, bis sie fertig gegessen hat. Dann nimmt er sie wieder und legt sie auf seinen Unterarm. Miha entspannt sich wieder so sehr, dass sie nur schlapp herumliegt. „Ohoho, da dachte ich im ersten Moment, die Tiere hätten solchen Respekt vor mir", kommentiert Yrona vergnügt. „Vieleicht liegt es wirklich daran, dass die Kleine ein Magren ist? Ich hatte bisher nie die Gelegenheit, das Verhalten von Tieren gegenüber Magrennar und umgekehrt zu beobachten. Es kann auch sein, dass die Tiere etwas wittern, das wir nicht wahrnehmen und das ihnen Angst macht. Wie Mihas Schlangengift zum Beispiel", teilt Reavaer seine Vermutungen. „Ohoho, dann wären Magrennar viel bessere Reisegefährten und Stadtwachen als Maginar", kombiniert Yrona weiter. „Das stimmt wohl. Nur werden sprachliche und kulturelle Unterschiede so eine Zusammenarbeit schwer machen. Vielleicht hat der Anführer der elenden Stadt deshalb die ganzen Magrennar gefangen gehalten? Um ihre Eigenschaften zu beobachten?", vermutet Reavaer weiter. Die beiden setzen sich wieder in Bewegung, während Miha ihr Verdauungsschläfchen hält. „Beeindruckend, sogar wenn sie schläft, halten die Tiere Abstand", stellt Reavaer fest, als die Tiere nach einer Weile schnaubend aufgeben und sich zurückziehen.

Der Rest des Tages verläuft weitestgehend ereignislos. Die Gruppe erfreut sich an der Landschaft, tauscht Geschichten aus und genießt die Reise im Allgemeinen. Am Abend bemerken sie, dass die Nahrungsmittel aufgebraucht sind. Wasser kann man sich immer mal wieder auffüllen. Für Nahrung braucht man jedoch einen Händler. Beim nächsten Dorf machen sie Halt. Die Gruppe will sich nicht trennen, aber ein Dorf zu betreten, könnte die Bewohner wegen Miha beunruhigen. Sie sprechen sowohl Händler an, die das Dorf betreten, als auch diejenigen, die das Dorf verlassen. Da sie keine Luxon haben, bieten sie ihre Dienste als Leibwächter auf dem Weg Richtung Süden an. Viele Händler haben bereits ausreichend Geleitschutz und beäugen die kleine Miha kritisch. Mittags erreicht eine Händlerin das Dorf. Sie und ihre Wache fallen Reavaer besonders auf, denn beide sehen ramponiert und müde aus. „Seid gegrüßt, wir sind Wanderer auf dem Weg in den Süden und würden euch gerne als Leibwache begleiten", spricht Reavaer die zwei Maganar sofort an. Die Händlerin, welche den Wagen zieht, sieht zu ihm hoch. „Grüße, ich muss erst mal meine Ware verkaufen. Aber so wie ich mein Glück kenne, werde ich kaum genug verdienen, um mir weitere Wachen leisten zu können", antwortet die Händlerin missmutig und geht direkt an ihm vorbei in die Stadt. Reavaer wirft einen Blick in ihren Wagen und lässt sie weiterziehen. Dann wendet er sich an Yrona. „Wie gut können Sie handeln?" Yrona wundert sich über Reavaers Frage, doch grinst sie gleich wieder verschmitzt. „Vom Handeln habe ich keine Ahnung, aber ich kann sehr überzeugend sein, hohoho", gibt Yrona selbstsicher zurück. „Ich denke, das wird reichen. Die Händlerin hat essbare Ware dabei. Ich denke, es waren Früchte. Könnt Ihr der Händlerin hinein folgen und ihr beim Verkauf helfen? Versucht ihr zu einem guten Gewinn zu verhelfen, indem Ihr die Geschäftspartner überzeugt, wie viel Wert die Ware hat." Die alte Maga bekommt einen Auftrag von Reavaer, der wie für sie gemacht ist. Nickend und kichernd betritt sie die Stadt, während Reavaer und Miha draußen bleiben.

Während Yrona der Händlerin im Dorf hilft, setzt sich Reavaer mit Miha an den Straßenrand gegenüber dem Dorfeingang. Er nutzt die Zeit und trainiert die kleine Schlange. Er lässt sie spielerische Übungen machen, um ihre Arme und Bauchmuskeln zu fordern, damit diese kräftiger werden. Viel schneller als erwartet kommen Yrona, die Händlerin und ihre Wache wieder gut gelaunt aus dem Dorf. Der Wagen ist voll mit Lebensmitteln aus der Gegend. „Habt ihr gesehen, was für ein Gesicht der Standbesitzer gemacht hat, als er merkte, dass er keinen besseren Preis bekommt? Er hätte beinahe geweint, hahaha!", amüsieren sich die drei Maganar, als sie das Dorf verlassen. Als Reavaer auf sie zukommt, setzt die Händlerin wieder einen ernsten Gesichtsausdruck auf. „Ich kann noch immer keine zusätzlichen

Wachen anheuern. Diesmal habe ich etwas mehr verdient, aber dann würde ich trotzdem kaum Gewinn machen", erteilt sie Reavaer gleich eine Absage. „Wenn es nur um Luxon geht, wäre das kein Problem. Wir wollen nur so weit es geht in den Süden. Das Einzige, das wir für unsere Dienste benötigen, sind Lebensmittel." Die Händlerin sieht beurteilend zu ihrer Wächterin. Sie misstraut dem Angebot von Reavaer, findet jedoch keinen Grund, abzulehnen, außer, dass es zu gut ist, um wahr zu sein. „Nun gut, ich nehme euer Angebot an. Aber es wird nur gegessen, was droht, schlecht zu werden und nur was ich erlaube", fordert die Händlerin. „Einverstanden", antwortet Reavaer nur kurz. „Mein Name ist Reavaer, Yrona kennt ihr sicher schon und die Kleine ist Miha", stellt Reavaer die Gruppe vor. „Miihaa!", ruft die Kleine, als sie ihren Namen hört. „Erfreut, das ist meine Schwester Brevy, ich bin Linny", stellt die Händlerin erst ihre Wächterin vor und dann sich selbst. „Da wir schon fertig sind, können wir auch gleich wieder aufbrechen. Wir sparen uns die Luxon für die Herberge und sind auch früher wieder zu Hause", schlägt Linny vor. Ihre Schwester stimmt zu. Reavaer und Yrona sind ebenfalls dafür, da sie ohnehin lange auf eine Mitreisegelegenheit gewartet haben. Brevy und Yrona positionieren sich jeweils seitlich vom Karren, als Linny anfängt, den Karren zu ziehen. Reavaer bleibt hinter dem Karren, als Nachhut. Reavaer wirft einen Blick auf die Ladung im Karren. Dann ergreift er die hintere Holzplatte der Ladefläche und fängt an zu schieben. „Was macht Ihr da?", fragt die Händlerin, als sie merkt, dass sie zusätzlichen Schub bekommt. „Ich schiebe", antwortet Reavaer wiederum kurz und knapp. „Warum? Ihr seid Wachen, eure Aufgabe ist es, zu bewachen. Meine ist es, zu ziehen", beschwert sich die Händlerin über diesen Regelbruch. „Es ist ein Reflex. Wenn ich jemandem eine Last abnehmen kann, indem ich schiebe, dann schiebe ich. Außerdem kann ich sowohl die Gegend beobachten als auch den Karren schieben", begründet Reavaer. Linny antwortet nicht darauf.

Während sie ruhig den Weg entlanggehen, wirkt Reavaer Eismagie im Laderaum. Es bilden sich kleine Eisstückchen um das Fleisch, Gemüse und Getreide. Miha klettert wieder auf den Kopf von Reavaer und sieht sich fasziniert die Ladung an. „Warum habt Ihr keinen dieser neuartigen Schlurfi, oder Elemenkarr oder wie diese heißen?", fragt Reavaer die Händlerin beiläufig. „Ich habe das Geschäft sowie diesen Karren von meinen Eltern übernommen. Er hat ihnen gute Dienste geleistet und mir jetzt auch. Also habe ich keinen Bedarf für ein neues Transportmittel", entgegnet sie ihm leidenschaftlich. „Das ist lobenswert. Der Karren sieht auch gut gepflegt aus, obwohl er schon lange unterwegs sein muss. Nur das viele Holz, das daran verbaut ist, ist besorgniserregend." Mit dem letzten Satz macht Reavaer eine absichtliche Andeutung, die Linny stutzig machen soll. „Was meint Ihr? Was stimmt mit dem Holz nicht?", schluckt sie den Köder und fragt genauer nach. „Oh, es scheint sich noch nicht bis hierher herumgesprochen zu haben. Wir waren vor einiger Zeit in Aldin oben im Norden. Dort gab es eine Erkenntnis. Das verarbeitete Holz soll Tiere anlocken und sie rasend machen. Wenn Ihr Holz anfasst, bleiben solche kleinen schwarzen Partikel an Euch kleben. Diese Partikel sind der Grund, warum Tiere angriffslustig werden", erklärt er sehr genau und beobachtet, wie diese Erkenntnis bei normalen Leuten angenommen wird. Die Händlerin hält an, woraufhin die ganze Gruppe zum Stehen kommt. Sie lässt die Zugstange los, schaut auf ihre Handflächen und riecht auch an ihnen. „Wegen dieser kleinen schwarzen Teilchen sollen die Tiere so wild werden? Ich kann gar nichts wahrnehmen", sagt Linny und untersucht ihre Hände kritisch. „Genau darum geht es. Es wurde erkannt, dass die Sinneswahrnehmung anders ist als bei Maginar. Der Geruchssinn soll feiner sein", berichtet Reavaer weiter seine Fakten. „Ha! Stellt euch vor, Tiere greifen nicht an, weil sie das Futter wollen. Oder weil sie die Magonar abgrundtief verabscheuen. Nein, sie sind aggressiv, weil der Geruch von Holz sie wild werden lässt. Hahahaha!", kommentiert die Händlerin sarkastisch. „Ihr glaubt also nicht an diese Theorie?", fragt Reavaer genauer nach. „Darum geht es nicht mal, ich kann mir sowieso kein anderes Gefährt leisten. Selbst wenn ich wollte."

Linny greift wieder ihre Zugstange und die Gruppe zieht weiter. „Es wäre sehr tragisch, wenn euch etwas passiert, nur weil Tiere euch besonders häufig angreifen. Nur weil ihr ein Transportmittel benutzt, das aus so viel Holz besteht", nennt Reavaer seine Bedenken. Die Händlerin antwortet darauf nicht. Sie scheint tief in Gedanken versunken, während sie den Karren zieht. Der Rest des Tages verläuft ruhig und ereignislos.

Als sich all für die Nachtruhe vorbereiten, wendet sich die Wächterin Brevy an Reavaer. „Soll ich die erste Wache übernehmen? Dann wecke ich Euch, wenn der Mond oben steht", bietet sie ihm an. „Oh, mir wäre es lieber, ich übernehme die erste Wache. Ich bin es gewohnt, nachts aufzubleiben. Wenn wir nicht angegriffen werden, wecke ich Euch, wenn ich müde werde", schlägt er wiederum vor. Sie willigt ein und alle beginnen sich für die Nacht fertig zu machen. „Woher kommt das ganze Eis im Wagen?", fragt Linny in die Gruppe, als sie das erste Mal wieder die Ladung inspiziert. „Das war ich. Beim Schieben habe ich Eismagie auf die Ladefläche gewirkt. Damit die Ware so frisch wie möglich bleibt", gibt Reavaer zu, woraufhin er wieder kritische Blicke von Linny der Händlerin bekommt. „Eure Aufgabe als Wache ist es, mich und den Karren zu schützen. Nicht den Wagen zu schieben oder Magie auf die Ladung zu wirken", schimpft sie mit Reavaer, da sie nicht glauben kann, dass er all diese Aufgaben gleichzeitig erledigen kann. „Sind wir angegriffen worden?", fragt er einfach nur trocken. „Aaahh! Darum geht es nicht! Wisst Ihr was? Wenn wir angegriffen werden, werfe ich Euch eigenhändig den Tieren entgegen, egal womit Ihr euch in dem Moment ablenkt!", droht sie ihm lauthals. „Einverstanden, aber momentan seid ihr uns Verpflegung schuldig." Reavaer willigt dieser übertriebenen Konsequenz ein, auch wenn beide wissen, dass Linny die Drohung nicht durchziehen kann. „In Ordnung, wir teilen unseren Proviant mit euch. Das war schließlich vereinbart", antwortet die Händlerin, nachdem sie tief durchgeatmet hat. „Nicht ganz, wir vereinbarten, dass ich etwas Frisches bekomme." Die Händlerin schaut Reavaer auf seine Forderung hin ungläubig an. „Na gut, wie Ihr meint. Da ohnehin alles frisch geblieben ist, sucht euch etwas aus. Aber zubereiten müsst ihr es selbst", willigt sie entnervt ein. Reavaer nickt zufrieden und macht sich daran, eine improvisierte Grillstation aufzubauen. Nachdem er kurzerhand seine Magie gewechselt hat, beginnt er damit, einen nahen Stein weich zu machen und daraus ein Grillgestell zu kreieren. „Nicht so gut wie eines aus Metall, aber es sollte funktionieren." Danach wechselt er wieder das Element. Er nimmt den Rialitstab und schleift ihn gegen den Stein unterhalb des Grills. Als ein Funke auf den Stein trifft, entsteht Lava darauf, die heiß genug glüht, um das Fleisch zu garen. Danach geht Reavaer zum Wagen und sucht sich ein faustgroßes Stück Fleisch aus. Dieses schneidet er in Stücke und bereitet es zu. Das größere Stück gibt er Yrona, den Rest behält er und schneidet es in mundgerechte Stücke für Miha. Sie züngelt ein wenig, bevor sie das gegrillte Fleisch nimmt und verschlingt. Die Kleine verschlingt noch zwei weitere Streifen Fleisch in der Größe von Käfern, bevor sie sich rücklings in Reavaers Schoß legt und mit einem zufriedenen Seufzer entspannt. Yrona genießt ihre Portion ebenfalls. Sogar die Schwestern schauen hinüber, da es so gut riecht. „Wollt ihr auch etwas? Es ist noch Fleisch übrig, mit Gewürzen wäre es zwar noch besser, aber ich habe keine dabei", bietet er der Händlerin und ihrer Schwester an. Sie nehmen dankend an und bekommen die Reste. In der Nacht, als der Mond auf halbem Weg am Untergehen ist, weckt Reavaer die Wächterin Brevy auf, damit sie den Rest der Nacht Wache hält. Das wäre zwar nicht notwendig, da er die ganze Nacht wachen könnte, doch er möchte den Schwestern nicht erklären, warum er es könnte. Also legt er sich mit Miha auf der Brust nieder und schließt die Augen.

Der seltsame Fremde

Am nächsten Morgen geht die Reise weiter, als die Sonne schon eine ganze Weile aufgegangen ist. Gemütlich wandert die Gruppe voran Richtung Süden. Die kleine Miha schlängelt besonders aufgeweckt auf dem Rand des Wagens herum und züngelt nahe den verschiedenen Lebensmitteln. Brevy bemerkt Miha, als sie Ausschau hält. „Was hat es eigentlich mit dem kleinen Magren auf sich?", fragt sie an Reavaer gewandt.

Reavaer erzählt die Geschichte, wie sie Miha gefunden haben. Er beschreibt detailliert, wie sie in die Stadt eingedrungen sind und was sie mit den Bewohnern gemacht haben, die sie aufhalten wollten. Schließlich auch was in der Stadt mit den Magrennar gemacht wurde. Die Schwestern hören sich die Geschichte sowohl von Reavaer als auch aus der Perspektive von Yrona an. Einerseits sind sie schockiert, wie ruchlos Reavaer und Yrona mit den Bewohnern umgegangen sind. Andererseits können sie nicht verstehen, warum niemand die Stadt betreten durfte. „Zu der Zeit musste ich in die Stadt. Ich habe etwas in der Stadt gespürt, das mich dort hingezogen hat. Und die Tatsache, dass ich nicht hinein durfte, hat es noch dringlicher gemacht. Die Gewalt war nur notwendig, weil die Bewohner darauf bestanden haben. Gewalt ist eine Sprache, die man verstehen muss, selbst wenn einem die Worte nicht gefallen", erklärt Reavaer etwas kryptisch.

Dann erzählt Linny die Händlerin auch eine Geschichte aus ihrem Alltag, einfach um die Reise unterhaltsam zu halten. Am späten Nachmittag stürmen aus einem nahen Wald wieder einige Tiere wild auf die Gruppe zu. Brevy bemerkt sie lange bevor sie ankommen, und bereitet schon mal einen Zauber vor, um den ersten großen Ansturm abzufangen. Damit die Schwestern nicht beunruhigt werden, tut Reavaer dasselbe. Yrona bleibt nahe dem

Karren, um Ausreißer zu verscheuchen. Doch wie Reavaer erwartet hat, bremsen die Tiere ab einer gewissen Entfernung ab und bleiben auf Distanz. Brevy ist verwirrt und hält ihren Zauber schussbereit. Linny, die sich hinter dem Karren versteckt, wundert sich, warum es keinen Kampfeslärm gibt. „Das ist immer wieder faszinierend zu beobachten", kommentiert Reavaer ausgelassen. „Was ist hier los? Was haben diese Tiere vor?" Brevy, die zu allem bereit ist, um die Gruppe zu schützen, steht nervös mit aufgeladenem Zauber in der Hand da. „Das ist uns schon mal passiert, bevor wir zu dem Dorf kamen, vor dem wir uns getroffen haben. Es scheint, dass die Tiere sich der kleinen Schlange nicht nähern können, oder Angst vor ihr haben." Reavaer geht zu Miha und nimmt sie vom Rand des Karrens. „Und was machen wir jetzt? Wir können nicht sagen, ob das dauerhaft so bleibt, oder ob sie doch beschließen, uns anzugreifen", möchte Brevy wissen, wie es weitergeht. „Ich schlage vor, wir setzen unseren Weg vorsichtig fort. Wir bleiben wachsam, während wir dem Karren folgen", schlägt Reavaer vor, dabei geht er zu Linny und hilft ihr aus ihrem Versteck. Dann setzt er Miha auf ihre Schulter. „Die Kleine bleibt bei Euch und hält Euch die Tiere fern, so gut es geht. Wir Wächter bleiben zwischen dem Karren und den Tieren." Grundsätzlich stimmt Linny der Strategie zu. Doch Miha, die begeistert auf ihrer Schulter wippt, sich an ihrer Wange reibt und mit ihren langen braunen Haaren spielt, gibt der Händlerin ein mulmiges Gefühl. „Das fühlt sich seltsam an, Ihr seid sicher, dass sie mich nicht angreift?", fragt Linny, die sich nicht traut, schnelle Bewegungen zu machen. „Behandelt die Kleine so wie Ihr selbst behandelt werden wollt, dann wird sie Euch mögen", gibt es noch als Hinweis, dann geht Reavaer zum Ende des Karrens. Die Gruppe setzt sich wieder in Bewegung. Yrona geht neben der Händlerin her. Die Tiere folgen schnaubend, wahren aber immer denselben Abstand zu der Händlerin.

Nur ein paar Schritte später sieht sich Brevy wieder um. „Na wunderbar, das auch noch", seufzt sie entnervt. Reavaer kann in der Richtung aus einem anderen Wald kommend ein Rudel

Wolf-Magrennar sehen. Sie stürmen ebenfalls auf den Karren zu. „Habt Ihr auch einen Geheimzauber gegen die?!", ruft Linny hoffnungsvoll an Reavaer gewandt. „Wenn unsere Kleine nicht auch gegen die Magrennar wirkt, bleiben nur die guten alten Angriffszauber", antwortet Reavaer und beschwört einige schwebende Eisbrocken in die Luft. Linny versteckt sich aufs Neue mit Miha auf der Schulter. Die Tiere, die bei der Gruppe stehen, versuchen zu fliehen. Diese werden aber von den Wölfen eingeholt und gerissen. Die Tiere haben keine Chance mit ihren Zaubern und Tritten gegen die kraftvollen körperlichen Angriffe der Magrennar. Brevy und Reavaer beobachten die Jagd der Wölfe, ohne sich einzumischen, um sie nicht zu provozieren. Es sind jedoch nicht genug Tiere für alle Wölfe vorhanden. So wenden sich manche der Magrennar zu dem Karren. Nun lässt sich eine Konfrontation nicht mehr vermeiden. Langsam und bedrohlich wollen die Wolf-Magrennar sich nach und nach verteilen und den Wagen umzingeln.

Bevor jedoch der erste Wolf aus Reavaers Sichtfeld schreitet, greift er mit seinen Eisbrocken an. Er erwischt zwei von ihnen, die erst mal nach hinten geschleudert werden. Brevy macht es ihm gleich. Sie greift an, bevor die Wolf-Magrennar sie anspringen können. Ihre Angriffszauber bestehen aus sehr konzentrierten, aber zielgerichteten Feuerbällen und Windwällen. Die Feuerbälle benutzt sie für entfernte Ziele, diese explodieren, schleudern den Gegner weiter weg und verletzen ihn. Die Windwälle sind für Ziele, die bereits zu nahe für Feuerbälle sind. So kann die erfahrene Wächterin die Gegner wieder auf Distanz bringen. Durch diesen sehr zielgerichteten Einsatz kann Brevy magische Kraft sparen und sich so lange wehren, bis die Gegner zu verletzt oder demotiviert sind, um weiter anzugreifen. Reavaer kann sehen, wie die Wächterin notfalls mit der ganzen Wolfsmeute fertig werden würde. Er lässt sie eine Seite des Wagens verteidigen. Er übernimmt die andere Seite. Beide wollen keine Magrennar ins Unleben befördern, wehren sich aber rücksichtlos, wenn es sein muss. Die Angriffe der Wolf-Magrennar werden mit jedem Versuch schwächer und langsamer.

Sie erschöpfen und verletzen sich allesamt mit jedem Versuch. Bald bleiben sie auf Abstand und auch die Wächter sparen sich ihre Magie. Vorsichtig und mit eingezogenem Schwanz ziehen sich die Wölfe in ihren Wald zurück, aber nicht ohne sich vorher die erlegten Tiere zu schnappen. Die Gruppe macht sich auf, um weiterzureisen, bevor andere Feinde auftauchen. Während Yrona und Reavaer sich nach dem Kampf wieder schnell beruhigen und Miha sowieso keine Sorgen hat, bleiben die Schwestern weiterhin nervös. Sie gehen immer weiter, auch als die Sonne untergegangen und es schon dunkel geworden ist. Erst als keine Wälder in der Nähe sind, macht Linny Halt. Reavaer hält wieder Wache, diesmal die ganze Nacht.

Am nächsten Morgen schlafen Linny und Brevy noch länger als am Tag davor. Der Kampf scheint sie wirklich ausgelaugt zu haben. Reavaer nutzt die Zeit, um auf einem improvisierten Grill Frühstück zuzubereiten. Den Schwestern ist es etwas peinlich, so lange geschlafen zu haben, aber nach dem Frühstück sind sie wieder entspannt und fröhlich wie zuvor. Die weitere Reise geht schnell voran und schon bald kommen sie an eine Stadt, in der Linny handeln kann. Linny, Brevy und Yrona betreten die Stadt ohne Reavaer und Miha, die wieder vor dem Stadttor warten. Reavaer nutzt die Zeit, um Miha wieder spielerisch zu trainieren und ihre Jagdfähigkeiten zu erweitern. Er wird von Passanten schief angeschaut, wie er sitzend und kniend seltsame Bewegungen macht. Als sie sehen, dass er es einem kleinen Magren vormacht, entfernen sie sich schnell. Reavaer interessieren die Blicke nicht, auch Miha ist viel zu beschäftigt, um die Maginar, die vorbeigehen, zu bemerken. Die drei Maganar kommen wieder aus der Stadt. Fröhlich und gut gelaunt wie beim letzten Mal, als sie zu dritt unterwegs waren. Der Karren ist wieder voller Waren und Linny macht den Anschein, wieder gute Geschäfte gemacht zu haben. Miha und Reavaer sehen sich die Ware an, wieder interessante Spezialitäten. Reavaer füllt den Wagen erneut mit Eis auf, um die Ware haltbarer zu machen. Anschließend hilft er wieder beim Schieben und so reist die Gruppe weiter in den Süden. Sie kommen an noch mehr Siedlungen vorbei, bei denen sie diesen Vorgang wiederholen. Linny macht jedes Mal einen ordentlichen Gewinn. Sie bezahlt Yrona sogar für die Hilfe beim Handeln, auch wenn Reavaer nicht weiß, was genau Yrona tut. Doch es reicht ihm, zu wissen, dass alle dadurch gewinnen. Nach einigen Tagen glaubt Reavaer, eine bekannte Landschaft zu erkennen. „Ist das da hinten in der Ferne das Wyrm-Gebirge?", fragt Reavaer mit Euphorie in der Stimme. Die Schwestern schauen zum Gebirge. „Ich bin mir nicht sicher. So oft waren wir hier nicht und wenn wir in der Gegend sind, achte ich nicht auf die Berge", gibt Linny zurück, während sie den Karren zieht. „Ich bin mir aber sicher, die Berge dort nennen die Bewohner Wyrm-Gebirge. Ab und an sieht man dort Drachen umherfliegen. Jedes Mal, wenn ich einen Drachen erblicke, wenn wir daran vorbei müssen, habe ich das Gefühl, dass wir gleich angegriffen werden", bestätigt Brevy die Wächterin. „Ich wollte mir dieses Gebirge schon vor einer langen Zeit ansehen. Doch ich kam nicht dazu. Deshalb kenne ich das Wyrm-Gebirge nur von einer Karte." Reavaer schwelgt in der Vergangenheit. „Ihr wollt euch das Gebirge ... ansehen? Wie eine Sehenswürdigkeit? Wollt Ihr vielleicht noch einen der Gipfel besteigen und vielleicht mit den Drachen fliegen?" Brevy klingt mit jedem Satz sarkastischer. „Vielleicht tue ich das ...", gibt Reavaer trocken zurück. Woraufhin Brevy nur mit den Augen rollt und seufzt. Es dauert wieder einen ganzen Tag, bis die Straße am Fuß der Berge vorbeiführt. „Aus der Nähe sind die Berge noch imposanter. Die Spitzen ragen über die Wolken", bewundert Reavaer das hohe Gebirge. Er versucht auch Miha die Schönheit der Landschaft mitzuteilen. Das funktioniert nur bedingt, sie sieht die Berge, aber ist nicht so beeindruckt von diesen wie Reavaer. Etwas weiter den Weg entlang sieht die Gruppe eine Ansammlung von Maginar stehen. Man kann auch Krach und Explosionen hören. „Ich habe es gewusst, irgendwann musste so was passieren", fürchtet Brevy das Schlimmste. Aufmerksam gehen sie näher an die Menge heran. Die Maginar sehen erstaunt aus, aber nicht furchtsam. Als Reavaer und die anderen sich zu der Menge gesellen und schauen, was dort so aufregend ist, sehen sie einen seltsam großen und muskulösen Mago dastehen, der von anderen Maginar mit allen möglichen Zaubern beschossen wird. „AAHAHAHA! Kann denn niemand hier einen Zauber wirken, der mir zumindest einen Kratzer zufügen kann?", lacht er und verspottet die Zaubernden. Es versuchen immer wieder neue Maginar, die vorbeikommen, den großen Mago mit allen möglichen Elementen und Magiearten zu verletzen, doch alle scheitern. Alle versuchen es von vorne und mit einem möglichst starken und wuchtigen Aufschlag, doch der Große weicht keinen Schritt zurück. „Was ist mit dem los? Was soll das werden?", fragt sich Linny, die nicht verstehen kann, warum man sich absichtlich von Maginar mit Zaubern beschießen lassen sollte? „Wahrscheinlich testet er seine Kraft. Das kommt unter Kämpfern vor, er scheint seine Widerstandskraft sehr stark trainiert zu haben", gibt Brevy als Antwort zurück. Reavaer nickt zustimmend. „Das sieht interessant aus, wollt ihr es mal probieren?", fragt Reavaer Brevy und die anderen. Linny seufzt wieder angestrengt und geht zu ihrem Karren zurück. Yrona hat auch kein Interesse daran, sie geht ebenfalls stillschweigend zum Wagen. Brevy zuckt erst mit den Schultern, sieht aber noch fasziniert zu dem Mago, der mit Zaubern beschossen wird. „Warum nicht? Wenn es eine Übung ist, kann ich dabei vielleicht etwas lernen. Es scheint diesem seltsamen Kerl Freude zu bereiten", stimmt sie schließlich zu. Reavaer lässt Brevy den Vortritt. „Hahaha, sehr gut. Jeder soll es versuchen, ich gebe mich geschlagen, wenn ich auch nur einen Schritt ins Taumeln komme." Der Fremde grinst breit mit freiem Oberkörper und seinen Fäusten in die Hüften gestützt.

Brevy wirft drei Feuerbälle auf den Mago. Der erste Feuerball explodiert, aber nicht so stark. Es wirkt, als ob dieser zur Desorientierung dient, die folgenden zwei explodieren heftig an seinen Schultern. Sein Oberkörper dreht sich an den Schultern, an denen die Explosionen aufprallen, zurück, aber ins Straucheln kommt er nicht. „JAHAA! Das war bis jetzt der beste Versuch. Aber leider nicht genug. HAHAHA!" Der Große geht unversehrt zurück in seine Position und grinst weiterhin selbstgefällig. Bevor Reavaer vortritt, um die Standhaftigkeit des Fremden zu testen, stellt er sicher, dass Miha bei Linny und Yrona untergebracht ist. Danach tritt er vor. „Wie ist Euer Name? Man sollte wissen, mit wem man sich misst?", fragt Reavaer, bevor er irgendwelche Zauber wirkt. „Erfüllt die Aufgabe, bringt mich dazu, einen Schritt zu machen und ich verrate es Euch!", ruft der Fremde grinsend zurück. „So dringend muss ich es auch nicht wissen", grummelt Reavaer in seinen unsichtbaren Bart. Reavaer fängt an, indem er den rechten Arm hinter den Rücken nimmt. Den linken Arm winkelt er mit der Handfläche noch oben an. In dieser Position bleibt er unbewegt stehen. Nach einigen Augenblicken wird der große Fremde stutzig. „Worauf wa..." Noch bevor der Fremde seine Frage beendet hat, richtet Reavaer seine Handfläche in seine Richtung und stößt diese nach vorne. Es schießt Sand hervor, der sich hinter Reavaers Rücken gesammelt hat. Der Sand schlägt hart auf, doch es bleibt nicht bei einem einfachen Aufschlag. Der Sand bleibt an die Brust des großen Fremden gepresst und dreht sich schmirgelnd an seiner Haut. Der Fremde wurde überraschend mitten in seiner Frage getroffen, war dementsprechend unvorbereitet auf den Aufprall und muss sich sehr gegen den Druck des schleifenden Sandes stemmen. Dabei sieht Reavaer genauso angestrengt in seinem magischen Wirken aus wie der Fremde in seinem Dagegenstemmen. Nachdem es Reavaer nicht gelingt, die Standhaftigkeit des Fremden mit seiner Sandpresse zu brechen, nimmt er seine rechte Hand nach vorne. Die Finger beider Hände werden von Reavaer angewinkelt, sodass sie aussehen wie Klauen. Nun sind Hände wie Arme angespannt, die Hände wie Klauen geformt und zitternd vor Anspannung treffen sie sich einander zugewandt mit ein wenig Abstand vor Reavaers Brust. Daraufhin teilt sich der Sand. Nun wird der Fremde sowohl an der Brust als auch am Rücken getroffen. Reavaer dreht die Hände vor sich leicht in entgegengesetzte Richtungen. Dabei fängt der Sand an, sich schneller zu drehen, als wollte dieser sich in Felsen bohren. An seiner Brust in eine Richtung, und am Rücken in die entgegengesetzte Richtung. Der reibende Sand auf der Haut des Fremden macht ein schrilles Geräusch. Als würden kleine Nägel auf glattem Stein kratzen. Plötzlich stampft der Fremde fest auf die Erde und vergräbt seine Füße bis zu den Knöcheln darin. Er spürt, wie der Sand ihn in die Höhe heben will. So angestrengt der Fremde auch wirken mag, er macht nicht einen Moment den Eindruck, nachzugeben. Reavaer mit seiner Sandkontrolle ringt mit der Widerstandskraft des Fremden. So bleiben beide eine Weile in ihren verkrampften Positionen, bis schließlich Reavaer nachgibt. Der Sand lässt von der Front und dem Rücken des Fremden ab und entfernt sich komplett.

Nun sieht man, dass die Behandlung auch nicht spurlos am Oberkörper des Fremden vorbeigegangen ist. Seine Haut ist aufgeschürft und teilweise bis ins Fleisch eingeschnitten. „Tut mir leid wegen der Verletzungen. Da habe ich wohl etwas übertrieben. Brauchst du Hilfe damit?", entschuldigt sich Reavaer bei dem Fremden und bietet gleich an, ihn zu versorgen. Der Große grinst aber nur zufrieden und macht keine Anstalten wegen der Wunden. „Haa, mach dir keine Sorgen deswegen. Das heilt schnell wieder weg. Ich wurde schon lange nicht mehr so gefordert. Das hat Spaß gemacht!", frohlockt er nur. „Es brennt sogar ein bisschen. Ha, mein Blut kocht und ich will nicht, dass es aufhört. Nun greife ich an, wenn du meine Attacke abwehren kannst, verrate ich dir meinen Namen!", brüllt der Fremde enthusiastisch weiter. „Moment, es war nie die Rede davon, dass du zurück angreifst", versucht Reavaer noch zu argumentieren, um einem Kampf aus dem Weg zu gehen.

Der Fremde sieht jedoch entschlossen aus und streckt seinen Kopf nach vorne, woraufhin sich sein Kinn spaltet. Seine Kieferknochen falten sich nach unten und zur Seite auf und sind durch Membranen verbunden. Es ist ein groteskes Bild, dieser Fremde ist eindeutig kein normaler Magi. Erst versteht Reavaer nicht, was der ausgeklappte Kiefer mit den Membranen dazwischen bewirken soll. Bis der Fremde beginnt, tief einzuatmen. Er holt tief Luft und wie erwartet öffnet er den Mund weit, als er die gesammelte Luft in einem Schrei herausdrückt. Der Druck des Schreis trifft Reavaer kurz, bevor er wieder Sand aus der Umgebung sammeln kann, um ihn als Wand vor sich aufzubauen. Man sieht die Schallwellen des Schreis auf der Oberfläche des Sandes wie Wellen gleiten. Alle umstehenden Reisenden entfernen sich schnell aufgrund der Lautstärke, die vom Fremden ausgeht. Sie haben Schmerzen in den Ohren und gehen weiter ihres Weges, so schnell sie können. Reavaer hat aufgrund des Drucks auf seinen Ohren Probleme, die Wand aus Sand aufrecht zu halten.

Es ist kein Ende des Schreis in Sicht und als Reavaer hinter sich sieht, erkennt er, dass seine Begleiterinnen und Miha hinter ihm stehen und sich die Ohren zuhalten. Da wird Reavaers Blick fokussiert, die Wand wird stabiler und legt sich im Halbkreis näher um den Fremden. Hinter dem schreienden Fremden löst sich ein Stein in Sand auf, die kleine Wolke schwebt schnell auf den Hinterkopf des Fremden zu und drückt diesen nach vorne. Der Große verliert sein Gleichgewicht, da er aufgrund des Schreis nach vorne gebeugt ist und dieser Schub von hinten lässt ihn vornüberkippen. Im Fall hört der Schrei auf und er fällt mit dem Gesicht in den Dreck.

Drachenkraft

Für einen kurzen Moment ist Ruhe. Reavaer ist nun vorsichtiger und löst den Sand, den er kontrolliert, nicht auf. Stattdessen zieht er ihn zurück hinter sich und lässt den Sand als unförmigen wabernden Ball schweben. Reavaer möchte gerade zu dem Fremden gehen und sich nach seinem Zustand erkundigen. Noch bevor er jedoch seinen ersten Schritt machen kann, hört Reavaer lautes Gebrüll aus dem Gebirge. Da tauchen zwischen den Bergspitzen auch schon zwei riesige Gestalten mit Flügeln auf. Sie kommen näher und alle noch anwesenden Maginar erkennen die Gestalten als Drachen, die entschlossen auf Reavaer und den Fremden zufliegen. Der Boden bebt, als die zwei Drachen landen. Ein schwarzer Drache, der etwa fünf Stockwerke misst und ein kleinerer roter Drache, der drei Stockwerke in die Höhe ragt. Der schwarze Drache schnuppert an dem immer noch liegenden Fremden. Die zwei riesigen gehörnten Echsen tauschen kurz ein wenig Gebrüll aus, woraufhin der rote Drache Luft holt und eine Feuersbrunst auf Reavaer spuckt. Dank des vorhandenen Sandes kann er das Feuer frühzeitig blockieren. Er benutzt wieder eine Wand aus Sand als Schutz. Diese dreht sich jedoch und immer wieder fallen Glasteile heraus, wegen der großen Hitze. Das Glas kann er nicht kontrollieren, deshalb fällt es geradewegs auf den Boden und bleibt liegen. Als der Feuerschwall abklingt, hört Reavaer Gebrüll von den zwei Drachen jenseits der Sandmauer. Einer der Drachen stampft auf ihn zu. Da zieht er den Sand wieder zurück hinter sich. Die Drachen sehen, dass Reavaer dem Feuer nicht zum Opfer gefallen ist, und werden wütend. Der schwarze Drache bleibt schützend über dem Fremden stehen und brüllt den roten Feuerdrachen an. Reavaer beobachtet ihr Verhalten genau. Der Rote stürmt auf Reavaer zu und schnappt mit dem Maul nach ihm. Er weicht jedoch zur Seite aus und nimmt den Sand hinter seinem Rücken mit. „Hört auf, anzugreifen, sonst werde ich mich wehren", versucht er, mit den ihn überragenden Drachen zu kommunizieren. Die Drachen sehen ihn an, während er spricht, interessieren sich aber nicht dafür. Der rote Drache versucht wieder Feuer auf ihn zu spucken. Doch Reavaer sammelt wieder genug Sand für einen Wall vor sich. Diesmal dauert die Feuersbrunst nicht so lange an und der Drache versucht, durch den sandigen Wall nach ihm zu schnappen. Reavaer merkt, wie etwas versucht durch den Sand zu dringen und verdichtet ihn, sodass der Drache den Sand in den Augen, der Nase und in der Schnauze hat. Die große Echse macht einen Schritt zurück, hustet und windet sich, um den Sand von den empfindlichen Stellen zu bekommen. Reavaer zieht den ganzen Sand, der nicht auf den Schleimhäuten des Drachen liegt, zurück zu sich. Dann läuft er Richtung Gebirge, solange der Drache abgelenkt ist. Der rote Drache nimmt die Verfolgung auf. Wütend versucht der Drache, den laufenden Reavaer mit einem Feuerstrahl zu erwischen, doch dieser ist auf die Entfernung nicht mehr stark genug. Danach schließt der Drache sein Maul und zieht den Kopf ein wenig zurück. Im nächsten Moment spuckt der rote Drache einen Feuerball im hohen Bogen auf Reavaer zu. Dieser ist bei einigen Felsen am Fuß des Berges angekommen und kann gerade noch hinter einen großen Brocken springen, als der Feuerball in seiner Nähe aufschlägt. Kurz darauf springt der rote Drache auf einen der Felsen und sucht nach Reavaer zwischen den Brocken und dem Geröll, kann ihn aber nicht finden. Aufmerksam stapft und klettert der Drache zwischen den Felsen, schnuppert hier und da. Schließlich gibt er auf und geht zurück zu dem größeren, schwarzen Drachen.

Zwischen zwei Felsen, über die der Drache noch einen Moment vorher gestiegen ist, bewegt sich Sand in Form eines Steines und enthüllt einen zusammengekauerten Reavaer. Er lugt vorsichtig hinter dem Brocken vor ihm hervor, um die Drachen zu beobachten. In Erwartung, dass sich die Drachen davonmachen, wartet er ab. Aber anstatt sich zurückzuziehen, wenden sich die zwei großen Echsen dem Karren zu. Dahinter verstecken sich die Schwestern, Yrona und Miha. „Oh, nicht doch", seufzt Reavaer enttäuscht. Der Drache ist schon auf halbem Weg zum Karren, da verlässt Reavaer seine Deckung. Er läuft auf den roten Drachen zu, die beiden großen Echsen haben ihn bisher nicht bemerkt. Im Lauf lässt Reavaer den Sand knapp über den Boden gleiten, unter die Füße des roten Drachen. Dieser kann nicht mehr richtig auftreten, seine Klauen erreichen den Boden nicht mehr. Der Sand sorgt dafür, dass der Drache keinen Stand mehr bekommt und mit ausgestreckten Beinen auf dem Bauch landet. Der schwarze Drache bemerkt Reavaer, wie er auf den Roten zuläuft. Daraufhin greift sich der schwarze Drache einen großen Felsbrocken mit dem Maul und schleudert diesen auf Reavaer, der sich im vollen Lauf auf den roten Drachen befindet. Reavaer streckt seine Hand nach dem Felsen aus, der auf ihn zufliegt. Bevor der Felsen Reavaer trifft, löst sich der Brocken in der Luft in Sand auf und sammelt sich bei Reavaer. Der schwarze Drache springt und stampft vor Wut. Mit einem Satz springt Reavaer auf den liegenden roten Drachen und läuft weiter bis zu seinem Kopf. Er bleibt auf seinem Hals kurz vor seinem Nacken stehen und packt den Drachen bei den Hörnern. Dabei bildet sich eine Sandwolke um den Kopf des roten Drachen. Dessen Augen, Nase und Mund werden von dem Sand gereizt. Der rote Drache fängt panisch an, Feuer zu speien. Darauf hat Reavaer nur gewartet und zieht an den Hörnern des Drachen. Mit dem Zug an den Hörnern und mithilfe des Sandes richtet Reavaer die Schnauze des roten Drachen auf den schwarzen Drachen aus. Der schwarze Drache wird mit einer starken und breit gefächerten Flammenwand beschossen, vor der er sich mit seinen Flügeln schützen muss. Obwohl das Feuer des roten Drachen den schwarzen Drachen voll erwischt hat, sieht man keine Spuren des Feuers am schwarzen Drachen. Als Reaktion schnappt der schwarze Drache mit dem Maul nach Reavaer, als er noch immer auf dem Hals des roten Drachen steht. Reavaer muss nach hinten vom Hals springen. Dabei sammelt er den Sand vom Kopf des roten Drachen wieder um sich. Bevor der schwarze Drache wieder zuschnappen kann, umgibt sich Reavaer mit dem Sand, damit der Drache ihn nicht mehr sehen kann. Wütend schlägt der schwarze Drache seine Klaue in den schwebenden Sand. Der Schlag geht ins Leere, doch der Sand, den er berührt, fällt unkontrolliert zu Boden. Nach zwei weiteren Schlägen liegt der ganze Sand auf dem Boden. Von Reavaer ist keine Spur zu sehen. Hastig versucht der schwarze Drache, Reavaer zu finden, indem er sich um den letzten Standort von ihm umsieht und herumschnuppert. Währenddessen merkt Reavaer, der sich unter dem Flügel des roten Drachen versteckt, dass er die Kontrolle über den Sand verloren hat. Reavaer konzentriert sich für einen längeren Moment. Danach krabbelt er wieder unter dem Flügel hervor, als der schwarze Drache bereits frustriert stampft und schnaubt, als er Reavaer nicht finden kann. Hinter dem schwarzen Drachen stehend erschafft Reavaer einige kleinere und größere Kugeln aus Eis, die er über sich schweben lässt. Mit einer Handbewegung schleudert er die Kugeln auf den Drachen. Diese treffen ihn am Schweifansatz, lösen sich aber bei Berührung mit der Drachenhaut auf. Der schwarze Drache bemerkt das Treiben hinter sich. Der Drache dreht sich um, erspäht Reavaer und steigt in die Luft. Die Entfernung zu Reavaer überbrückt er im Sturzflug und heftig auf den Boden aufschlagend. Reavaer kann sich nur mit einem kurzen Sprint und einem beherzten Sprung nach vorne retten, sonst wäre der Drache direkt auf ihm gelandet. Nach dem Sprung bei der Rolle streift sich Reavaer den schweren Mantel ab und wirft ihn auf die Augen des Drachen, als dieser wieder mit dem Maul nach ihm schnappen will. Der Drache stellt sich auf und reißt sich brüllend den Mantel vom Gesicht. Als er wieder sehen kann, erblickt der Drache Reavaer, dieser hat nun eine Art Rüstung aus Eis hergezaubert. Seine Arme, Beine, Brust und Kopf sind teilweise mit Eis umwickelt. In Raserei schlägt der Drache wieder nach Reavaer, erreicht ihn aber nicht. Denn Reavaer schwebt nun über dem Drachen in der Luft. Das Eis trägt seinen Körper und seine Eiskontrolle hält wiederum das Eis in der Luft. Er muss seinen Körper in der Luft wie ein Puppenspieler von außen kontrollieren. Verdattert schaut der Drache erst mal hinauf zu Reavaer. Er kann für einen Moment nicht fassen, dass ein Magi ohne Flügel in der Luft schwebt. Aber ihn packt schnell wieder die Kampfeslust. Mit einem Sprung und einem weiten Schwung der Flügel ist der Drache auch schon in der Luft. Reavaer beschleunigt das Eis, in dem er steckt, als der Drache ihn mit starken Stößen mit den Flügeln verfolgt. Nachdem Reavaer dem Drachen zweimal in der Luft ausgewichen ist, merkt er, dass der Luftkampf für die große Echse schwerer ist als der Kampf am Boden. Die Beschleunigung ist hoch, doch Richtungswechsel sind schwerfällig. Nach dem Prankenhieb oder Schweifschwinger muss der Drache neue Geschwindigkeit aufbauen. Da Reavaer sich dank seiner Konzentration frei im Raum bewegen kann, schlägt er schnell Haken in der Luft, in der Hoffnung, den Drachen zu ermüden. Doch die Strategie geht nicht auf, ein Angriff folgt auf den nächsten, ohne nachzulassen. Stattdessen fällt es Reavaer schwerer, auszuweichen, seine eigene Taktik wendet sich gegen ihn. Nach einem Angriff von oben dreht sich Reavaer, bis er über dem Drachen ist, und landet auf seinem Rücken zwischen seinen Flügeln.

Erst merkt der Drache nicht, wohin sich Reavaer verzogen hat. Wieder ärgert sich der Drache, dass sein Gegner sich versteckt. Während Reavaer sich auf dem Rücken des Drachen auf Händen und Knien ruhig hält, merkt er, dass die Haut des Drachen ihn verletzt. Seine Handflächen, Knie und Füße fühlen sich an, als ob sie mit tausend Nadeln gestochen werden und ihr Gefühl verlieren würden. Mit einem Satz steigt Reavaer auf und entfernt sich vom Drachen. Er hat das Gefühl bis zu seinen Ellenbogen und Knien verloren. Nur noch mit Hilfe des Eises, das er mit seinem Verstand kontrolliert und das seine Unterarme und Schienbeine schützt, verhindert er, dass diese taub herunterhängen. Während er noch das taube Gefühl seiner Gliedmaßen verarbeitet, erspäht ihn der Drache wieder. Noch während der Drache ausholt, um mit seiner Pranke nach Reavaer zu schlagen, beschleunigt sein Ziel entschlossen Richtung Gebirge. Reavaer schwebt so schnell er kann auf die Berge zu. Der Drache holt ihn ein, aber kurz bevor die große Echse ihn erreicht, dreht er noch ab. Denn direkt vor ihm ist schon die Steinwand eines Berges, denn er hat bis zum letzten Moment gewartet, um auszuweichen. Der Drache kann die Richtung nicht so schnell wechseln. Er schlägt an der Steinwand auf, aber fängt die Wucht mit allen Vieren auf. Einen Teil der Geschwindigkeit leitet der Drache um, indem er sich von der Wand nach oben abstößt. So wird Reavaer von der großen Echse weiter verfolgt.

Noch während der Drache mit seinem neuen Schwung aufsteigt, sieht dieser, wie Reavaer sich auf den nächsten runden Vorsprung auf dem Berg setzt. Dabei ist auch das ganze Eis verschwunden, das seinen Körper umgeben hat und ihn schweben ließ. Es macht den Eindruck, dass Reavaer nicht mehr vorhat, zu fliehen. Der Drache zögert einen Moment und beobachtet ihn, in der Luft mit den Flügeln schlagend. Reavaer steht schwerfällig auf, hebt einen Arm und erschafft einen länglichen, flachen Klumpen aus Eis über ihm.

Die beiden starren sich einen Moment lang in die Augen. Dann stürzt sich der Drache furchtlos hinunter auf Reavaer mit dem Ziel, ihm endlich den entscheidenden Schlag zu versetzen. Reavaer wiederum winkelt seine Knie an, doch anstatt sich zu bewegen, setzte sich der Fels unter ihm in Bewegung. Der Stein unter seinen Füßen springt in Richtung des Drachen. Reavaer nutzt den Schwung, um mit einem Satz auf seiner erschaffenen Plattform zu landen. Der Fels, der kein Vorsprung des Berges, sondern ein loser Brocken war, trifft den Drachen im vollen Anflug. Die große Echse hat keine Zeit, zu reagieren und wird an Kopf und Brust getroffen. Der Schlag nimmt dem Drachen die Luft aus den Flügeln und macht ihn kurz benommen. Reavaer fängt den Brocken auf, indem er ihn mit Eis an einigen Stellen punktiert. Reavaer springt auf den Brocken und lässt die Plattform verschwinden. Auf dem Felsen verfolgt er den Drachen, der sich gerade wieder in der Luft fangen will. Aber Reavaer lässt den Felsen wieder zwischen die Flügel des Drachen einschlagen, das plötzliche zusätzliche Gewicht und die Position des Brockens nehmen dem Drachen die Fähigkeit, sich in der Luft zu halten. Die große Echse fällt samt Brocken ungehalten vom Himmel. Mit lautem Gebrüll und Getöse kommt sie dem Boden immer näher. Erst kurz vor dem Boden lässt Reavaer den Felsen wieder schweben, sodass der Drache nur mit seinem eigenen Gewicht auf der Erde aufschlägt.

Er samt Felsen schwebt an der Echse vorbei und lässt diesen dann vorsichtig herunter. „Sieht aus als hätte ich gewonnen", spricht Reavaer zu dem Drachen. Er steigt schwerfällig und verkrampft von dem Felsen herunter und stellt sich vor das Gesicht des Drachen, der noch immer mit ausgestreckten Gliedern auf dem Boden liegt. „Doch ich muss zugeben, das war der schwerste Kampf, den ich jemals geführt habe. Ich kann mich kaum bewegen, ein Nieser von dir und ich würde wohl umfallen. Glücklicherweise verstehst du kein Wort, das ich sage", redet er weiter auf die Echse ein. Der Drache schaut zu ihm hinauf und schnaubt nur verächtlich. Das bringt Reavaer aus dem Gleichgewicht und er fällt auf seinen Hintern. „Oder verstehst du mich doch?", rätselt Reavaer, während er vor dem Drachen sitzt und sie sich wieder anstarren. Nach einer gefühlten Ewigkeit erhebt sich Reavaer wieder. „Los, steh auf, deine Leute wundern sich sicher, wo du bist", redet Reavaer weiter auf den Drachen ein. Dieser grummelt nur, ohne sich zu bewegen. „Hoch mit dir, ich kann dich und deine Magie-auflösenden Schuppen nicht anfassen, sonst werde ich selbst vernichtet." Reavaer macht eine hochhebende Bewegung, während er mit der brummenden Echse schimpft. Reavaer nimmt Steine vom Boden und wirft sie dem Drachen an die Stirn und Hörner. Die große Echse kann ihn nicht mehr ignorieren und versucht aufzustehen. Doch die Beine des Drachen sind zittrig und die Flügel hängen schlapp herunter. „Ha, du bist erschöpfter als ich. Wenn ich lachen könnte, wäre das der perfekte Zeitpunkt dafür", amüsiert sich Reavaer über den Zustand des Drachen, der alles gegeben hat und beinahe gewonnen hätte. „Naja, ich will mal nicht so sein." Reavaer punktiert den Felsen von vorher wieder an der Unterseite und lässt diesen schweben. Der Brocken schwebt unter den Drachen und hebt diesen in die Luft. Die Echse hängt über dem Felsen wie ein nasser Lappen, aber zumindest kann sie so transportiert werden.

Nun muss sich Reavaer erst mal orientieren, da er beim Kampf nicht darauf geachtet hat, wo genau er hinfliegt. Sie sind in das Wyrm-Gebirge geflogen, um sie herum befinden sich Berge. „Seltsam, ich dachte, an einem Ort wie dem Wyrm-Gebirge wären mehr Drachen." Der Drache antwortet nicht auf Reavaers Kommentar. Um sich zu orientieren, macht sich Reavaer eine Plattform aus Eis, um in die Höhe zu schweben. Schließlich findet er den Weg zurück zur Straße und zum Karren.

Am Rande des Gebirges steigt Reavaer ab und geht den Rest zu Fuß. Der Fremde sowie der rote Drache erschrecken, als sie den schwarzen Drachen über dem Felsen liegend sehen. Reavaer lässt den Brocken samt Drachen auf seine Kollegen zuschweben und lässt diesen sanft landen. Während sich die Drachen um ihren Gefährten kümmern, spaziert Reavaer an diesen vorbei zurück zum Karren. Die Schwestern sowie Yrona mit Miha kommen ihm entgegen. „Das war unglaublich! Du hast dich gegen zwei Drachen zur Wehr gesetzt und sie besiegt!", ruft die Wächterin Brevy begeistert, obwohl sie direkt vor Reavaer steht. „Und was sollte der Angriff überhaupt? Anstatt ihrem Freund zu helfen, greifen sie alle umstehenden Leute an", grummelt die Händlerin Linny über das Verhalten der großen Echsen. „Die Drachen waren wohl von Anfang an auf Krawall aus, das Verhalten des Fremden war nur ein Auslöser für die", antwortet Reavaer an Linny gewandt, während er zu Yrona geht. „Bei euch alles in Ordnung?", fragt er wiederum die Gruppe, als er Miha auf den Arm nimmt. „Ohohoho, hier ist alles gut. Der Kampf war ein wahres Spektakel. Das müssten wir aufschreiben." Yrona hat die Vorstellung am Himmel gefallen. „Lieber nicht, der schwarze Drache da hinten ist ziemlich stolz, der würde es nicht mögen, wenn er wüsste, dass man seine Niederlage dokumentiert. Sagen wir einfach, es war ein seltener Austausch", beendet Reavaer das Thema und geht zu dem Fremden und den Drachen.

Miha ist aufgeregt, wieder bei Reavaer zu sein. Sie wuselt auf ihm herum, erst als sie in seinen Haaren wieder zur Ruhe kommt, kann er sie streicheln. Vor dem Fremden und den Drachen spricht Reavaer diese dann an, während der Rest der Gruppe neugierig Abstand hält. „Was sollte diese Vorstellung vorhin? Und warum greifen die Drachen wahllos Maginar an?", stellt er den Fremden zur Rede. „Jaa, verzeiht. Ich bin erst seit Kurzem Teil dieser Drachenfamilie. Ich war lange Zeit allein und kam mir schwach vor, deswegen wollte ich meine Stärke gegen alle möglichen Magiearten testen", gesteht der Fremde langatmig. „Warum greifst du dann an? Die Herausforderung war, dich vom Fleck zu stoßen. Ich bin zwar gescheitert, aber das war kein Grund, mit aller Kraft zurückzuschlagen", schimpft Reavaer weiter. „Naja, du warst aber nah dran und du hast es geschafft, mich zu verletzen. Der Schmerz, den ich von deiner Attacke verspürte, hat die Kampfeslust in mir entfacht und ich konnte nicht an mich halten. Dann habe ich dir die ganze Luft aus meiner Lunge entgegengeschleudert, doch es hat nicht funktioniert. Als du mich dann noch mal erwischt hast, bin ich aufgrund des Luftmangels in Ohnmacht gefallen. Die Drachen kamen mir sozusagen zur Hilfe und dachten, du hättest mich ernsthaft verletzt", folgt die langatmige Erklärung des Fremden, der dabei betroffen lächelt. „Deine Kampfeslust ist ein großes Problem für die Reisenden hier. Viele sind unsicher, hier entlangzureisen, wegen der Drachen und dein Ausbruch heute hat diese Unsicherheit bestimmt nicht gelindert." Reavaer zeigt auf die Straße nahe dem Wyrm-Gebirge. „Aber ... die Drachen tun doch nichts ...", stellt der Fremde ratlos fest, woraufhin er sich zu den Drachen umdreht. Er brummt einige Laute zu ihnen. Die großen Echsen wiederum legen den Kopf schief und alle drei zucken mit den Schultern. „Die Maginar auf der Straße interessieren uns nicht." Auf die Antwort des Fremden versinkt Reavaer in Gedanken, dabei senkt er den Kopf, um einen Punkt am Boden mit seinem Blick zu fixieren, während er nachdenkt. Noch bevor er einen Gedanken fassen kann, spürt Reavaer Druck auf seinem Kopf, gefolgt von einem überraschten Schnauben. Als er aufschaut, sieht er Miha fröhlich am Gesicht des Fremden hängen. „Haa! Miha!", jubelt die Kleine, als sie über dem Gesicht hängend geschüttelt wird. Die großen Drachen reagieren erschrocken über den vermeintlichen Angriff auf den Fremden und bringen ihre Gesichter näher, um die kleine Schlange zu beobachten. „Hahaha! Werde ich nun von dem kleinen Drachen geprüft?", amüsiert sich auch der Fremde nach dem ersten Schreckmoment. „Das ist mehr eine Art der Begrüßung für sie", erklärt Reavaer. „Dann mag sie mich also?", schlussfolgert der Fremde vergnügt. „Sie mag jeden mit zwei Armen und zwei Beinen. Außerdem ist sie ein Schlangen-Magren und kein Drache." Die Kleine lässt sich vom Gesicht des Fremden nehmen. „Du solltest uns ein wenig begleiten, damit du wieder unter Maginar kommst. Nebenbei würde mich deine Geschichte interessieren", bietet Reavaer dem Fremden an. Der Vorschlag löst bei ihm nicht gerade Begeisterung aus. „Keine Sorge, es wäre nur kurz. Ich möchte mich etwas unterhalten, dann kannst du zu deinesgleichen zurück", fügt Reavaer hinzu, als er das lange Gesicht des Fremden sieht. „Außerdem könntest du uns endlich deinen Namen verraten, und wie sich deine Freunde nennen, interessiert mich auch", wechselt Reavaer erst mal das Thema. Die Stimmung des Fremden wechselt. „Die Drachen gaben mir den Namen Tar'Goloz, Rot hier ist Era'Goloz und Schwarz da drüben heißt Isu'Goloz." Die Drachen erkennen ihre Namen und wissen, dass sie vorgestellt werden. Die großen Echsen stellen sich stolz auf. „So was, ein Teil eurer Namen ist gleich. Ist das ein Kennzeichen von Zusammengehörigkeit?", möchte Reavaer erstaunt wissen. „Das ist der Name unseres momentanen Oberhauptes. Alle, die zu seiner Familie gehören, tragen seinen Namen in ihrem eigenen", erklärt Tar'Goloz weiterhin stolz. „Hm! Ihr seid die ersten Wesen, denen ich begegne, die einen Familiennamen tragen. Das finde ich wunderbar", antwortet Reavaer mit erheiterter Stimme, jedoch wie gewohnt mit ausdruckslosem Gesicht. Tar'Goloz lacht angesichts von Reavaers bewundernder Aussage. „Hehehe, das sehe ich genauso, der Zusammenhalt ist viel größer." Daraufhin dreht sich Tar'Goloz zu den Drachen um und brummt ihnen zu. Diese reagieren genauso amüsiert wie er. Reavaer beobachtet weiterhin genau, wie Tar'Goloz mit den Drachen umgeht. Dann wiederholt er das Brummen in Laut und Länge der Geräusche. Jeder der Anwesenden, außer Miha und Reavaer selbst, schaut erschrocken drein. „Sprichst du etwa auch die Sprache der Drachen?", fragt Tar'Goloz ungläubig. „Nein, ich lerne die Sprache durch Zuhören und Wiederholen", erklärt Reavaer begeistert. „Was denkst du? Könntest du uns ein wenig begleiten, uns deine Geschichte erzählen und uns die Sprache der Drachen beibringen?", versucht Reavaer, den Drachen in Mago-Gestalt zu überreden. „Wenn Ihr wirklich so viel Wert auf meine Anwesenheit legt, kann ich es Euch wohl nicht ausschlagen. Auch wegen des ganzen Ärgers von vorhin. Nur will ich nicht zu lange fortgehen. Die Drachen sind eine enge, eingeschworene Gemeinde. Die Stimmung wird schlecht, wenn jemand fehlt", stimmt Tar'Goloz widerwillig zu. „Ich will Euch nicht zu lange von Euren Lieben trennen. Ich würde Euch nur um einen Tag bitten, falls Ihr etwas länger bleiben wollt, steht es Euch selbstverständlich frei, dies zu tun", beruhigt Reavaer den nervösen Tar'Goloz, der sich nach dieser Äußerung etwas entspannt. „Gut, dann werde ich mir von zu Hause noch etwas zum Anziehen schnappen und Bescheid geben. Ihr könnt schon mal weitergehen, ich finde euch dann." Langsam schwingt Aufregung in seiner Stimme mit. Reavaer nickt Tar'Goloz zu und dieser spannt seine Schultern an, woraufhin ihm spontan Flügel wachsen, die ihn in die Lüfte erheben. Er und die Drachen fliegen in das Gebirge und verschwinden hinter einer Bergspitze. „Gehen wir schon mal weiter. Er wird uns finden, wenn er bereit ist." Reavaer dreht sich zum Wagen und geht ruhig darauf zu. Yrona folgt ihm grinsend. Nur die Schwestern schauen noch entgeistert in Richtung der Berge. „Was ist eben hier passiert?", fragt Brevy, noch immer das Geschehene verarbeitend. „Das nennt man kulturellen Austausch", gibt Reavaer trocken von sich, ohne zurückzuschauen. „Wie bitte?! Erst finden wir diesen komischen Mago, der angegriffen werden will, dann kommen zwei Drachen und am Ende fliegst du selbst durch die Luft und besiegst die Drachen! Und nun tust du so, als ob es nichts Besonderes wäre!", beschwert sich die Wächterin, dass alles so schnell wieder ins Normale übergegangen ist, während sie die Dinge noch verarbeitet. „Es scheint, Ihr wollt noch etwas darüber reden. Bitte fragt, wenn Ihr etwas wissen wollt", bietet Reavaer an, als sie beim Wagen sind und sich vorbereiten, um weiterzureisen. „Erst mal würde mich interessieren, was es mit deinen seltsamen Zaubern auf sich hat? Das eine Mal kontrollierst du Sand, im nächsten Moment Eis und wendest diese Elemente an wie ich es nicht für möglich gehalten hätte", fragt die Wächterin gleich ungehemmt. Reavaer hält sich nicht zurück. Er erklärt den Schwestern seine Fähigkeit, nur Stoffe kontrollieren zu können, die aus zwei grundelementaren Aspekten bestehen. Langsam setzt sich die Gruppe samt Wagen wieder in Bewegung. „Moment, das heißt, dass du insgesamt ... sechs Elementkombinationen beherrschst?", rechnet Brevy schnell im Kopf aus. „Was für Sachen außer Eis und Sand kannst du noch kontrollieren?", fragt sie weiter aufgeregt. „Anstatt es dir einfach so zu sagen, möchte ich dich fragen. Was denkst du, welche Stoffe ergeben sich, wenn man genau zwei elementare Aspekte miteinander vermischt?", fordert Reavaer die Vorstellungskraft der Wächterin heraus. Brevy nimmt die Herausforderung an und macht einige Rateversuche. Er hilft ihr ein wenig, indem er ihr die Feinheiten der Aggregatzustände erklärt. „Wenn du Wasser mit Stein vermischst, kommt dabei etwas heraus, das Zement heißt? Klingt zwar komisch, aber das würde ich gerne einmal sehen", lernen Brevy und die anderen etwas Neues. „Richtig, es hat in etwa dieselbe Konsistenz wie Lava, aber verbrennt nicht alles um sich herum. Letztlich wäre da noch Dampf, der ist aber etwas schwierig zu erschaffen. Denn wenn Feuer und Wasser aufeinandertreffen, löst sich eines davon meistens auf", erklärt Reavaer noch die letzten Stoffe, die er kontrollieren kann. „Moment, das waren aber nur fünf Sachen? Was ergibt Luft mit Feuer?", fällt der aufgeweckten Wächterin auf. „Das ist sehr schwierig zu erschaffen. Dafür brauche ich spezielle Luft, die ich erhitzen kann. Mit der normalen Luft, die uns umgibt, geht das nicht. Wenn es sich ergibt, zeige ich Euch, was ich meine." Genauer will er diesen Stoff nicht erklären. „Na gut, und was ist bei dem Kampf gegen die Drachen passiert? Ich konnte gar nicht sehen, was du genau getan hast, um diese zu besiegen?", möchte Brevy als Nächstes wissen. Bevor Reavaer antworten kann, kommt Tar'Goloz angeflogen. Mit einem imposanten Sturzflug bremst er kurz über dem Boden ab und landet mit einem lauten Knall auf seinen Füßen. „Grüße, ich hoffe, ich habe nichts verpasst." Mit diesen Worten schließt er sich der Gruppe an, nun voll bekleidet und mit einer großen, prall gefüllten Tasche. „Nein, du hast nichts verpasst. Doch die Anwesenden und ich auch haben uns gefragt, ob die Drachen aus deiner Sippe immer so angriffslustig sind?" Auf diese Frage schaut Tar'Goloz überrascht drein. „Nun, wie gesagt. Sie waren nur so aggressiv, weil sie dachten, ich wäre verletzt. Nichts weiter", wiederholt er noch mal seine Aussage von vorhin, woraufhin Reavaer den Kopf schüttelt. „Nein, das war nicht alles. Sie haben die Jagd genossen. Als ich mich als Herausforderung herausstellte, hatten sie sogar Spaß bei dem Kampf", wirft Reavaer noch ein. „Nun ja, ich habe nur noch das Ende des Luftkampfes gesehen. Ich hatte angenommen, du wärst vorher bedrohlicher gewesen. Das letzte Mal, als ich sie so energisch kämpfen gesehen habe, war gegen mich und ich war nicht halb so einfallsreich wie du, der geflogen ist. Vielleicht fühlten sie sich an die alte Zeit zurückerinnert und haben wirklich Spaß an diesem Kampf", denkt Tar'Goloz laut nach. „Um ehrlich zu sein war es auch für mich spaßig. Ich mag es, mir Strategien auszudenken, wenn die alten nicht mehr funktionieren. Das einzig Unangenehme dabei war, dass es für mich um Leben und Unleben ging. Die magieauflösenden Schuppen des schwarzen Drachen hätten mich fast gelöst." Reavaer wird von Tar'Goloz ungläubig angeschaut. „Aber die Schuppen sind harmlos für Maginar. Sie trennen lediglich die Verbindung des Magieanwenders vom arkanen Netzwerk. Zumindest habe ich das so beobachtet", versucht Tar'Goloz zu erklären. „Es ist zwar ein wenig komplizierter als das, doch der Punkt ist, dass ich hauptsächlich aus magischen Feldern bestehe und wenn diese instabil werden, könnte ich verschwinden." Auf diese Aussage bleiben Tar'Goloz und die Schwestern geschockt stehen. Sie verstehen nicht, wie das möglich sein soll.

Es hört sich unwirklich an und sie wissen nicht, ob sie Reavaer glauben sollen. Nur Yrona läuft unbekümmert weiter und lacht bei der Erklärung. Für sie ist Reavaer schon lange nicht mehr gewöhnlich. Miha versteht davon ohnehin nichts und wuselt weiterhin auf Reavaers Schulter herum. „Was ist denn los? Soll ich wieder anschieben?", fragt Reavaer, als er sich zu seinen Reisebegleitern wendet. Alle drei seufzen fast zeitgleich und setzen sich wieder in Bewegung.

Forschung und Sprache

Als der Karren wieder Schwung hat, beginnt Reavaer zu reden. „So, nun still bitte meine Neugier. Wie bist du zu dem geworden, der du heute bist?", will Reavaer sogleich wissen. „Ha! Meine Geschichte ist mindestens so beeindruckend wie deine, wenn ich das so sagen darf", sagt Tar'Goloz und geht prahlend nebenher. „Alles begann vor ... eehh ... etlichen Jahren? Ich weiß leider nicht mehr, wie lange es her ist, dass ich noch ein Mago war. Es kommt mir vor wie eine Ewigkeit, ein vergangenes Leben, an das ich nicht zurückzudenken brauche." Tar'Goloz grübelt, kann sich aber nicht an den Zeitraum erinnern. „Na das fängt schon mal gut an", kommentiert Reavaer mit sarkastischem Unterton. Tar'Goloz wiederum räuspert sich. „Nun, auch wenn ich nicht weiß, wie lange es her ist, weiß ich, dass es mir schwerfiel, Freundschaften mit anderen Maginar zu schließen. Schon als ich noch sehr jung war. Damals habe ich mir mit Begeisterung die Geschichten der Forscher angehört, die Tiere und Magrennar beobachtet haben. Es faszinierte mich immer sehr, zu erfahren, wie diese in Gemeinschaften leben. Folglich wollte ich auch ein Forscher werden. Ich habe es sogar geschafft, eine Arbeitsstelle beim Schreiber zu bekommen. Dort habe ich Lesen gelernt und alle Bücher über die Gemeinschaften von Tieren und Magrennar gelesen, die ich finden konnte. Schließlich reichte es mir nicht mehr aus, nur darüber zu lesen und ich bin selbst auf Reisen gegangen. Es dauerte nicht lange, bis ich einen geeigneten Wald fand und mich bei einer Magrennar-Gemeinschaft auf die Lauer legte." Tar'Goloz macht einen tiefen Seufzer. „Dort fand ich heraus, dass mich Beobachtungen aus der Ferne absolut langweilten und ich keine Geduld für diese Art von Forschung hatte. Es war furchtbar. Ich saß da und wollte mich mit den Wesen austauschen, ihnen Fragen stellen, oder zumindest ihre Sprache lernen. Irgendetwas Aktives mit ihnen zu tun haben. Ich fasste einen Plan, um mich mit den Magrennar im Wald anzufreunden. Ich legte kleine Köder aus, um die Kleinen anzulocken und mich ihnen zu zeigen, damit sie mich mit etwas Gutem verbinden. Es klappte nicht, ich wurde von einem erwachsenen Magren entdeckt und sie haben mich aus dem Wald gejagt. Ich bin gerade noch so mit dem Leben davongekommen." Er seufzt wieder tief und lang. „Ich war deprimiert, aber wollte trotzdem weiterforschen. Ich habe mich an Tiergemeinschaften versucht, doch diese waren noch schlimmer als die Magrennar. Sie haben mich von selbst entdeckt und haben mich viel länger verfolgt. Bei Tieren habe ich es schnell wieder aufgegeben. Dann habe ich mich wieder auf Magrennar konzentriert und mir weitere Stämme in Wäldern gesucht, da man sich dort besser verstecken kann. Um meiner Ungeduld zu entgehen, beschloss ich, mich von nun an nur darauf zu konzentrieren, wie die Stämme mit anderen Arten umgehen, wenn sie sich begegnen. Ich konnte Unterschiede im Verhalten feststellen. Manche Arten von Magrennar waren aggressiv gegenüber ihren Nachbarn, manche haben friedlich nebeneinander gelebt und sind einander ausgewichen. Bei diesen Magrennar habe ich dann wieder den Ködertrick probiert und ich wurde nicht verjagt, aber es gab keinen Fortschritt. Sie waren entweder zu verschreckt von mir oder haben mich ignoriert. Ich habe nicht aufgegeben, bin von Wald zu Wald gewandert, aber hatte keinen Erfolg. Ich hatte gehofft, dass jeder Misserfolg mich klüger macht und ich irgendwann einen Stamm finde, der Interesse an mir hat. Ein Erfolg hätte mir gereicht. Auf der Suche nach neuen Magrennar-Siedlungen kam ich in diese Gegend. Da sah ich sie, Drachen, die hoch im Gebirge umherfliegen. Sofort habe ich diese als mein nächstes Forschungsziel ausgewählt, obwohl sie nicht in einem Wald wohnten. Dank meiner Fähigkeit, bei der Flucht große Strecken zu überwinden, konnte ich die Berge langsam aber problemlos erklimmen. Schließlich fand ich eine Drachenfamilie, die sich an einem Berg angesiedelt hatte. Verborgen habe ich meine Anwesenheit von Anfang an nicht, da die Drachen mich früher oder später ohnehin entdeckt hätten, da sie fliegen können und generell eine gute Sicht haben. Und das war ein Volltreffer. Als ich sie anfangs beobachtete, waren sie irritiert und unsicher, was dieser kleine schwächliche Mago von ihnen wollte. Das waren sie nicht gewohnt. Doch die kleinen Drachen waren an mir als fremdes Wesen interessiert. So ließen sie es zu, dass mir die Kleinen näher kamen und dass ich auch immer näher an ihre Höhlen und Nistplätze kam. Es war alles so aufregend, denn im ersten Moment sah es so aus als ob die Drachen den ganzen Tag nichts tun. Doch ihr Leben ist einfach viel gemütlicher als das von Maginar, aber nicht weniger ereignisreich. Langsam lernte ich ihre Gewohnheiten und auch die Sprache. Mit meiner Geduldsspanne war das sehr mühselig, sage ich euch." Alle Anwesenden hören aufmerksam zu. „Das ist eine schöne Geschichte. Deine Hartnäckigkeit wurde belohnt", kommentiert Reavaer, als Tar'Goloz eine Erzählpause einlegt. „Und ob, ich habe meine Beobachtungen in einem Tagebuch festgehalten. Habe diese aber nie bei den Maginar veröffentlicht. Ich bin nachdem ich bei den Drachen aufgenommen wurde nicht mehr zu den Maginar zurückgekehrt." In der Stimme von Tar'Goloz ist keinerlei Reue zu hören. „Das ist wirklich schade. Deine Forschungsergebnisse wären sicher sehr interessant für andere Maginar. Einerseits gibt es Leute, die sind wie du früher. Unglücklich mit der Situation, da sie Probleme in der Gesellschaft anderer Maginar haben und deswegen alleine sind. Andererseits kommen junge, naive und übereifrige Maginar auf die Idee, dass alles leicht und schnell geht, wenn sie es dir nachmachen. Was denkst du? Wären die Drachen oder Magrennar im Allgemeinen bereit für die Aufmerksamkeit der Maginar?" Reavaer klingt in seiner Aufzählung zwiegespalten und wendet sich mit der finalen Frage an Tar'Goloz. „Das kommt sehr darauf an, ob diejenigen genug Geduld mitbringen, die es braucht, um sich mit Drachen anzufreunden. Drachen sind sehr geduldig und friedsam. Jedoch nur solange man ihr Gebiet nicht ungefragt betritt. Wenn man ihr Revier betritt, ist man entweder ein Feind oder steht unter ihrem Schutz", berichtet Tar'Goloz über seine

Erfahrungen. „Das ist natürlich ein Risiko, wenn Maginar und Drachen aufeinandertreffen. Trotzdem solltest du deine Forschungsergebnisse mit den Maginar teilen. Alleine schon deswegen, um sie zu lehren, dass ihre Lebensweise nicht viel anders ist als die der Magrennar", rät Reavaer Tar'Goloz. „Ich werde darüber nachdenken. Bei den Drachen habe ich genug Zeit, vielleicht mache ich es wie die großen Forscher und schreibe ein Buch darüber." Reavaer nickt zustimmend und klopft ihm auf die Schulter. „Sehr gut, überleg es dir. Und da wir gerade bei den Drachen sind: Vielleicht lehrst du sie auch ein wenig über die Kultur der Maginar? Diese könnten auch interessiert an anderen Völkern sein. Zum Beispiel haben vor Kurzem Spinnen-Magrennar mit Leuten in der Stadt Aldin Handel getrieben." Tar'Goloz schaut verwundert, als er die Geschichte hört. „He, Spinnen. Wenn es mit ihnen möglich ist, dann mit anderen Völkern erst recht", kommentiert Tar'Goloz vor sich hin grinsend. „Es ist ein guter Anfang und neben deinem Erfolg auch ein Beweis, dass ein Zusammenleben zwischen Maginar und Magrennar möglich ist. Ich sehe eine Welt, in der Magrennar in eine Stadt spazieren können, um zu handeln oder einfach zur Unterhaltung. Während Maginar in Siedlungen der Magrennar übernachten können, dabei bewirtet werden und den ein oder anderen Luxon dalassen", berichtet Reavaer seine Vorstellung der ganzen Gruppe. „Das kann ich mir gar nicht vorstellen. Abgesehen vom Aussehen und dass manche Magrennar furchterregend sind: Wie sollen wir uns verständigen?", fragt Linny, während sie den Karren zieht. „Auch wenn du jetzt kein Interesse an den Magrennar hast: Es gibt genügend Leute da draußen wie Tar'Goloz hier, die sich den Magrennar nähern wollen. Das wird vieles verändern und diese Veränderungen sind wichtig und unmöglich aufzuhalten." Reavaer schätzt die Diskussion mit Linny. „Wer sagt uns, dass diese Veränderungen gut sind? Momentan geht es uns gut und warum sollten wir es nicht so lassen?" Linny äußert die Bedenken, die wahrscheinlich die meisten Maginar haben. „Das wird nur passieren, wenn man nicht pflegt, was man erreicht hat. Veränderungen müssen beobachtet und richtig behandelt werden. Nehmen wir deinen Karren, dieser funktioniert nur weil deine Eltern und du euch darum kümmert. Morsche Teile austauschen, ihn trocken und sicher unterstellen. Sonst wäre der Wagen schon lange kaputt und verrottet, meinst du nicht auch? Genauso ist es mit Beziehungen. Auf ein nettes Entgegenkommen folgt … nun ja, nicht immer, aber meistens ein freundliches Entgegenkommen", fordert Reavaer die Händlerin heraus. Daraufhin schauen die Schwestern verträumt vor sich hin. Ein abwesendes „Hmm!" Ist die einzige Antwort, die Linny darauf hat.

Nach einer kurzen Zeit der Stille kommt die Gruppe an eine Abzweigung. Normalerweise würde er das nicht weiter beachten und der Händlerin folgen. Doch diesmal sieht Reavaer etwas Besonderes auf dem Wegweiser-Stein, der im Boden eingelassen ist. Darauf steht unter anderem das Wort Oradi. Zur Erleichterung von Reavaer biegt Linny mit ihrem Karren in Richtung Oradi ab.

Tar'Goloz bemerkt den abwesenden Blick von Reavaer, denn seit sie zusammen unterwegs sind, hat Reavaer unentwegt mit ihm gesprochen und ihm Fragen gestellt. Jetzt ergreift Tar'Goloz die Gelegenheit, um selbst etwas zu fragen. „Sag mal, was ist eigentlich mit deinem Gesicht? Seit wir uns das erste Mal gesehen haben, verziehst du keine Miene und hast dasselbe ausdruckslose Gesicht, außer wenn du mal die Augenbrauen hochziehst", fragt er gleich drauflos und grinst unverblümt. Diese Frage reißt Reavaer aus seinem Tagtraum, er wendet sich überrascht mit nach wie vor hochgezogenen Augenbrauen zu Tal'Goloz. „Nun … hm …" Reavaer kann erst mal nichts erwidern. „Ich bin etwas überrascht, denn du bist die erste Person, die mich darauf anspricht. Anderen Leuten war mein Gesichtsausdruck bisher immer gleichgültig", hadert Reavaer mit der Erklärung, da er sich dieser Frage nie stellen musste. Die Maganar in der Gruppe sehen sich gegenseitig an. „Uns ist dein Ausdruck erst etwas befremdlich vorgekommen, aber nach kurzer Zeit hat es uns nicht gestört, es passt einfach zu deiner Persönlichkeit. Deshalb vergisst man schnell, dass du immer ausdruckslos im Gesicht bist", ergreift Brevy die Wächterin das Wort.

„Die Geschichte dahinter ist kein großes Geheimnis. Der Grund dafür, dass ich meine Gefühle nicht in meinem Gesicht wiedergeben kann, ist dass meine Seele beschädigt ist. Nun ja, nicht ganz, ich habe einen Teil meiner Seele und meines Gefühlswesens mit jemandem geteilt, als diese Person sie brauchte", berichtet Reavaer frei heraus. Er erinnert sich an das erste Mal, als er diese Geschichte erzählt hat, bevor er gezwungen war, die Welt zu verlassen. „He, mir war nicht bewusst, dass man seine Seele einfach so aufteilen und hergeben kann." Tar'Goloz versucht, sich die Prozedur vorzustellen, kann sich aber nichts ausmalen. „Hohoho, ich glaube ihm sofort. Wie man die eigene Seele aufteilt, weiß ich nicht, aber er hat mich noch nie angelogen seitdem wir zusammen reisen. Zumindest habe ich ihn dabei nie erwischt, hoho", äußert sich Yrona zu dem Thema, woraufhin die ganze Gruppe, bis auf Reavaer, anfängt lauthals zu lachen. Sogar Miha amüsiert sich mit den anderen „Miiihahahaha!", jubelt sie mit, ohne zu wissen, worum es eigentlich geht. Während sich die Gruppe amüsiert, sieht Reavaer die ganze Zeit zu Tar'Goloz. „Was ist los, bist du verärgert? Ich kann es leider nicht beurteilen, hehehe", witzelt Tar'Goloz weiter. „Nein, ich habe mich nur gefragt, ob ihr fertig damit seid. Aber lasst euch ruhig Zeit." Die Stimmung beruhigt sich schnell wieder, als alle merken, dass Reavaer kaum beeindruckt über den Spaß auf seine Kosten ist. „Entschuldige, aber Humor ist der beste Weg, um schnell Vertrautheit zu gewinnen. Besonders bei Drachen, da sie meistens ernst sind", wird nebenbei erwähnt. „Interessant, das muss ich mir merken. Und wo wir gerade bei Drachen sind, könntest du mir du Sprache ein wenig beibringen?", nutzt Reavaer die Situation für eine Überleitung. „Nun gut, wenn du dich irgendwann mit Drachen verständigen willst, werde ich dir das Nötigste beibringen. Das Grundlegendste an ihrer Sprache ist, dass sie keine unnötigen Wörter haben. Ihre Sätze bestehen nur aus dem, was man sagen will. Meistens sind zwei Worte genug, um alles zu klären. Die Sätze haben eine Person oder ein Objekt und ein Adjektiv. Zum Beispiel *Flügel verletzt*, *Fremder freundlich* oder *Luft kalt*. In seltenen Fällen muss man mehr Informationen vermitteln, dann hat ein Satz ein Substantiv, ein Adjektiv und ein Verb. Dann würde man sagen *Felsen groß runtergerollt*. Mehr ist meistens nicht nötig", betont Tar'Goloz die Beispiele extra deutlich. Nicht nur Reavaer hört bei der Lektion über Drachen aufmerksam zu. Auch der Rest der Gruppe ist interessiert daran, Neues zu lernen. „Sehr gut, es ist einfach genug, um es schnell zu verinnerlichen. Das Schwierige wird wohl sein, die Worte zu erlernen." Die ganze Gruppe stimmt Reavaer zu. „Allerdings, die Worte in der Drachensprache sind oft trickreich. Da Drachen nicht alle Buchstaben so leicht aussprechen können, benutzen sie nur die Laute, die sich grölen lassen. So, was muss man noch beachten? Ach ja, die Betonung der Silben ist sehr wichtig. Etwas kann je nachdem, wie es betont wird, eine andere Bedeutung haben." Tar'Goloz macht eine Pause und sieht sich seine Zuhörer an. Die Schwestern und Yrona sehen etwas verloren nach dieser Erklärung aus. „Lasst mich noch mal mit einem Beispiel erklären. Hmm, ah ja, ich weiß. Das Wort AAATUH bedeutet Vogel, wobei das Wort ATUU-UH so viel bedeutet wie Fallen oder Abstürzen. Wenn man nun sagen will, dass ein Vogel vom Himmel fällt, würde man sagen ‚AAATUH ATUUUH'. Mehr Informationen braucht man dafür nicht." Reavaer ist nun der Einzige, der bestätigend nickt. „Was ist denn mit dem Rest des Satzes? Das würde doch nur *Vogel fällt* heißen. Was ist mit dem Himmel?", fragt Linny die Händlerin mit gerunzelter Stirn nach. „Für Drachen ist diese Information nicht wichtig. Sie leben so weit oben in den Bergen, dass für sie alles nur vom Himmel fallen kann. Das ist natürlich nur ein einzelnes Beispiel, doch im Grunde werden niemals mehr Informationen als drei Worte am Stück weitergegeben. Drachen halten nicht viel von Plaudern. Sie können mit ihren Gesten sehr viel mehr sagen als mit Worten. Die Sprache ist dafür da, um auf große Entfernungen zu kommunizieren und Dringlichkeit auszudrücken." An diesem Punkt sind die Schwestern aus dem Unterricht ausgestiegen. Yrona kann das dank ihres besonderen Zustands noch etwas nachvollziehen. Reavaer hingegen hört begeistert zu. „AAATUH ATUUUH", hören alle Anwesenden

plötzlich, jedoch nicht von Tar'Goloz oder sonst einem Maginar. Es kommt von Reavaers Schulter, Miha hat die Worte ausgesprochen. Überrascht nimmt er sie in die Hände. „Warst du
das? Du kannst Drachenworte aussprechen?!" Aufgelöst, zumindest für seine Verhältnisse, blickt er die kleine Schlange an.
„Kannst du das noch mal sagen?", bittet er sie begeistert. „Mihaaa!", gibt sie mindestens genauso begeistert zurück. „Schnell,
gib uns noch ein Beispiel, um zu sehen ob sie das auch aussprechen kann", bitte Reavaer hastig an Tar'Goloz gewandt. Dieser
denkt kurz nach. „Hm, na gut, probieren wir es mit ‚EEEJUH
AGAAAH'." Nun wird die Kleine erwartungsvoll angeschaut.
„Mi?", kommt es unsicher von Miha. „EEEJUH AGAAAH", wiederholt Tar'Goloz langsam und deutlich. Die Kleine holt kurz
Luft. „EEEJUH AGAAAH", wiederholt sie dann wiederum mit
heiserer Stimme. „Du. Meine. Güte! Das ist grandios!" Sofort
fängt Reavaer an, mit ihr zu spielen und sie zu kitzeln. Die Kleine windet sich fröhlich quiekend in seinen Händen. Nach einem
ausgelassenen Moment werden die zwei von allen angegrinst.
„Ich nehme an, das waren ihre ersten richtigen Worte?", fragt
Tar'Goloz verschmitzt. „Abgesehen von dem, was sie von sich
aus immer sagt, waren das tatsächlich ihre ersten Worte. Ich
habe mich schon mal um eine andere kleine Schlange gekümmert. Diese hat auch immer nur dasselbe von sich gegeben. Ich
hatte schon daran gezweifelt, dass sie andere Wörter lernen
könnte. Bis jetzt." Reavaer hält sie hoch. „Wir haben so viel zu
lernen und danach zu bereden." Reavaer blickt Miha noch einen
Moment an, dann setzt er sie wieder auf seine Schulter. „Was
hast du sie denn wiederholen lassen?", möchte Reavaer nebenbei wissen. „Der zweite Satz? Das bedeutet *Schlange springt*. Ich
dachte, das passt gut." Reavaer nickt zustimmend. „In der Tat,
nun muss ich nur einen Weg finden, wie sie die ausgesproche-
nen Worte zu verstehen lernt." Nachdenklich krault Reavaer die
kleine Miha auf seiner Schulter. „Dann bring uns bitte noch
mehr Worte bei. Für den Anfang wären mir Dinge am liebsten,
die wir sehen und auf die wir zeigen können", bittet Reavaer seinen Begleiter, während die Sonne dabei ist, unterzugehen. Für

die Maganar hören sich alle Worte von Tar'Goloz gleich an. Sie fahren an den Straßenrand und bereiten ihr Lager für die Nacht vor. Tar'Goloz, Reavaer und Miha nehmen eine Vokabel nach der anderen durch, sie achten immer darauf, dass Miha diese auch wiederholt und dabei die Bedeutung des Wortes in der Welt sieht. Nachdem die Sonne untergegangen ist, machen sie eine Pause. Reavaer bereitet wieder einen Grill vor, indem er den Rialitstab gegen einen Felsen schlägt, bis ein Funken entsteht und er aus dem Stein eine Kochstelle formen kann. Auf die Kochstelle, die wie ein Grill aussieht, legt er zwei große Stücke Fleisch aus dem Wagen. Schon bald riecht es nach garem Fleisch. Das lockt auch andere Reisende und Händler in der Nähe an. Sie bitten darum, ihr Fleisch auch auf Reavaers Grill zubereiten zu dürfen. Nachdem das Fleisch von Reavaer fertig ist, überlässt er die glühende Grillstelle den anderen Händlern und Wanderern, die ihre Lebensmittel gar machen wollen. Schon bald versammeln sich ungefähr zehn Leute um den Grillplatz und bringen noch andere Lebensmittel wie Getränke und Brot mit. Alles wird verteilt und schon bald feiern alle Anwesenden ein kleines Fest. Miha wuselt zwischen den ganzen Leuten herum, manche haben keine Berührungsängste und geben ihr Streicheleinheiten. Schon bald findet die Kleine einen Becher mit Wein, in den sie neugierig hineinzüngelt. Sie findet Gefallen an dem Alkohol und steckt gierig den Kopf in den Becher, aber Reavaer zieht sie weg davon. „Dafür bist du noch zu jung, du bekommst Saft." Er hält ihr einen anderen Becher vor. Der andere Geschmack irritiert sie anfangs, doch mit dem Saft ist sie auch zufrieden.

Es bleibt fröhlich, laut und gesellig, bis die Händler beschließen, schlafen zu gehen, da sie morgen zeitig aufbrechen wollen. Die Wanderer, welche keinen Zeitdruck haben, in der nächsten Stadt anzukommen, wollen zwar noch weiter feiern, möchten aber die Händler nicht stören. So kommt das Fest zu einem Ende. Die Händler gehen zu ihren Wagen und schlafen dort. Die Wanderer legen sich um den warm glühenden Grillstein. Auch die Schwestern, Yrona und Miha legen sich nahe des warmen Steins nieder. Tar'Goloz und Reavaer setzen sich abseits der Schlafenden auf den Boden und unterhalten sich weiter. „Du willst dich nicht mit ihnen ausruhen?" Reavaer flüstert fast schon, als er mit Tar'Goloz spricht. „Nicht notwendig, wir Drachen halten Tiefschlaf für mehrere Tage. Deshalb reicht mir ein kurzes Nickerchen hier und da." Tar'Goloz versucht es ihm gleichzutun, kann seine Stimme aber nicht ganz so gut zurückhalten. Somit lässt Reavaer sich die ganze Nacht hindurch die Sprache der Drachen beibringen.

Alte Bekannte

Als die Händler kurz nach Sonnenaufgang erwachen, sitzen Tar'Goloz und Reavaer noch immer am selben Ort. Nur dass Miha jetzt bei ihnen ist und ebenfalls die Drachensprache lernt. Tar'Goloz muss bereits überlegen, was für Vokabeln er weiter lehrt. Denn er hat Reavaer die meisten schon vorgesagt und fragt sich, wie sein Schüler sich die ganzen Worte nach nur ein oder zwei Mal Hören merken will. Doch er richtet sich nach der Geschwindigkeit von Reavaer in seinem Wissensdurst.

Reavaer übt mit Miha die Drachensprache weiter, solange sich der Rest der Gruppe frisch macht. Yrona ist schnell munter und reisebereit. Die Schwestern hingegen sind von der Feier in der Nacht noch schwerfällig. „Es scheint, als ob unsere Händlerin heute etwas müde ist. Schieb du bitte den Karren", weist Reavaer an Tal'Goloz gerichtet an. Dieser zuckt nur mit den Schultern, geht hinter den Karren und schiebt leichtfüßig den vollbeladenen Karren an. Er hat dabei so viel Schwung, dass Linny vorne fast nicht hinterherkommt. „Wah, langsamer, bitte!", ruft sie erschrocken, woraufhin Tal'Goloz seine Kraft anpasst. Reavaer geht nebenher und Miha sitzt auf seiner Schulter. „OOOBAH", setzt Tar'Goloz seinen Unterricht fort. Er wiederholt das Wort und schiebt ruckartig stärker an. Reavaer bemerkt, was er vorhat und stellt sich daneben. Dann fängt er ebenfalls an zu schieben und wiederholt. „OOOBAH." Miha lässt sich davon anstecken und schlängelt sich zu Reavaers Oberarm hinunter. Sie beginnt ebenfalls, gegen die Rückseite des Karrens zu drücken. „OOOBAH", wiederholt sie, aber da sie um den Arm von Reavaer gewickelt ist, schiebt sie den Karren nicht an, sondern drückt nur seinen Arm nach hinten. Trotzdem wird die Kleine am Kinn gekrault, da sie es verstanden hat, das Wort mit der Tätigkeit zu verbinden.

Noch am frühen Vormittag kommen sie an der nächsten Stadt an. Reavaer erkennt diese sofort wieder. Vor ihm liegt Oradi, das bisherige Ziel seiner Reise. „Hätte ich gewusst, dass wir so nahe sind, hätten wir den Rest auch gestern zurücklegen können", murrt die Händlerin Linny. „Und dafür eine heitere Feier verpassen? Auf keinen Fall", hält Reavaer dagegen. Schließlich steht die Gruppe vor dem Stadttor. „Wir gehen dann wieder hinein und machen unsere Geschäfte", möchte Linny wie die letzten Male vorgehen. „Einen Moment, ich möchte auch mitkommen. Aber vorher ...", wirft Reavaer mit ein und dreht sich zu Tar'Goloz. „... möchte ich dir sagen, dass du deinen Teil der Abmachung erfüllt hast. Du kannst nun zu deiner Familie zurückkehren." Dabei hält Reavaer ihm die Hand hin. Tar'Goloz dachte in dem Moment noch gar nicht daran, zurückzugehen. Erst zögert er, aber dann nickt er zustimmend und schüttelt Reavaer die Hand. „Gut, aber besuch uns ab und zu. Das gilt für euch alle. Die Drachen brauchen mehr aufregende Geschichten." Auf die Einladung nickt Reavaer ebenfalls. Von den Maganar bekommt er noch Umarmungen zum Abschied. „Wenn du jetzt nach Hause fliegen willst, solltest du hier nicht starten. Besser du gehst in diesen Wald und hebst dort ab." Reavaer zeigt auf einen Wald in einiger Entfernung zur Stadt. „Das werde ich tun, also auf Wiedersehen." Dann läuft Tar'Goloz Richtung Wald. Einige Reisende schauen ihm nach, um zu sehen, was er macht, doch beachten ihn nicht mehr, als er weiter weg ist. Sobald er den Wald betreten hat, verschwindet er aus dem Sichtfeld und ein Schatten schnellt daraus hervor gen Himmel. „Das war unauffällig genug, was meint ihr?", fragt Reavaer in die Runde und bekommt vorsichtigen Zuspruch.

Als sie Oradi betreten, kommen alle Erinnerungen wieder zu Reavaer zurück. Er sieht die Häuser von damals. Das Gasthaus *Halt der Rastlosen* liegt auf ihrem Weg zum Zentrum. Die Erinnerung an den Abschied von Erwin und Edwin kommt ihm wieder in den Sinn. Das war das letzte Mal, dass er die beiden, die ihn befreit und zurückgebracht haben, gesehen hat. Während Reavaer in Gedanken schwelgt, kommt die Gruppe am Marktplatz an. „Wir handeln jetzt mit unseren Waren, willst du zusehen und was lernen?", lädt die Händlerin Reavaer ein. „Nein, vielen Dank. Ich werde den Bürgermeister besuchen. Ich hoffe, er ist noch im Amt, es ist ewig her, seit ich hier war." Dann trennen sie sich und Reavaer geht zum Amtshaus des Bürgermeisters. Als er das Amtshaus betritt, setzt sich ein wohliges Gefühl bei Reavaer ein. Er sieht einen betagten Rogu am Empfang sitzen. „Grüße, werter Rogu, wie ist es Euch und dem Bürgermeister ergangen?", spricht er den konzentrierten Assistenten an, als dieser gerade am Schreiben ist. Rogu blickt auf. „Bürgermeister Hadien ist wohlauf und mir geht es auch so weit gut, kenne ich Euch?", antwortet Rogu unbeeindruckt. „Vor einer langen Zeit hatte ich mit dem Bürgermeister zu tun. Dabei sind wir uns auch begegnet, doch es war nichts Aufregendes. Kann ich mit Bürgermeister Hadien sprechen?" Rogu ist nicht begeistert davon, kurzfristige Audienzen zu genehmigen. Doch der Tag war bisher ruhig, sogar langweilig. „Bürgermeister Hadien sollte Zeit haben, kommt mit." Rogu steht auf und geht die Treppe hinauf zum Büro des Bürgermeisters. Dort klopft er kurz an die Tür und öffnet diese dann. „Verzeihung, wir haben einen Gast. Ein gewisser Reavaer möchte Euch sprechen." Reavaer kann die Reaktion des Bürgermeisters nicht sehen. „In Ordnung, bitte lass ihn herein", weist er seinen Assistenten nach einer kurzen Pause an. Rogu macht den Weg durch die offene Tür frei und Reavaer tritt in das Büro. Als Reavaer das Büro betritt, wird er von Bürgermeister Hadien gedankenverloren angeblickt. Hadiens Haare sind ergraut und er hat bedeutend mehr Falten als das letzte Mal, als Reavaer ihn gesehen hat. „Grüße, Bürgermeister, es ist lange her. Ich hoffe, Ihr erinnert Euch noch an mich?", fragt Reavaer gleich drauflos, noch bevor er am Tisch des Bürgermeisters steht. „Es ist wirklich lange her. Danke, Rogu, du kannst uns alleine lassen." Der Assistent geht hinaus und schließt die Tür hinter sich. Hadien steht auf, geht um seinen Tisch herum und reicht Reavaer die Hand. „Natürlich erinnere ich mich. Wie könnte ich die seltsamste Seele vergessen, der ich je begegnet bin?" Sie schütteln sich die Hände. „Und wen haben wir hier?"

Hadien entdeckt Miha auf Reavaers Schulter und holt rasch etwas hinter seinem Schreibtisch hervor. Er überreicht Miha ein kleines Stück Trockenfleisch. „Mihahaa!", freut sich die Kleine und nimmt das Geschenk freudig an. „Ihr scheint wenig Hemmungen mit Magrennar zu haben", bemerkt Reavaer, als Hadien ihr den Rücken krault und sie dabei das Fleisch vertilgt. „Ich habe in der Zwischenzeit gelernt, die Magrennar als das zu sehen, was sie sind", gibt Hadien nur kryptisch zurück. „Ich verstehe nicht ganz. Was seht Ihr in Magrennar?", möchte Reavaer es genauer wissen. Woraufhin Hadien nur anfängt zu grinsen. „Ihr seid noch nicht lange hier, oder?", fragt er, offensichtlich ausweichend. „Das ist richtig, ich bin eben hier angekommen. Es hatte mich in den hohen Norden verschlagen. Seitdem bin ich hierher unterwegs. Das ist der erste mir bekannte Ort, den ich wiedersehe, seit ich damals fort musste." Hadien nickt nur, weiterhin lächelnd. „Wisst Ihr zufällig, wo sich Firin und ihre Begleiter zurzeit aufhalten?", möchte Reavaer vorsichtig wissen, nach einem kurzen Moment der Stille. „Ich wusste, dass Ihr hier seid, um den Aufenthaltsort Eurer Vertrauten zu erfragen." Hadien grinst nun breit über das ganze Gesicht. Reavaer wiederum kratzt sich ertappt am Kopf. „Ich werde es Euch gerne sagen, aber Ihr solltet vorher noch einen anderen Ort aufsuchen, wenn Ihr wissen wollt, was ich in den Magrennar sehe", fügt der Bürgermeister noch hinzu. „Nun bin ich gespannt, wo sollte ich Eurer Meinung nach vorher hingehen?" Reavaers Neugierde ist geweckt. „Zuerst einmal, Firin hat sich mit ihren Vertrauten in Muren niedergelassen. Nachdem der ganze Kristall plötzlich verschwunden ist, waren dort Gebäude und viel Platz. Deshalb sind sie dort geblieben. Aber erst solltet Ihr bei der Feuerbaumplantage vorbeischauen. Ihr werdet wissen, warum, wenn Ihr dort seid." Reavaer lässt sich das Ganze kurz durch den Kopf gehen. „Darauf hätte ich auch selber kommen können. Sie sind dort geblieben, wo wir uns das letzte Mal gesehen haben. Vermutlich damit ich sie wiederfinde. Doch ich besuche vorher noch die Feuerbaumplantage. Ist Norwen immer noch der Besitzer?" Da Reavaer jetzt ein neues Ziel vor Augen hat, wirkt er wieder voller Tatendrang. „Der gute Norwen hat die Führung inzwischen an seinen Sohn abgegeben. Doch ich will nicht zu viel verraten." Wieder hält sich der Bürgermeister sehr zurück mit seiner Antwort. „Schon gut, ich möchte selbst herausfinden, was Ihr genau meint." Er möchte sich die Überraschung nicht nehmen lassen. „Doch sagt, bevor ich wieder aufbreche, braucht Ihr noch Hilfe jeglicher Art? Auf meinen Reisen kümmere ich mich um die Probleme von Leuten und Orten. Euch möchte ich meine Dienste ebenfalls anbieten." Hadien wundert sich erst über das Angebot von Reavaer, doch überlegt kurz. „Es würde mir nichts Dramatisches einfallen. Ihr könntet die Leute auf der Plantage von mir grüßen." Hadien starrt nachdenklich vor sich hin. „Ach ja, meldet Euch bitte auch beim Schreiber und Kartenzeichner. Das letzte Mal, als Ihr mit ihm geredet habt, hattet Ihr großen Eindruck hinterlassen." Nach dieser Aussage sieht Hadien Reavaer wieder an. „Hm, also Schreiber, Plantage und Muren. Ich weiß, wo all diese Orte sind, vielen Dank." Die beiden schütteln sich wieder die Hände. „Da Ihr jetzt wieder zurück seid, macht Euch nicht zu rar. Ihr müsst mir unbedingt Geschichten von Euren Reisen erzählen", fordert der Bürgermeister. „Ich werde es versuchen. Jetzt erst mal werde ich Euch nicht weiter stören", verabschiedet Reavaer sich und verlässt das Büro. Beim Verlassen des Amtshauses verabschiedet er sich auch von Rogu.

Als er wieder draußen ist, macht er sich auf in Richtung Marktplatz. Die Händlerin ist noch immer in Verhandlungen vertieft, unterstützt von Yrona und Brevy. Reavaer möchte sie nicht stören, daher geht er weiter zu einer Straße, die vom Marktplatz wegführt. Zielsicher findet er die Schreiberstube nach einem kurzen Marsch durch die Straßen von Oradi. Die Stube sieht von außen anders aus als Reavaer sie in Erinnerung hatte, sie ist nun größer. Es haben fast zwei Geschäfte darin Platz. Beim Betreten der Schreiberstube kommen die Erinnerungen an die Zeit zurück, als er Karten für seine erste Reise eingekauft hat. Der Eingangsbereich sieht noch immer aus wie damals. Auslagen voll mit gefalteten Karten, Regale mit gestapelten Papierrollen und dicht gedrängten Büchern. Aber nun geht der Raum nach hinten weiter. Dort ist jetzt ein Extraraum. Als Reavaer zu der neuen Wand geht, hört er eine Person reden. Er klopft an die Tür des hinteren Raumes. „Einen Moment, ich bin gleich da", ruft jemand aus dem Raum. Es wird noch kurz gesprochen, dann öffnet sich die Tür und der Schreiber kommt heraus. „Willkommen, welches Wissen sucht Ihr?", wird Reavaer gleich vom Schreiber begrüßt. „Grüße, ich wurde vom Bürgermeister hierher gesandt. Mir wurde berichtet, ich habe Eindruck bei meinem letzten Einkauf hinterlassen", berichtet Reavaer, was er vom Bürgermeister gehört hat. Der Schreiber sieht ihm intensiver ins Gesicht. „Oh ja, ich erinnere mich. Damals sagtet Ihr, dass Leute ins Unleben geraten, weil sie die Gefahren nicht kennen, die in Büchern und Schriften geschrieben stehen ... Oder so etwas in der Art." Der Schreiber versucht, sich an die Worte zu erinnern. „Der genaue Wortlaut ist auch nicht so wichtig, jedenfalls hat es mich zum Nachdenken gebracht. Erst dachte ich mir, dass Maginar, die sich nicht über Gefahren in Büchern informieren können und ins Unleben geraten, keine Bücher kaufen. Dann aber ging ich einen Schritt zurück und mir ist aufgefallen, dass Leute, die nicht lesen können, keine Bücher kaufen." Reavaer nickt zustimmend über den Gedankengang des Schreibers. „Deshalb habe ich mich dazu entschlossen, die Leute das Lesen zu lehren. Da die Erwachsenen keine Zeit haben, bringe ich es den Magi'inar bei. Die Kleinen lernen ohnehin schneller und sind neugieriger. Daraufhin habe ich gleich mehr verkauft. Dann habe ich noch die Möglichkeit eröffnet, die Bücher zurückzubringen und dafür das nächste Buch für die Hälfte zu erwerben. Und siehe da, ich kann mir sogar zwei Angestellte leisten, die Besorgungen machen, während ich die Kleinen unterrichte", berichtet der Schreiber von seinem unternehmerischen Weg. „Das ist sehr löblich. Eure Motivation ist zwar aus Selbstzweck entstanden, aber Ihr tut dennoch Gutes", wird der Schreiber gelobt. „Oh, wenn Ihr viel gereist seid, wollt Ihr den Kleinen vielleicht eine Geschichte erzählen? Sie freuen sich immer über Erzählungen von außerhalb der Stadt, da sie nicht oft rauskommen." Bei der Bitte zeigt der

Schreiber auf die Türe zum anderen Raum. „Ich habe zwar Leute, die auf mich warten, aber für eine kurze Geschichte ist sicher Zeit. Haben die Magi'inar auch keine Angst vor meiner Kleinen hier?" Reavaer nimmt Miha von seiner Schulter. „Das dürfte kein großes Problem sein, ich habe sie ein wenig über Magrennar gelehrt. Erschrecken werden sie sicher nicht", wird Reavaer beruhigt. „Dann würde ich ihnen gerne eine kleine Geschichte erzählen." Freudig und eifrig öffnet der Schreiber die Tür zum Klassenraum. „So, ihr Lieben, wir haben Besuch bekommen. Wir machen später mit dem Leseunterricht weiter. Jetzt gibt es erst mal eine Geschichte von einem Wanderer. Es ist sogar ein kleines Magren dabei, also seid nett und haltet euch an die Anweisungen unseres Gastes", verkündet der Schreiber der Klasse. Die Magi'inar schauen sofort zur Tür. Reavaer betritt den Klassenraum mit Miha in den Händen. Die Magi'inar sitzen im Kreis an einem runden Tisch. Der Schreiber bietet Reavaer den Platz des Lehrers an und setzt sich selbst zwischen die Kleinen. „Seid alle gegrüßt. Mein Name ist Reavaer und das ist meine Begleiterin Miha", stellt Reavaer sich selbst und die kleine Schlange vor. „Mihaa!", ruft die Schlange mit ausgestreckten Armen, als sie ihren Namen hört. „Ist die Schlange denn giftig?", kommt gleich die erste Frage von einem der Schüler. „Sie ist sehr giftig." Die Schüler erschrecken gleich bei dieser Antwort. „Sie benutzt das Gift aber nur wenn sie Beute jagt oder wenn sie sich verteidigen muss. Nebenbei erwähnt können Tiere ihr Gift wahrnehmen, vermutlich riechen sie es. Deshalb halten sie Abstand von ihr. Seit ich mit Miha unterwegs bin, hat mich kein einziges Tier angegriffen", erklärt Reavaer lang und breit zu dem Gift. Nun wissen die Schüler nicht, wie sie sich verhalten sollen. „Sie hat noch nie versucht, mich oder einen meiner Begleiter auf meinen Reisen zu beißen. Solange man nett ist und sie wie eine Maga'a behandelt, wird sie niemanden verletzen." Die Schüler fangen an, untereinander zu flüstern. „Nun aber zu einer Geschichte. Wie wäre es mit einer spannenden Begegnung, die ich vor Kurzem hatte?" Sofort wird die Klasse ruhig und sieht Reavaer gespannt an. „Ich weiß nicht einmal, wie lange es her ist, denn es gab einen Wald, den jeder gemieden hat. Sogar die Straße dorthin war verlassen und verwittert. Das Besondere an diesem Wald war, dass sich dort derselbe Tag immer wieder wiederholt hat. Das Schlimme wiederum daran war, man hat sich nicht daran erinnert, wieder am Anfang des Tages zu stehen." Die Klasse hängt Reavaer an den Lippen, ob die Geschichte echt oder ausgedacht ist, spielt in diesem Moment keine Rolle. „Ich kann euch daher nur von der letzten Wiederholung berichten, da ich die unzähligen vorherigen Tage zurückgesetzt wurde und so auch meine Erinnerungen. Ich wusste gleich, dass etwas nicht stimmt, denn ich war zu diesem Zeitpunkt mit einer Lichtmaga und Miha unterwegs. Doch Miha war plötzlich weg. Ich bin nur einen Schritt in den Wald hineingegangen und die Kleine war nicht mehr auf meiner Schulter!" Mit dramatischer Betonung macht Reavaer die Geschichte noch mystischer. Die Klasse wagt es nicht, ihn zu unterbrechen, so spannend ist seine Darbietung.

Da sieht Reavaer auf seine Hände. Miha war ihm entfleucht. „So ungefähr wie jetzt, wo ist sie?" Er schaut auf. Miha sitzt in der Mitte des Tisches, zum Schreiber schauend. „Ist sie jetzt etwa hungrig? Ich fühle mich gerade wie Beute." Der Schreiber blickt zurück zu ihr. Reavaer kennt diesen fixierenden Schlangenblick. „Keine Sorge, sie wird Euch nicht angreifen. Sie begrüßt Leute auf diese Weise", warnt Reavaer den Schreiber noch schnell, bevor Miha ihm schon ins Gesicht springt. Sie hält sich an seinen Schläfen fest und hängt mit ihrer Brust über seiner Nase. Der Schreiber wiederum weiß nicht, was er tun soll. Er schüttelt sein Gesicht, wobei er Miha nicht abschütteln kann. Lediglich ihr Unterkörper wedelt umher. Die Magi'inar lachen allesamt über den Anblick. Reavaer muss warten, um dem Schreiber zu helfen, da das Gelächter so laut ist. Als das Gelächter abgeklungen ist, ergreift Reavaer das Wort. „Ihr könnte sie vorsichtig runternehmen. Das ist nur ihre Art, Freundschaft zu schließen", erklärt Reavaer, woraufhin der Schreiber sie sanft mit beiden Händen umgreift. Als er sie anhebt, lässt sie los. „Du hast einen festen Griff. Mich freut es auch, dich kennenzulernen", spricht der Schreiber zu Miha, als er sie absetzt.

„Wo war ich noch mal? Ach ja, die kleine Schlange war verschwunden. Da ich aber ein wenig Lichtmagie beherrsche und wir schon eine Weile zusammen gereist sind, konnte ich ihre Präsenz in einiger Entfernung im Wald wahrnehmen. Es war ein langer Weg zum Zentrum des Waldes und es war ein seltsamer Anblick, überall sind Maginar-Erscheinungen aufgetaucht. Doch zu dieser Zeit wussten wir nicht, was sie waren, es sah aus als würden überall körperlose Seelen umherwandern!" Reavaer wird immer dramatischer. Die Magi'inar schaudern bei der Vorstellung. Einzig Miha, wie sie zwischen den Schülern herschlängelt und sie anzüngelt, kann sie aus der Geschichte reißen. Die kleine Schlange amüsiert sich selbst mit den Magi'inar, indem sie an diesen umherklettert, sich an ihnen reibt und sich allgemein Aufmerksamkeit abholt. „Wir kamen schließlich im Zentrum des Waldes an. Dort war ein seltsamer Mago, der irgendeinen Zauber wirkte. Und siehe da, Miha war auf seiner Schulter. Als wäre es das Natürlichste der Welt. Wie die Kleine da hingekommen war? Keine Ahnung, und sie konnte es mir auch nicht berichten. So wollte ich sie nun wieder an mich nehmen, da ich nicht wusste, was der kauzige, verwitterte Mago vorhat. Der Mago wiederum wollte nicht von mir angefasst werden. Also haben wir uns erst mal unterhalten. Er wollte einen Teleport-Zauber erschaffen und hat dafür viel Energie gesammelt. Ob er wusste, wie man einen Teleport-Zauber beschwört, war fraglich. Es war eine Art Portal aus purer Energie und er bestand darauf, dass es ihn aus dem Wald bringt, traute sich aber nicht, es zu benutzen, sagte, es braucht noch mehr und mehr Energie. Ich ließ mich aber nicht so leicht abwimmeln. Erst nahm ich Miha an mich und habe ihm dann ganz höflich, aber bestimmt geholfen, sein Portal zu benutzen. Es hat funktioniert wie erhofft und er ist verschwunden. Dann aber ... BOOOM!" Die ganze Zeit erzählt Reavaer die Geschichte spannend betont, aber ruhig. Nur beim Ende wird er laut und erschreckt alle. Nachdem sich die Schüler von der Überraschung erholt haben, erzählt Reavaer weiter. „Nachdem der Mago wegteleportiert wurde, war der Zauber trotzdem noch da. Es war einfach zu viel Energie gesammelt. Und diese hat sich unkontrolliert entladen, nachdem sie keiner mehr in Form gehalten hat. Wir sind so schnell wir konnten aus dem Wald geflüchtet. Und nur knapp entkommen, bevor die ganzen sich wiederholten Tage von der Zeit eingeholt wurden! Ich glaube aber, wir waren noch ein wenig im Einflussbereich des Waldes, denn Miha war danach ein wenig größer", beendet Reavaer seine Geschichte. Die Schüler diskutieren miteinander und dem Schreiber, ob so eine Geschichte überhaupt wahr sein kann. Eine Schülerin hebt die Hand. „Was wurde aus dem Mago, wo wurde er hingebracht?", ist ihre Frage. „Das weiß nur er, der Zauber war so aufgeladen, dass er überall sein könnte. Ihm war nur wichtig, dass er aus dem Wald herauskommt. Also egal, wo er sich aufhält, er sollte zufrieden sein." Reavaer kann nur eine unbefriedigend vage Antwort geben.

„Nun muss ich aber los, meine Begleiter werden wahrscheinlich schon auf mich warten." Reavaer steht vom Tisch auf und wird vom Schreiber hinausbegleitet. Selbst als sich die Tür hinter ihm schließt, hört er die Klasse noch laut reden und diskutieren.

Zurück am Marktplatz warten Yrona und die Schwestern schon auf ihn. „Wo warst du denn? Wir dachten, du wolltest zum Bürgermeister?", wird er gleich von einer ungeduldigen Yrona ausgefragt. „Dort war ich auch. Ich war aber fertig, bevor ihr wieder bereit wart, und so habe ich einen anderen Bekannten besucht. Dort hat es leider etwas länger gedauert. Ich bitte um Verzeihung", entschuldigt sich Reavaer für seine Verspätung. Da ergreift Linny das Wort. „Wir machen uns wieder auf in den Norden. Jedoch auf einem anderen Weg. Wollt ihr uns weiterhin begleiten?", bietet sie Reavaer und Yrona an. „Ich muss leider ablehnen, ich bin fast am Ziel meiner Reise. Nach Norden werde ich eine ganze Weile nicht mehr reisen." Er streckt den Schwestern die Hand für einen Handschlag entgegen. „Doch die Reise mit euch war sehr vergnüglich. Danke, dass wir bis hierher mitreisen durften", bedankt sich Reavaer im Namen von Yrona, Miha und sich selbst. Die Schwestern seufzen enttäuscht und schütteln Yrona und Reavaer die Hände. „Wir haben die Reise mit euch auch genossen. Besonders mit der Kleinen war unser Alltag viel einfacher." Die Schwestern geben Miha Streicheleinheiten. „Dann verlasse ich mich darauf, dass ihr auf euren weiteren Reisen mit offenen Augen durch die Welt zieht? Magrennar können eure Freunde sein, wenn ihr ihnen mit Respekt, Freundlichkeit aber auch mit einer gesunden Portion Vorsicht begegnet." Reavaer gibt den Schwestern noch einen letzten Rat mit auf den Weg. „Wir werden uns neuen Dingen nicht verschließen, gute Reise", bekommt er zurück.

So trennen sich die Wege der Händlerin Linny und ihrer Eskorte Brevy von Reavaer, Yrona und Miha und sie ziehen getrennt weiter. „Hohoho, wohin führt uns nun unsere neu gewonnene Unabhängigkeit?" Yrona möchte sogleich weiter auf Reisen gehen. „Das wird eine Überraschung. Es ist ein Ort, an dem ich selbst nur einmal vor langer Zeit war. Ich weiß nicht, was mich jetzt dort erwartet." Reavaer trottet gezielt in Richtung eines Stadttores. Oradi lässt er für den Moment wieder hinter sich. Zum ersten Mal seit seiner Rückkehr wandert Reavaer zielgerichtet die Straße entlang. Obwohl sein erster Aufenthalt auf der Feuerbaumplantage in tiefster Nacht war, erkennt er den Weg, den er nehmen muss, um dort hinzukommen. Es ist bereits Abend, als die Feuerbäume wie ein Inferno am Horizont zu sehen sind. „Oohohoho, was ist das? So viel Hitze vor uns." Yrona spürt schon aus weiter Ferne das Feuer, das die Bäume abgeben. „Das ist die einzige Feuerbaumplantage, die ich kenne. Es ist immer eindrucksvoll, hierher zu kommen." Reavaer scheint es, als ob die Plantage noch größer geworden ist.

Direkt an der Plantage stehen mehr Gebäude auf dem Gelände. Die Feuerbäume brennen, so weit das Auge reicht. „Früher waren hier dreißig Bäume, nun sind es unzählige", berichtet Reavaer erstaunt an Yrona gewandt. „Das Gebiet ist so belebt als wäre es ein eigenes kleines Dorf", stellt Yrona für sich fest. Die beiden betreten das Gelände der Plantage vorsichtig. Sie versuchen dem Treiben nicht im Weg zu stehen. „Was ist das da hinten?" Yrona nimmt seltsam geformte Gebilde wahr, die neben den Wohnhäusern für die Magonar stehen. „Hm, die sehen aus wie Halbkugeln aus Lehm mit einem hüfthohen Eingang. Sind das Öfen? Irgendwie erinnern sie mich an einfach gestaltete Wohnhöhlen. Wofür diese wohl da sind?" Nun sind die beiden erst recht neugierig, was auf dieser Plantage vorgeht. Reavaer erspäht ein großes Herrenhaus hinter den Gästehäusern und den Lagerhallen. Sie gehen dann gemächlich auf das Herrenhaus zu. Die Arbeiter sind entspannt, aber beschäftigt. Auf dem Weg erspähen sie einen Mago, der Anweisungen an eine Gruppe Arbeiter verteilt. Zielgerichtet geht Reavaer auf diesen zu. „Verzeihung, ich hoffe, wir stören nicht. Ich habe diesen Ort schon vor einer langen Zeit besucht. Und bin vor Kurzem wieder in die Gegend gekommen. Es ist wirklich beeindruckend, wie sich dieses Unternehmen entwickelt hat", spricht Reavaer die Person, die hier offensichtlich Autorität hat, an. Der Mago beäugt Reavaer, Yrona und Miha auffällig lange. „Ich denke, ich weiß, wer Ihr seid? Den Namen habe ich vergessen, aber könnte es sein, dass Ihr einmal mit Firin hier wart?" Die Person reagiert anders als von Reavaer erwartet. Äußerlich ist keine Reaktion zu sehen, doch in seinem Inneren fühlt er ein Kribbeln, als er den Namen Firin hört. „J-Ja, das ist richtig. Wisst Ihr, wie es ihr geht?", bestätigt er zögerlich. „Sie war nachdem Ihr weg wart noch einige Male hier. Hat sogar eine Zeitlang hier gewohnt und mitgeholfen. Inzwischen hat sie sich in Muren niedergelassen." Diese Nachricht lässt Reavaer in einen Rausch der Gefühle verfallen. Er braucht einige Momente, um sich wieder zu fangen. „Dann möchte ich Euch dafür danken, dass ihr Euch in meiner Abwesenheit um Firin gekümmert habt. Mein Name ist Reavaer, das sind meine Begleiterinnen Yrona und Miha." Reavaer streckt seine Hand zur Begrüßung aus. „Ich bin Korwen. Mein Vater Norwen hat mir den Hof vermacht. Ihr habt Glück, um diese Zeit hier angekommen zu sein. Nach Sonnenuntergang wäre ich womöglich zu beschäftigt für diese Unterhaltung gewesen." Korwen fordert die Gruppe daraufhin auf, ihm zu folgen. Er schlendert langsam und gemütlich los. „In der Tat, ein Glücksfall. Bürgermeister Hadien hat mich hierher gesandt. Er sagte mir, hier würde ich etwas Interessantes finden. Wisst Ihr, was er gemeint hat?", wird Korwen von Reavaer nun ausgefragt.

„Es gibt hier in der Tat etwas Besonderes zu bestaunen." Korwen führt die Gruppe zu den seltsamen, halbkugelartigen Gebilden. „Solche Bauten habt Ihr bestimmt noch nicht gesehen, oder?" Korwen ist sich sicher, etwas Mystisches auf seinem Hof stehen zu haben. „Ehrlich gesagt sehen diese aus wie Öfen. Backöfen vielleicht? Diese Form ist gut darin, große Hitze im Inneren zu speichern", fängt Reavaer an zu raten. „Wie bitte? Diesen Vergleich habe ich noch nie gehört. Nein, das sind Behausungen für einen Teil meiner Belegschaft", wirkt Korwen anfangs irritiert, erklärt es aber dann. „Behausungen? Ihr meint, dort wohnt jemand? Könnt Ihr mich diesen Personen vorstellen?" Dass Korwen nicht weiß, wie ein Backofen aussieht, lässt Reavaer fallen. Denn er ist sofort daran interessiert, diese Bewohner kennenzulernen. „Das wird etwas schwierig. Wir können uns nicht wirklich mit ihnen unterhalten. Nur ein wenig mit Körpersprache", gesteht der Plantagenbesitzer.

In diesem Moment geht die Sonne am Horizont unter. Daraufhin ist ein metallenes Klopfgeräusch zu hören. „Es ist Zeit für die Ernte", kündigt Korwen an und schon kriechen aus der tiefsitzenden Öffnung Eidechsen-Magrennar heraus. Bald sammeln sich zwanzig Eidechsen verschiedenster Farbvarianten auf dem Hof. Sie wandern zwischen Maginar, als wäre es das Natürlichste der Welt. „Yrona, seht Ihr dasselbe, was ich sehe? Das ist wunderbar", sagt Reavaer und steht mit offenem Mund da, als er die Echsen herumspazieren sieht. „Sehen kann ich es zwar nicht, doch ich weiß, was du meinst. Sehr interessant, hohoho." Yrona spürt die Formen der Wesen, die umherlaufen und weiß ganz genau, dass Magrennar zwischen den Magonar unterwegs sind. „Haa Mihaaa!" Selbst die kleine Schlange hüpft aufgeregt auf Reavaers Schulter. „EEEJUH IBIIIH", wechselt sie plötzlich zur Drachensprache. Sie verwechselt die Eidechsen mit Schlangen, die auf Beinen laufen. „IIIKUH IBIIIH", berichtigt Reavaer die Kleine. Die Eidechsen verständigen sich mit unterschiedlichen Zischlauten. Reavaer hat leider keine Möglichkeit, sich mit ihnen spontan zu unterhalten, obwohl er sich liebend gerne mit ihnen verständigen will. „Es ist zu schade, dass wir nicht lange hier sind. Ich würde mir gerne die Geschichte anhören, wie dies zustande kam", richtet er sich wehmütig an Korwen. „Ich kann Euch die Kurzfassung geben", bietet Korwen an, während er in Richtung der Feuerbäume spaziert, wo die Arbeit gleich anfangen soll. „Eine bestimmte Person unterhält Beziehungen zu den Magrennar. Ich weiß nicht genau, wo diese Echsen herkommen. Aber sie brauchten dringend ein Zuhause und Nahrung. Die Person hat sich an uns gewendet. Mein Vater war anfangs noch skeptisch, aber ein ehemaliger Arbeiter hat für die Person gebürgt. Deswegen hat mein Vater zugestimmt. Es war ein langwieriger Prozess. Wir mussten lernen, den Argwohn und das Misstrauen zu überwinden. Das Schwierigste war, das Verhalten und die Bedürfnisse richtig zu deuten." Reavaer hört aufmerksam zu, bis er mit dem Plantagenbesitzer vor den Bäumen steht. Die Arbeiter und Echsen ernten bereits die Feuerbäume ab. Die Echsen klettern mit Leichtigkeit die Äste entlang, sogar kopfüber, und drehen die Früchte von den Stängeln ab. Die Arbeiter fangen die herabfallenden Früchte auf und sammeln sie in den Behältern. „Wer ist diese besagte Person, die das alles ermöglicht hat?", stellt Reavaer schließlich die alles entscheidende Frage. „Das darf ich nicht verraten. Dies war eine der Bedingungen, die diese Person gestellt hat. Die Identität auf keinen Fall preisgeben. Daran werde ich mich halten." Die Antwort lässt Reavaer unbefriedigt zurück. Obwohl ihm nicht viele Leute einfallen, die dazu fähig wären. „Das verstehe ich. Dann lassen wir dieses Thema." Reavaer wendet seinen Blick wieder zu der Arbeit an den Bäumen. „Ihr braucht gar keine Transfusionsmagie mehr?" Es sind keine Maginar zu sehen, die die Bäume betäuben müssen, damit die Früchte ungestört geerntet werden können. „Ja genau, da ausschließlich die Echsen auf den Bäumen klettern und die Früchte von den Ästen entfernen, brauchen wir die Bäume nicht zu beruhigen. Die Magrennar erregen keine feindliche Reaktion der Bäume. Außerdem brauchen wir keine Äste der Bäume abzuschneiden, da die Echsen jeden Winkel mit Leichtigkeit erreichen", berichtet Korwen wieder frei heraus. Reavaer nickt nachdenklich vor sich hin, als er die

Arbeit beobachtet. „Nun gut, wir wollen Euch nicht weiter stören. Außerdem ist es spät und wir wollen es noch zurück nach Oradi schaffen. Deshalb verabschieden wir uns. Danke für die Führung und das Gespräch", verabschiedet sich Reavaer im Namen der Gruppe. „Es war mir ein Vergnügen. Doch wartet noch einen Moment, Ihr hattet bestimmt noch keine unserer Früchte zu essen." Korwen nimmt eine Frucht aus einem der Behälter. Gekonnt schneidet er das Fleisch ein und schält dieses geschickt ab. Die zwei Hälften überreicht er dann Reavaer. „Hier bitte. Ein wenig Verpflegung aufs Haus." Dankend nimmt Reavaer das Geschenk an.

Die Gruppe verlässt die Plantage wieder. Reavaer gibt eine der Hälften an Yrona. Diese fängt an zu knabbern. Miha bekommt abgerissene Stücke der anderen Hälfte, die sie verschlingt. Korwen sieht ihnen noch ein wenig nach. „Damit ist unsere Vereinbarung erfüllt", murmelt er vor sich hin und wendet sich wieder seinem Betrieb zu.

Yrona

Es ist bereits tiefe Nacht, als sie wieder in Oradi ankommen. Reavaer kennt keinen anderen Weg. Deshalb haben sie beschlossen, dort zu übernachten. Sie kehren im Gasthaus Halt der Rastlosen ein. Yrona geht mit der bereits schlafenden Miha auf ein Zimmer, um dort direkt zu Bett zu gehen. Reavaer bleibt beim Wirt und einigt sich mit diesem darauf, für die Übernachtung und Frühstück im Schankraum auszuhelfen und zu putzen.

Am nächsten Morgen wuselt Miha bereits auf Yrona umher, als die alte Maga aufwacht. Die kleine Schlange wirkt beunruhigt, seitdem sie in dem Raum aufgewacht ist. Doch sie wartet brav auf dem Bett, während Yrona sich fertig für den Tag macht. Gemeinsam betreten sie den Schankraum, der blitzeblank geputzt aussieht. Ihnen wird sogleich Frühstück von Reavaer serviert. „Guten Morgen, wie habt ihr geschlafen?", begrüßt er sie, als er sich zu ihnen setzt. Miha quietscht erleichtert und schlängelt sich gleich an ihm hoch. „Nach einer langen Reise war ein Bett etwas sehr Angenehmes. Nur mag die Kleine wohl keine geschlossenen Räume. Als sie aufwachte, war sie sehr unruhig", berichtet Yrona, während sie ihr Frühstück genießt. „Das ist verständlich, wenn man bedenkt, wie ihr Leben anfing. Jedoch ist es gut, wenn man ihr dieses Unwohlsein in Räumen nimmt, indem man sie langsam und vorsichtig damit konfrontiert." Die Kleine bekommt kleine Fleischstücke als Frühstück. Danach verlassen sie die Herberge und genießen erst mal die Morgenluft. „Wo geht die Reise nun hin?", möchte Yrona voller Vorfreude wissen. „Als Nächstes möchte ich nach Muren." Reavaer dreht sich nach Westen und setzt sich in Bewegung. Abermals lässt Reavaer Oradi hinter sich.

Auf dem Weg fällt Yrona seltsames Verhalten bei Reavaer auf. „Was ist los? Du siehst immer wieder zur Sonne und auch nach hinten zur Stadt, die wir gerade verlassen haben. Stimmt etwas nicht?", fragt ihn die alte Maga. Reavaer nickt nur mit gesenktem Kopf, sagt aber vorerst nichts. Da Reavaer ihr keine richtige Antwort geben möchte, seufzt sie nur laut. Still gehen beide nebeneinander her. Erst Richtung Westen, dann nach einer Abzweigung Richtung Süd-Westen. Erst als die Sonne ihren Höchststand erreicht hat, hält Reavaer mitten auf dem Weg an. Weder vor noch hinter ihnen sind Ortschaften zu sehen. Yrona hält wenige Schritte nach ihm an. Sie fragt gar nicht erst, was das soll, er wird es ihr wie üblich mitteilen. „Ich brauche etwas von Euch", fordert Reavaer plötzlich mit seiner üblichen ausdruckslosen Miene. „Ohoho, du möchtest etwas von mir? Ich hoffe doch, ich habe, was du willst", gibt sie in ihrer üblich amüsierten Art zurück. „Ich würde Euch nicht darum bitten, wenn ich nicht wüsste, dass Ihr habt, was ich brauche. Es ist …" Reavaer zögert kurz. „… die Quelle eurer ungewöhnlich starken magischen Kraft", beendet er seinen Satz. „Hmmm, das klingt gefährlich. Ich denke nicht, dass ich das möchte." Sie weiß nicht, was genau er von ihr will, aber sie will nichts riskieren. „Die Quelle, aus der Ihr Eure ungewöhnliche jugendliche Kraft schöpft, ist ein Gefühlsfeld. Es hat sich irgendwann in Euch festgesetzt. Dieses Feld macht Euch zwar mächtiger, aber beeinflusst auch Euer Verhalten. Wenn Ihr mir erlaubt, würde ich es gerne schonend entfernen", versucht Reavaer zu erklären. „Ohohoho, es ist gleich, was sich in mir festgesetzt hat und durch welche Quelle ich meine Kraft beziehe. Es ist ein Teil von mir und das wird so bleiben." Sie nimmt wieder ihren amüsierten Tonfall an und beendet die Diskussion, indem sie sich erneut dem Weg zuwendet und weitergehen will. „Ich …" Reavaer seufzt. „Ich kann leider nicht auf das Gefühlsfeld verzichten. Mir wäre es lieber, wenn Ihr meinem Vorschlag zustimmen würdet. Es wäre möglich, dass Ihr Euch danach sogar befreiter fühlt", versucht er weiterhin zu verhandeln. Yrona entweicht ein genervtes Stöhnen, als sie wieder zum Stehen kommt. „Was soll dieser Unsinn so urplötzlich? Warum möchtest du gerade jetzt etwas von mir? Ich wusste, etwas ist faul, als du dich heute Morgen so seltsam benommen hast, warum gerade jetzt? Hast du mich etwa nur mitgenommen, um mich jetzt abzuernten?", schimpft die alte Maga nun wütend mit Reavaer. „Ich spreche es jetzt an, weil ich es nicht mehr aufschieben kann. Ich mag Euch und ich wollte Euch die Reise so lange wie möglich genießen lassen. Doch das ist nun das Ende meiner Wanderung." Reavaer lässt seinen Blick die Straße entlang schweifen. Er kann es noch nicht sehen, doch er weiß, dass die Küstensiedlung Muren am Ende dieses Weges ist. „Und nun möchtest du mir die Quelle meiner Macht nehmen? Eines ist sicher, du wirst sie nicht bekommen, ohne selbige zu spüren. Noch dazu da die Sonne mitten am Himmel steht." Yrona zeigt ihren Kampfgeist ohne eine Spur von Furcht. „Damit habe ich gerechnet. Niemand soll mir nachsagen, ich hätte eine blinde Lichtmagierin in einem geschwächten Zustand besiegt", enthüllt Reavaer nun, warum er diesen Zeitpunkt gewählt hat. „So soll es denn sein. Wir werden uns ehrenhaft von Angesicht zu Angesicht duellieren. Der Einsatz soll der Respekt füreinander sein!" Sie schließt das Gespräch mit einem lauten, funkensprühenden Schlag mit der Stabspitze auf dem Steinboden ab. Yrona dreht sich zur Wiese und tritt auf das Gras abseits der Straße. „Ich möchte nur das Gefühlsfeld. Mein Respekt wird Euch nie verlassen ...", murmelt Reavaer, mit sich selbst hadernd. Er nimmt seinen Mantel ab und legt diesen über einen Stein am Wegesrand. Darauf platziert er seine Umhängetasche und Miha. „EEEJUH UUUWAH", spricht er zu der Kleinen und zeigt auf die Tasche, damit sie sie bewacht. Dann folgt Reavaer Yrona auf die Wiese. Das Gras selbst könnte gefährlich werden, jedoch nur, wenn sie zu lange darauf stehen. „Ich hoffe, du bist bereit für eine kleine Lektion!", ruft die alte Maga, als sich die beiden gegenüberstehen. Sie kennt seine Fähigkeiten, deshalb achtet sie darauf, dass nichts Nützliches für Reavaer um sie herum liegt.

Schnell hebt sie ihren Stab, an dem sich sichtbar Sonnenlicht sammelt. Dieses gebündelte Licht leitet sie in einem laut knisternden Strahl auf Reavaer um. Dieser hat sein linkes dunkles Auge aktiviert und kann die Energieverläufe um Yrona sehen. Das hilft ihm, den Angriff von Yrona einzuschätzen und ein grobes Eisprisma zu erschaffen, das den gebündelten Lichtstrahl bricht und in kleine, kaum gefährliche Punkte aufteilt. „Ohoho, du und deine Verteidigungstricks. Aus deinen Kämpfen habe ich viel gelernt. Auch wenn ich nichts sehen kann, so kann ich gut beobachten." Yrona ist gespannt, was für Kniffe sich Reavaer gegen sie noch ausdenken wird. Sie scheint bereits den nächsten Zauber vorzubereiten. Konzentriert greift sie ihren Stab nun mit beiden Händen. Der Strahl von der Spitze ihres Stabes verschwindet, stattdessen kommt nun ein breiter Strahl direkt vom Himmel aus der Richtung der Sonne. Erst erreicht ihn der Lichtstrahl sogar, aber es reicht nicht, um seine Konzentration zu brechen. Schnell hat er wieder ein Prisma konstruiert, das den Strahl aufbricht und in alle Richtungen verteilt. „Hoho, das funktioniert nicht ein zweites Mal", kündigt Yrona grinsend an, woraufhin Reavaer von mehreren kleinen Strahlen getroffen wird, die nicht gerade herunterkommen, sondern sich an dem Prisma vorbei krümmen. Reavaer weitet sein Prisma aus, um die kleinen Strahlen ebenfalls aufzufangen. Das funktioniert, jedoch nur kurz, denn das Licht sammelt sich aus den verschiedenen Richtungen wie unter einer Linse. Wieder wird Reavaer getroffen, diesmal schwerer. Er dreht das schwebende Prisma über sich zur Seite, damit das Licht zum einen woanders hingeleitet und zum anderen zerstreut wird. Reavaer erkennt, dass er mit seiner defensiven Strategie nicht weit kommt. Yrona kann ihre Angriffe anpassen und hat ihn in die Knie gezwungen, bevor er sie genügend analysiert hat.

Kurzerhand bewegt er sich nach hinten, während sich schlagartig eine weite Kuppel um die Position von Reavaer bildet. Diese macht es Yrona unmöglich, Reavaers genaue Position zu erfassen und anzugreifen. Sie schnaubt genervt und lässt die unterschiedlichen Lichtsäulen verschwinden.

Da von Reavaers Seite nichts weiter passiert, konzentriert sich Yrona wieder, um einen stärkeren Zauber vorzubereiten. Diesmal kommt wieder eine Lichtsäule vom Himmel, doch das Licht ist heißer und der Durchmesser beträgt zwanzig Schritte. Das ist ein wenig größer als die Kuppel von Reavaer und verbrennt das Gras, das nicht unter der Prismakuppel ist. Die äußere Hülle der Kuppel beginnt zu schmelzen.

Reavaers Gegenschlag kommt schnell und überraschend. Die Kuppel bricht auf, fällt aber nicht zu Boden, sondern schwebt in Trümmern. Reavaer schießt in rasender Geschwindigkeit auf Yrona zu. Er steht dabei auf einer kleinen Plattform aus Eis. Die Eisbrocken, die vorher eine Kuppel waren, folgen ihm. Die Brocken brechen weiter auf, werden zu kaltem Nebel und fingergroßen Eissplittern. Reavaer zieht diesen Eissturm hinter sich her. Yrona braucht einen Moment, um den Zauber der Lichtsäule zu beenden. Da ist Reavaer schon vor ihr, ohne die Geschwindigkeit zu drosseln. Er möchte sie überraschen und weicht im letzten Augenblick zur Seite aus. Den Eissturm hinter sich lässt er jedoch mit voller Wucht auf Yrona einschlagen. Bevor der kalte Nebel und die Eissplitter Yrona direkt treffen können, prallen sie gegen eine Barriere. Diese wird erst sichtbar, als sie tatsächlich getroffen wird. „Ohoho, das hätte ziemlich wehgetan. Du möchtest also ernst machen?" Reavaer antwortet auf Yronas Kommentar nicht. Sie schnaubt genervt über das Schweigen von Reavaer. „Soo, siehst du mich nun als Feind an? Bist du wütend, da ich dir nicht gebe, was du haben willst?", wirft sie Reavaer vor, um irgendeine Reaktion aus ihm herauszubekommen. Er wiederum bleibt still, ohne dass sich sein Gesichtsausdruck verzieht. Es scheint fast so als ob er sich gar nicht auf sie konzentriert. Seine Scheibe aus Eis treibt langsam im Zickzackmuster nur eine Handbreite über dem Boden von Yrona weg.

Plötzlich hört Reavaer das Geplätscher eines naheliegenden Baches. Er driftet unabsichtlich darauf zu und hat eine Idee. Am kieseligen Ufer des kleinen Baches steigt er von der Eisplattform. Die Plattform dient ihm nun als Schild. „Schon wieder soll ich die Initiative ergreifen, obwohl du etwas von mir möchtest?", ätzt die alte Maga nun über Reavaers Verhalten. Trotzdem geht sie darauf ein und lädt wieder einen Angriff durch ihren Stab auf. Wieder kommt ein gebündelter Strahl aus der Spitze von Yronas Stab Richtung Reavaer. Wider Erwarten fängt er den Angriff nicht mit der Plattform auf, diese löst er kurzerhand auf. Stattdessen nutzt er seine Reflexe und weicht dem Strahl so gut es geht aus. Yrona kann den Strahl nur langsam steuern. Der Strahl trifft anstatt Reavaer auf das Ufer des Baches. Die kleinen Kieselsteine werden dabei schlagartig aufgeheizt. Die Kieselsteine platzen teilweise auf wegen des plötzlichen, sehr hohen Temperaturanstiegs. Ab und zu fliegen auch Funken, scheinbar haben sich kleine Teile von Rialit-Erz am Ufer abgelagert. Schließlich kann Reavaer einen dieser Funken erfassen, als dieser auf das Wasser des Baches trifft. Es entsteht plötzlich eine große Dampfwolke. Den Dampf, der so umfangreich war wie die Baumkrone eines alten Baumes, schiebt er zwischen sich und Yrona. Der Lichtstrahl wird von der Dampfwolke vollständig geschluckt. „Arg! Du und deine Spielereien!" Yrona klingt hörbar frustriert. Sie versucht Reavaer wieder von oben zu treffen. Ein magogroßer Strahl fällt wieder von der Sonne auf Reavaer. Er blockt diesen mit einem Teil seiner Dampfwolke, die er über sich positioniert. Zwischen sich und Yrona behält er eine dünne Wand aus Dampf zur Sicherheit. Gleichzeitig hält er die Verbindung zum Bach und lässt daraus mehr Dampf entstehen. Schrittweise kommt Reavaer näher an Yrona heran, während sie versucht, ihn mit Strahlen aus allen Richtungen zu treffen. Ihre Angriffe werden aggressiver, je näher er kommt. Es gelingt ihr aber nicht, ihn aufzuhalten. Reavaer bleibt vorsichtig und defensiv, bis er nur noch fünf Schritte von Yrona entfernt ist.

Schließlich lässt er den Dampf Yrona umschließen, bis sie komplett davon eingehüllt ist. Sie ist schwer zu erkennen. Genauso schwer ist es für sie, ihre Umgebung durch die Zerstreuung des Wassers wahrzunehmen. Yrona übersäht den letzten ihr bekannten Standort von Reavaer mit vielen Angriffen von oben. Dieser hat sich von dort schon lange entfernt. Ihre Angriffe passieren nun willkürlich um sie herum, denn die Dampfwolke folgt ihr, wohin sie auch geht.

Mit dem Freiraum, den er dadurch gewonnen hat, nicht mehr pausenlos direkt angegriffen zu werden, untersucht Reavaer den persönlichen Schild von Yrona genauer. Der Schild ist kugelrund und ohne Schwachpunkt. Es steht gerade Unentschieden zwischen den beiden, keiner von ihnen kommt an den anderen heran.

Das ändert sich plötzlich, als sich der Lichtschild von Yrona aufteilt und aufklappt. Das verwundert Reavaer, nun kann der Dampf hineinströmen, das ist sicher nicht angenehm. Reavaer macht sich bereit für ein neues Manöver von Yrona. Die nun geviertelten Schildteile sind halb gedreht und fangen an, sich im Kreis um Yrona zu bewegen. Dabei geht das zu Yrona gewendete Ende voran und das Ende, das weiter von ihr entfernt ist, folgt nach. Die breiten Wände des Schildes drücken den Dampf weg. Das bringt nicht viel, da sich die Wolke schnell wieder in Position bringt. Doch als die Geschwindigkeit größer wird, erzeugen die Schilde wie vertikale Windmühlenflügel einen Druck, der den Dampf und die Luft wie ein Wirbelwind wegdrückt. Sobald die Dampfwolke sich nicht mehr um Yrona sammeln kann und sie wieder alles um sich herum wahrnehmen kann und auch Reavaer wieder erfasst, steuert sie die Schildteile auf ihn zu. Die Wände aus Licht fliegen erst nach oben und schlagen dann auf, mit der kantigen Seite wie eine Hacke, auf die Position von Reavaer. Er kann gerade noch so den vier Einschlägen mit einigen hastigen Sprüngen ausweichen. Nachdem alle vier Schilde in den Boden eingeschlagen sind, enden die Angriffe. Reavaer richtet sich hastig wieder auf, bereit, der nächsten Attacke auszuweichen.

Dabei hört er ein leises Pfeifen, das von einem der Lichtschilde kommt. Es scheint, als ob Gas unter der Erde gefangen war und dank dem Einschlag des Schildes nun austritt. „… Hörst du mir überhaupt zu?" Reavaer war so mit der Suche nach der Ursache des Pfeifens beschäftigt, dass er nicht bemerkt hat, wie Yrona nun vor ihm steht und auf ihn einredet. „Willst du nicht endlich aufgeben? Du wirst offensichtlich nicht das bekommen, was du haben willst", schlägt sie wieder in einem amüsierten Tonfall vor. „Ich kann leider nicht aufgeben. Ich benötige das Gefühlsfeld von Euch. Sonst endet meine Reise hier und jetzt", gibt er der alten Maga zu verstehen. Sie schnaubt enttäuscht und dirigiert einen der vier Lichtschilde gegen Reavaer. Dieser stößt ihn wie eine schwebende Mauer frontal nach hinten und er landet nahe der Straße auf dem Rücken. Als Reavaer hochsieht, erblickt er Miha. Er scheint direkt vor dem Stein gelandet zu sein, auf dem er Miha zusammen mit seinen Sachen abgesetzt hat. Es kommt nicht oft vor, dass er körperlichen Schaden erleidet, und sein Gesicht schmerzt besonders in diesem Moment. Miha freut sich, als Reavaer sich direkt vor ihr hinsetzt. Gleich neben der kleinen Schlange sieht er den Rialitstab liegen. Dieser hat normalerweise nur die Funktion, die Dunkelheit durch dessen Glühen zu erhellen. Doch Reavaer hat eine neue Idee. Er nimmt den Stab und krault nochmal kurz Mihas Kopf. „EEEJUH UUUWAH EDOOOH", gibt er ihr in Drachensprache zu verstehen, dass sie weiterhin über seine Sachen wachen soll. Die Kleine macht es sich wieder auf dem Mantel, der über den Stein gelegt ist, gemütlich. Reavaer lässt magische Energie in den Stab fließen und bringt diesen zum Glühen. Er läuft los, direkt auf Yrona zu. Sie wiederum lässt ihre Schilde auf Reavaer zuschweben. Die Schilde sollen ihn zurückstoßen. Reavaer hingegen holt mit dem Stab aus, der den ersten Schild wie ein Brett wegstößt. Dasselbe passiert auch mit dem zweiten Lichtschild. Er kommt wieder am Bach an und schnappt sich mit der freien Hand eine Handvoll Kieselsteine vom Ufer. Dann ändert er seine Richtung. Yrona ist erst mal verwirrt darüber, was er vorhat. Er möchte offenbar nicht mit dem Stab zu ihr, um sie zu schlagen. Bevor sie ihn jedoch an seinem Vorhaben hindern kann, ist er schon an der Stelle, an der das Pfeifen herausgekommen ist. Er wirft die Kieselsteine über die Stelle und schlägt mit der glühenden Spitze des Stabes darauf. Als der Stab die Steine trifft, entsteht ein Funke, auf den sich Reavaer konzentriert und so das Gas aus dem Boden entzündet. Eine große Flamme entsteht, er springt nach hinten und läuft so schnell es geht weg. Man merkt schnell, wovor Reavaer fliehen will. Eine große, gelb glühende und unförmige Masse schwebt langsam wabernd in die Höhe. Alles in der Nähe verbrennt. Yrona wendet sich mit heruntergeklapptem Unterkiefer der heißen, wabernden Masse zu. „Was ist das für ein Lichtzauber?", fragt die alte Maga, die so eine Substanz noch nie vor sich hatte. „Das ist kein Licht, es ist Plasma. In etwa dasselbe Material, aus dem die Sonne besteht." Auf die Erklärung hebt Yrona ihren Stab in Richtung des Plasmas, um dessen Licht zu manipulieren. „Das wird nicht funktionieren. Ich kontrolliere das Plasma und alles, was davon ausgestrahlt wird." Yrona senkt ihren Stab daraufhin wieder. „Hmpf!", grummelt sie nur kurz und holt ihre Schilde zurück zu sich. Sie ist wie zuvor komplett von einer durchsichtigen Lichtkugel eingeschlossen. Da sie sich nun eingeschlossen hat, beginnt Reavaer mit seinem Finger dirigierend einen kleinen Teil des Plasmas von der großen Masse abzuspalten. Es ist nur so groß wie eine Fingerspitze. Dieses kleine Teilchen lässt er auf Yrona und ihren Schild fallen, bevor sie einen neuen Angriff starten kann. Das Plasma trifft mit einer relativ großen Explosion auf den Lichtschild von Yrona, trotz der geringen Menge. Der Schild scheint keinen Schaden davongetragen zu haben, aber Yrona reagiert mit einen „Oh!" auf den Knall. Diese Reaktion hört sich nicht wie ihr übliches, amüsiertes Gelächter an. Daraufhin lässt Reavaer noch zwei solcher kleinen Mengen Plasma auf Yronas Schild einschlagen. Sie seufzt erneut auf. Die Angriffe scheinen sie Konzentration zu kosten und Stress zu verursachen. Reavaer setzt seine Angriffe fort. Es ist keine große Varianz notwendig, er lässt einfach weiter kleine Stück Plasma auf den Schild regnen. Yrona kann keine Gegenmaßnahmen mehr aufbringen. Sie geht langsam in die Knie, bis ihr Lichtschild schließlich zerbricht. In diesem Moment gehen alle Plasmateilchen wieder hinauf und Reavaer geht auf Yrona zu. „Hohoo, du bist anscheinend unaufhaltsam. Doch ein aufregender Kampf war es trotzdem", sieht sie ihre Niederlage ein. „Das war der spannendste Kampf, den ich bisher hatte, und zugleich der schmerzhafteste Sieg." Nach dem Austausch legt Reavaer seine Finger in Dreiecks-Form an Yronas Stirn. Die schwebende Masse aus Plasma platzt mit einem lauten Knall auf und verpufft in einem Feuerball. Gleichzeitig schweift der Blick von Reavaer ins Leere. Nach wenigen Augenblicken seufzt und stöhnt Yrona, ihr Mund geht auf und eine gelb leuchtender kleiner Orb schwebt heraus. Reavaer wiederum öffnet ebenfalls den Mund und lässt diese hineinschweben, bevor er sie sich einverleibt.

Sobald Reavaer seine Finger von Yronas Stirn nimmt, bricht die alte Maga kraftlos zusammen. Er fängt sie auf und hält sie sitzend im Arm. „Das Licht ist weg, ooh oooh! Und der Respekt auch, ich spüre ihn nicht mehr, oooh!", jammert sie lauthals mit weinerlicher Stimme. Reavaer hält sie einfach nur eine Weile in den Armen, während sie ihrem Frust weiter freien Lauf lässt. „Der Respekt, den Ihr euch verdient habt, wird niemals vergehen. Und das Licht ist noch da, es wird nur etwas schwieriger sein, es zu spüren", versucht er, sie zu beruhigen.

„Kit, ich brauche dich! Komm bitte her!", ruft Reavaer in die Luft. Es dauert nicht lange, da erscheint Kit, indem sie aus dem Nichts heraustritt. „Was ist los?" Sie sieht zu den beiden am Boden Sitzenden herunter. „Was ist denn hier passiert?" Erst sieht sie Yrona an, dann schaut sie sich die Umgebung an, mit stellenweise verkohltem Gras und einigen verbrannten Bäumen. „Langer Rede kurzer Sinn: Ich habe etwas aus ihr entfernt, das nicht zu ihr gehörte. Leider diente es als eine Art Kraftquelle, bald wird sie ihr Alter einholen", gibt Reavaer seiner Vorgesetzten die schnelle Version. „Oha, klingt radikal. Aber ich vertraue deinem Urteil. Was soll ich nun tun?" Nach Kits Frage steht Reavaer auf und hilft auch Yrona auf die Beine. „Bring sie zurück in ihre Heimat. Das Dorf, in dem wir ihr begegnet sind. Bitte bring sie zu der dortigen Schneiderin, sie ist eine Freundin von ihr. Gib der Schneiderin auch einige Luxon, damit sie sich um Yrona kümmern kann", äußert Reavaer seine Bitte. Kit nickt nur und stützt Yrona von der anderen Seite. Reavaer nimmt Yrona die Reiseutensilien ab und lässt sie los. Kit geht daraufhin zwei Schritte mit Yrona und beide verschwinden wieder im Nichts.

Reavaer nimmt seine Faust hoch, etwa auf Brusthöhe und macht diese langsam auf, um die Finger am Ende zu spreizen. „Sei befreit."

Zuhause

Schlapp und mit hängendem Kopf marschiert er zum Felsen, auf dem Miha sitzt. Er lässt sich sitzend auf den Boden fallen. „Du bist die bravste kleine Schlange auf der ganzen Welt." Die Kleine lässt sich freudig aufheben und umarmen. Von Reavaer kommt ein langer, tiefer Seufzer. Nicht weil er atmen muss, sondern um all den Frust herauszulassen. Er nimmt Miha wieder von seiner Schulter und sieht sie an. „OJUUUH IIITAH", teilt er der kleinen Schlange mit, dass die beiden erst mal alleine weiterreisen. „OJUUUH ABOOOH", erwidert sie wiederum, dass sie zusammen weiterreisen. Diese herzliche Feststellung von der Kleinen heitert das Gemüt von Reavaer auf. Er beginnt sie zu kraulen und mit ihr zu spielen. Fast den ganzen Nachmittag spielen und amüsieren sich die zwei. Bis die Sonne beginnt, unterzugehen und Miha müde wird. Reavaer steht auf, zieht seinen Mantel wieder an, hängt sich die Tasche und den Wasserschlauch um und nimmt Miha eingewickelt in die Decke auf den Arm. Schließlich sucht er noch den Rialitstab und packt diesen mit ein. Nun macht sich Reavaer zur Straße auf und läuft den Weg Richtung Muren entlang.

Auch als es dunkel wird, geht er weiter, während Miha in die Decke gehüllt auf seinem Arm schläft. Denn er hat niemanden mehr, auf den er warten muss. Froh darüber, dass Miha ruhig schlafen kann, trotz der Gehbewegung, die Reavaer verursacht, geht er Schritt für Schritt durch die Dunkelheit.

Es übernachten nur wenige Händler am Rand der Straße nach Muren. Reavaer ist beim Vorbeischreiten so leise wie möglich, um diese nicht zu stören. Er kann eine große Entfernung zurücklegen und sieht schon bald eine Siedlung am Meer. Es sind mehrere Lichter zu sehen, die Häuser und Felder erleuchten. Außerdem kann er das Glitzern des Meeres erblicken.

Das muss in der Tat Muren sein. Doch will er nicht mitten in der Nacht dort ankommen, denn die Nervosität packt ihn. Er setzt sich an den Wegesrand, um auf den Morgen zu warten und sich dabei zu beruhigen. Aufmerksam beobachtet er das Dorf aus der Ferne. Mitten in der Nacht gibt es dort nicht viel zu beobachten, doch sein Instinkt greift ein und lässt ihn über den Ort wachen. Allerdings verläuft die Nacht äußerst ruhig.

Erst als der Morgen graut, kommt Bewegung in den Straßen auf. Mit dem Licht der aufgehenden Sonne kann Reavaer nun die Gebäude sehen. Es stehen mehr Häuser da als das letzte Mal, als er dort war, und es ist keine Spur von den Kristallen zu sehen, die die Ortschaft damals überwuchert haben. Außerdem stehen noch einige runde Zelte in verschiedenen Größen auf einer Seite der Siedlung. Miha schläft diesen Morgen etwas länger. Diese Zeit will Reavaer nutzen, um die Bewohner von Muren ein wenig bei ihrem Tagesablauf zu beobachten. Es kommt nur sehr langsam Bewegung in die Straßen. Viel kann er auch nicht erkennen, außer dass die Bewohner gleich sehr beschäftigt und energisch sind.

Zum Glück wacht Miha auch schon auf. Verschlafen streckt sie ihre Glieder von sich. „Heute ist es so weit. Ich komme am Ziel an. Gibst du mir bitte ein wenig Mut für die letzten Schritte?", bittet er die Kleine, als er sie hochhält. Sie gähnt noch zu Ende und schnappt dann mit dem Mund nach seiner Nase. „Gut, das sollte reichen", gibt er auf ihre Antwort mit zugekniffener Nase zurück. Reavaer lockt die Kleine dann mit kleinen Trockenfleischbrocken von seiner Nase weg. Während Miha frühstückt, faltet Reavaer die Decke ordentlich zusammen und steckt sie in die Tasche. Danach setzt er die kleine Schlange auch in die Tasche auf die Decke. Die Kleine lugt oben heraus. „Jetzt wird es ernst. Bleib bitte brav", spricht er zu Miha, doch auch zu einem Teil zu sich selbst. Die Händler sind auch schon auf den Beinen und wandern weiter Richtung Muren. Reavaer schließt sich dem Zug an.

Es gibt zwar keine Mauern, doch der Weg in den Ort wird trotzdem bewacht. Bevor man Muren betreten kann, muss man an grimmig aussehenden Wächtern vorbei. Auf einer Seite ist ein Mago und auf der anderen Seite der Straße ist ein Magren aufgestellt. Die Händler sehen nervös aus, als die Wächter einen Blick auf ihre Waren werfen. Besonders der Magren, der vom Volk der Tiger zu sein scheint und die meisten Maginar um einen Kopf überragt, wirkt einschüchternd. Im Gegensatz zu dem Mago-Wächter schnuppert der Magren-Wächter auch an dem Material. Als Reavaer dran ist, wird er von den Wächtern kritisch beäugt. „Weshalb seid Ihr hier?", möchte der Mago-Wächter wissen. „Ich ... Wir sind Besucher." Reavaer nimmt Miha aus der Tasche und hält sie den Wächtern hin. „Wir sind uns im Norden begegnet und ich wollte sie unter ihresgleichen bringen." Reavaer benutzt eine Notlüge, um nicht mehr Aufsehen zu erregen als nötig. Während Reavaer mit dem Mago spricht, konzentriert sich Miha mehr auf den Tiger-Magren. „Gute Entscheidung. Hier ist der beste Ort dafür", antwortet ihm der Wächter. Gerade als Reavaer durchgewunken wird, spürt er, wie Miha sich von seinem Arm abstößt. Als er sich zu ihr umdreht, sieht er sie bereits im hohen Bogen auf dem Kopf des Tiger-Magren landen. Sie verliert keine Zeit, wälzt und windet sich fröhlich im Fell des Tigers. „Oje, das tut mir leid", richtet Reavaer an den Magren, auch wenn er seine Entschuldigung nicht versteht. „Hahaha, keine Sorge. Der alte Groh kann gut mit Fremden und Kleinen", kommentiert der Mago amüsiert. Ohne groß das Gesicht zu verziehen, nimmt der Tiger-Magren Miha von seinem Kopf, nachdem sie sich beruhigt hat. Mit seinen klauenartigen Händen hält der Magren die Kleine vor sich. Sie züngelt ihn neugierig an. Ohne Vorwarnung schleckt er ihr über den Bauch bis nach oben zum Unterkiefer. Anfangs zappelt Miha überrascht, aber kurz darauf quietscht und tanzt sie fröhlich. Noch währenddessen streckt der Magren die Hände Miha-haltend zu Reavaer. Er nimmt sie dem Tiger ab, woraufhin sie sich wieder beruhigt. Reavaer nickt beiden Wächtern zu und betritt Muren. „Sieht aus als hättest du einen neuen Freund", redet er auf die kleine Schlange ein, als er sie zurück in die Tasche setzt.

An dieser Stelle weiß er nicht mehr genau, wohin er gehen soll. Er hat sein Ziel erreicht, erkennt aber niemanden in dem geschäftigen Treiben. So bleibt ihm nur, sich umzusehen, bis etwas sein Interesse weckt. Also folgt er einer Gruppe kräftiger Tiger- und Wolf-Magrennar, die Kisten zu einem länglichen Gebäude tragen. Es scheint ein Handwerkshaus zu sein. Eine seitliche Tür ist offen, da es darin sehr heiß zu sein scheint. Mehrere Magonar schweißen mit Feuermagie Rialitstäbe und Wände zusammen. Die Form kommt Reavaer bekannt vor. Dann sieht Reavaer über der Tür ein Schild, auf dem ‚Schlurfi-Werkstatt' steht. Nun erinnert er sich, aber in seiner Erinnerung sind das nur Kisten mit einem Griff. Diese sehen sehr viel weiterentwickelter aus, und dass sich der Name Schlurfi durchgesetzt hat, verstört ihn ein wenig.

Seine Ziellosigkeit verschwindet dadurch leider nicht. So faszinierend die Handwerksarbeit ist, so wenig bringt sie ihn im Moment weiter. Deshalb sieht er sich aufs Neue um. Neben dem Handwerkshaus steht ein kleineres Haus, das jedoch dazuzugehören scheint. Es muss daher dem Besitzer der Werkstatt gehören, oder vielleicht sogar dem Bürgermeister des Ortes. Als er dem Haus näher kommen will, muss er aufpassen, um nicht im Weg zu stehen oder umgerannt zu werden. Das Gebiet um die Werkstatt und das Haus ist fast schon zu belebt, um ein Wohnhaus zu sein. Hoffnungsvoll klopft er an die Tür des Hauses und öffnet sie dann vorsichtig. Darin sitzt eine streng wirkende Maga hinter einem Schreibtisch wie in einem Bürohaus. „Sie können eintreten, nur keine Scheu, wir sind geöffnet", begrüßt ihn die Maga höflich aber bestimmend. Reavaer tut wie befohlen und tritt vor den Schreibtisch. „Verzeihung, ich weiß nicht mal, ob ich hier richtig bin. Wir sind neu hier und sahen die eindrucksvolle Werkstatt. Hier muss jemand Wichtiges arbeiten, der mir vielleicht helfen könnte, meine Bekannten hier zu finden?", erklärt Reavaer etwas gehemmt, denn umso weiter er kommt, desto schwerer werden die Schritte vorwärts. „Herr Palozo kennt in der Tat viele Leute und könnte Ihnen sicher weiterhelfen. Aber seine Zeit ist sehr wertvoll. Deshalb würde ich ihn nur stören, wenn es wirklich wichtig ist." Als sie den Namen Palozo erwähnt, wird Reavaer alles klar. Er kommt sich sogar dumm vor, nicht gleich daran gedacht zu haben, dass der Erfinder des Element-Transport-Karren auch über dessen Herstellung und Verkauf bestimmt. „Natürlich, Herr Palozo. Wie konnte ich nur so nachlässig sein. Die Karren, die draußen gefertigt werden, kamen mir bekannt vor. Ich erinnere mich an Herrn Palozo aus der Zeit, als er noch ein wandernder Händler war und seine ... Schlurfi selbst genutzt hat. Das ist jedoch eine Weile her. Darf ich mit ihm reden?" Während Reavaer spricht, blitzt kurz Begeisterung in den Augen der Maga auf. Doch schon bald legt sie wieder ihr strenges Gesicht auf. „Hmm, wen darf ich denn ankündigen?" Reavaer ist erleichtert, ohne große Umstände mit Palozo reden zu können. „Mein Name ist Reavaer", stellt er sich vor. Die Maga steht auf. „Sehr erfreut, ich bin Midinja. Assistentin und Vertretung für Herrn Palozo", macht sie sich wiederum mit ihm bekannt. „Mihaaa!", kommt es aus der Tasche. „Ah ja, das ist Miha. Doch sie hat Herrn Palozo noch nicht getroffen." Reavaer hebt die Tasche mit dem herausgestreckten Kopf von Miha auf Augenhöhe. Midinja nickt den beiden kurz zu und geht dann einen Gang entlang. Reavaer folgt ihr, bis sie an einer Tür am Ende des Korridors ankommen. Sie klopft kurz und öffnet dann die Tür. „Verzeihen Sie, Herr Palozo. Hier ist jemand, der behauptet, Sie von früher zu kennen. Er nennt sich Reavaer." Es kommt kein Ton aus dem Büro, doch Midinja geht aus dem Weg, um Reavaer hineinzulassen. Er betritt das Büro und sieht einen ergrauten Palozo. Der Händler hat einen mindestens so strengen Blick in den Augen wie Midinja. „Danke, Midinja, du kannst an deinen Posten zurückkehren." Sie nickt, verlässt das Büro wieder und schließt die Tür. Daraufhin bietet Palozo Reavaer einen Stuhl zum Hinsetzen an. Reavaer setzt sich und nimmt die Tasche mit Miha auf seinen Schoß. „Nun, was kann ich für Euch tun?" Palozo lehnt sich bei dieser Frage zurück und verschränkt die Arme. „Ich weiß nicht, ob Ihr Euch noch an mich erinnert, doch ..." Reavaer kann seinen Satz nicht beenden, bevor Palozo ihn unterbricht. „Ich weiß, wer Ihr seid. Ich habe den Namen Reavaer in den letzten Jahren öfter gehört als Schlurfi. Und mein Wagen wurde von Firin NUR als Schlurfi beworben. Sie war sehr begeistert, den Namen durchzusetzen, und sie war erfolgreich dabei." Obwohl Reavaer sich freut, von Firin zu hören, bemerkt er einen Groll in Palozos Stimme gegen ihn. „Wie ist es denn Firin, Foleras und Sihl ergangen?", erkundigt er sich vorsichtig. „Wir haben uns wieder getroffen, nachdem Ihr Euch um die Situation mit den Kristallwucherungen gekümmert habt und dabei verschwunden seid. Die Gruppe war ziellos, deshalb haben sie mich bei meinen Handelsreisen begleitet. Da es immer mehr Anfragen zu meiner Transportkiste gab, haben wir beschlossen, diese zu fertigen und zu verkaufen. Dieser Ort war ideal dafür, da er verlassen war. Die Bewohner wollten wegen des Unglücks nicht zurück, also haben wir hier unsere Werkstatt errichtet." Reavaer hört der Erzählung fasziniert zu. Endlich erfährt er, wie es seiner kleinen Familie erging, nachdem er weg war. „Es hat eine gefühlte Ewigkeit gedauert, bis wir die Wagen produzieren konnten. Wir brauchten das Rohmaterial, die Arbeitskräfte und so weiter. Als die Organisation der Werkstatt einigermaßen übersichtlich war, haben die anderen mir die Leitung über die Werkstatt überlassen und sind auf Erkundungen zu Magren-Siedlungen gereist. Später sind sie sogar mit einzelnen Magrennar zurückgekommen und haben sie zum Bleiben überredet. Wie sie das gemacht haben, müsst Ihr Firin und Foleras selbst fragen. Jedenfalls haben die Magrennar auch Arbeiten übernommen und wurden Teil der Gesellschaft." Palozo fasst die Geschichte sehr kurz und erzählt nur den groben Rahmen. „Genau das habe ich mir immer gewünscht. Wo sind die drei jetzt?" Immer noch mit verschränkten Armen blickt er Reavaer streng an. Dann seufzt er jedoch tief und lehnt sich auf seinem Tisch nach vorne. „Na gut, ich sage Euch, wo die anderen sich normalerweise herumtreiben. Immerhin haben sie lange auf Euch gewartet. Doch hättet Ihr auch viel früher zurückkommen können", wird Reavaer getadelt. Reavaer wiederum reagiert nur stumm mit einem Nicken. „Firin ist meistens unter Leuten. Sie kümmert sich gerne um die Magonar und Magrennar in der Siedlung und geht sicher, dass alles in Ordnung ist. Falls Ihr sie in der Siedlung nicht finden solltet, ist sie am Strand und schaut aufs Meer. Sihl ist auf der anderen Seite der Siedlung in dem Gebiet, wo die ganzen Zelte stehen. Er ist unser Bindeglied zu den ganzen Magrennar-Völkern. Foleras ist meist auch bei den Magrennar und unterstützt Sihl", gibt er Reavaer schließlich die sehnlichst erwarteten Informationen. „Vielen Dank, ich werde gleich nach ihnen sehen." Reavaer möchte sich sofort auf den Weg machen, steht auf und streckt Palozo die Hand entgegen. Der Händler sieht ihn noch einen Moment kritisch an, steht aber dann auch auf und schüttelt seine Hand. „Viel Glück, Ihr werdet es brauchen." Mit diesen Worten wird Reavaer von Palozo verabschiedet. Reavaer verabschiedet sich wiederum mit einem „Auf Wiedersehen". Dann verlässt er das Büro. Auf dem Weg zum Ausgang verabschiedet sich Reavaer ebenfalls von Mirinja, was sie auch kurz erwidert.

Draußen angekommen macht sich Reavaer auf den Weg Richtung Meer. Dort angekommen kann er Firin nicht erblicken, es sind einige Leute dort und erholen sich, führen Unterhaltungen und essen auch gemeinsam. Reavaer beschließt, am Rand des Strandes entlangzugehen. Energisch sieht er sich die Leute an, es sind Maginar und verschiedene Arten von Magrennar, die miteinander interagieren. Schließlich entdeckt er etwas Interessantes, eine Gruppe von Magi'inar, die am Strand sitzen und aufs Meer hinausschauen. Als er näherkommt, hört er, dass die Kleinen singen. Unter den Magi'inar sieht er auch einen Blondschopf mit einer langen welligen Mähne sitzen. Er kann ihr Gesicht nicht sehen, aber diese Haarpracht kann nur Firin gehören. Um den Gesang nicht zu stören, setzt er sich am Rand der Gruppe dazu. Reavaer und Miha schlenkern mit der Melodie. Als die Kleinen das Lied beenden, herrscht Stille.

„Das war schön, wie nennt sich dieses Lied?", fragt Reavaer mit gedämpfter Stimme, fast flüsternd für den Fall, dass sie ein neues Lied anstimmen wollen. Die Magi'inar in seiner Nähe wenden sich ihm zu. „Das Lied heißt ‚Komm zurück, du Doofi'", wird ihm von einer nahe sitzenden Maga'a erklärt. „Das ist aber gemein. Warum sollte die Person zurückkommen, wenn man diese als Doofi bezeichnet?", murmelt Reavaer vor sich hin. Die

Gruppe der Magi'inar kichert über seinen Kommentar. Wieder zu Firin schauend, sieht er nun, dass sie aufgestanden ist und sich zu ihm gedreht hat. Er reagiert darauf, indem er sich wieder erhebt, jedoch nicht aufsteht, sondern auf einem Knie hockt, um auf Augenhöhe zu sein. „Doofi meldet sich zurück", kommt es vorsichtig von ihm, da er nicht weiß, wie sie auf seine Rückkehr reagieren wird.

Mit großen Augen und geschocktem Gesichtsausdruck geht sie auf Reavaer zu. Ab und zu sieht sie nach links und rechts. Direkt vor ihm stehend tippt sie seine Schulter an. „Bist du echt?", fragt sie mit zittriger Stimme. „Ja, ich bin wirklich hier. Tut mir leid, dass ich so lange gebraucht habe", gibt er unter ständigem Augenkontakt zurück. Firin legt ihm die Hände auf die Schultern und kommt noch näher. Sie umarmt ihn fest und legt ihr Gesicht in seinen Nacken. Danach ist ein leises Wimmern von ihr zu hören. Reavaer umarmt wiederum ihren Rücken. Fest aneinandergedrückt verweilen sie, während das Weinen von Firin immer lauter wird. Schon bald schluchzt und schnieft sie laut, sodass sich alle Maginar und auch Magrennar um sie versammeln. Die Leute fangen an, zu tuscheln und zu flüstern.

„Haaaa!", kommt es von Miha, die aus der Tasche hinaufkriecht auf die Schultern der beiden. Die kleine Schlange legt ihre Arme um die Köpfe der beiden, so gut sie kann. Nach einer gefühlten Ewigkeit lässt Firin wieder von Reavaer ab. Mit aufgequollenen Augen aber mit einem Lächeln sieht sie nun zwischen Reavaer und Miha hin und her. „Hehe, hast du uns etwa ersetzt?" Firin kehrt zu ihrem stichelnden Sarkasmus zurück.

„Ihr seid unersetzlich für mich. Ich bin sehr weit herumgekommen und du weißt, dass ich alleine hilflos bin." Reavaer steht wieder auf, während er den Kopf von Firin tätschelt. „Hihi, ja, alleine weißt du nicht wohin." Wieder aufgeheitert wischt sich Firin die Tränen aus dem Gesicht. „Der Ort hier ist beeindruckend. Als ich hier ankam, wusste ich nicht, wohin zuerst. Da führte mich mein Weg zufällig zu Palozo, und er hat mir die Geschichte zu der Ortschaft erzählt. Ich bin sehr beeindruckt, was ihr hier geschaffen habt", wechselt Reavaer das Thema. „Toll, nicht wahr? Das war aber auch notwendig. Als Sihl immer größer wurde, misstrauten die anderen Maginar ihm immer mehr. Wir mussten uns eine eigene Siedlung aufbauen, in der Magrennar normale Bewohner sind. Ich hatte immer deine Worte im Kopf, als du gesagt hast, dass Sihl normal und geborgen aufwachsen soll, und das war nur möglich unter seinesgleichen." Firin beruhigt sich, während sie ihren Werdegang berichtet. „Ich habe nie daran gezweifelt, dass du richtig handeln wirst. Das Ergebnis deiner Bemühungen ist wirklich großartig", lobt Reavaer die Kleine weiter. „Es war die Mühe von uns allen. Komm, wir suchen mal die Leute, die dich noch von früher kennen." Firin nimmt Reavaers Hand, um in weiter herumzuführen. Firin möchte schon losgehen, als sie die Leute um sie herumstehen sieht. „Ihr könnt weitermachen!", weist sie an und wendet sich dann zu den Magi'inar am Strand. „Und ihr geht nach Hause, räumt euer Zuhause auf, bis eure Eltern zurückkommen." Alle hören auf sie. Die Menge löst sich auf, auch wenn die Magi'inar, die vorher mit ihr gesungen haben, nun motzend nach Hause gehen. „Du führst hier mit einer strengen Hand." Reavaer sieht sich um und beobachtet, wie jeder auf Firins Anweisung hört. „Jeder muss sich an die Regeln halten, und meine Worte sind die Regeln, hehe. Ah, da hinten ist Foleras. Er trainiert die Leute im Nahkampf. Er hat eine große Leidenschaft für den direkten Kampf ohne Elementarmagie. Foooleraaaas!", ruft sie schließlich zu den Leuten am Übungsplatz. „Schau mal, wer hier ist!" Foleras, der gerade mit einem Magren trainiert, sieht gleich in die Richtung des Geschreis. „Wo kommst du denn so plötzlich her?!", brüllt Foleras zurück. Als Reavaer und Firin dann bei ihm ankommen, geben sich die beiden direkt die Hände. „Die lange Reise hat mich endlich wieder hierhergeführt. Und ich bin begeistert davon, was ihr aus dem Ort gemacht habt. Trotz der unterschiedlichen Völker ist es so friedlich", lenkt Reavaer die Unterhaltung gleich von seiner Abwesenheit weg. „Wir sorgen dafür, dass es hier friedlich bleibt. Deshalb trainieren wir hier unsere Verteidigung, auch mit direktem Kontakt. Die Meute hier bevorzugt den Kampf mit ihren Zähnen und Klauen."

Hinter Foleras sind einige Tiger-, Wolfs- und Puma-Magrennar im Halbkreis aufgestellt. „Deine Kollegen sehen sehr fähig aus, um hier den Frieden erhalten zu können. Da sich die meisten Bewohner dieser Welt auf elementare Magie verlassen, haben sie einer guten elementaren Verteidigung und Nahkampf wenig entgegenzusetzen. Es sollte nur darauf geachtet werden, Störenfriede nicht direkt ins Unleben zu schicken", gibt Reavaer seine Bewertung zu den Kämpfern ab. „Ganz genau! Damit sich alle sicher fühlen, kümmern wir uns darum, dass niemandem etwas geschieht. Weder unseren Leuten noch den Störenfrieden. Randalierer werden hier rausgeworfen und verbreiten die Kunde, was das hier für ein furchtbarer Ort ist. Und seltsamerweise kommen danach noch mehr Leute zu Besuch!" Foleras lacht laut. „Wie wäre es? Möchtest du dich im Nahkampf probieren?" Foleras ist begeistert, einen neuen Gegner gefunden zu haben. „Momentan möchte ich lieber den Ort erkunden und die Leute kennenlernen. Sobald ich mich hier eingelebt habe, werde ich gerne an euren Übungen teilnehmen", kommt die vorläufige Absage von Reavaer.

„Dann vertagen wir das. Ich werde euch begleiten, das könnte noch interessant werden." Foleras grinst bis über beide Ohren. Reavaer sieht Firin an.

„Ich bin schon gespannt, führ mich bitte weiter herum." Reavaer möchte eigentlich so schnell wie möglich Sihl wiedersehen, spricht es aber nicht direkt aus. Firin könnte denken, er ist nur wegen Sihl zurückgekommen. Firin nimmt seine Hand und zieht ihn weiter, während Foleras den Magrennar Handzeichen gibt, dass ihr Training beendet ist. „So groß ist der Ort nicht, es bleiben nur noch die Unterkünfte der Schlangen." Sobald Firin Schlangen erwähnt, folgt er ihr wie in Trance. Doch besinnt er sich schnell wieder, er lässt seine Erwartungen und Wünsche fallen, damit er nicht enttäuscht werden kann. Sie müssen nur einen Steinwurf weit gehen, aber für Reavaer ist es die längste Strecke, die er jemals gewandert ist. Es stehen mehrere dunkel gefärbte Zelte zusammen. Firin und Foleras führen Reavaer zum größten der Zelte. „Darin ist die letzte Person, die dich noch von früher kennt", enthüllt Firin. Reavaer bleibt daraufhin wie versteinert stehen. Der kleine Blondschopf wusste genau, was das für einen Effekt auf Reavaer haben wird, und lacht laut auf, gefolgt von Foleras. Sie lässt seine Hand los und läuft zum Zelt. Kurzerhand betritt sie das Zelt, man hört sie reden, doch Reavaer kann nicht verstehen, was sie sagt. Nervös schaut Reavaer auf sich herab. Er fürchtet, die Tasche könnte ihn stören, deshalb nimmt er sie ab. „Könntest du bitte kurz darauf aufpassen?", fragt er an Foleras gerichtet und übergibt ihm diese. Miha lugt daraus hervor, doch Reavaer vergisst völlig darauf, sie Foleras vorzustellen. Kaum dreht sich Reavaer wieder zurück und streift sich die Kleidung glatt, geht auch schon das Tuch des Zeltes zur Seite. Eine grün-braune Schlange, nur ein wenig kleiner als Reavaer selbst, kommt herausgeschlängelt.

Mit schnellen Blicken erkennt Reavaer die Merkmale von Sihl wieder. Die Musterung seiner Haut und sein Gesicht, auch wenn es nun schlanker ist, lassen keinen Zweifel. Immer noch versteinert und mit ausdruckslosem Gesicht steht Reavaer da. Unsicher, ob Sihl eine gute Meinung von ihm hat, traut er sich nicht, an ihn heranzutreten.

„Isszz habe auf disszz gewartet", kommt es nur trocken von Sihl. Doch Reavaer ermutigt der kurze Satz dazu, nach vorne zu gehen und seine Hände auf Sihls Schultern zu legen. Die Schlange wiederum ergreift die Arme von Reavaer, die ihn halten. Nun schließt Reavaer die Person, um die er sich so lange gesorgt hatte, in die Arme.

„Ich bin zu Hause", kann er nur von sich geben. Sihl umarmt ihn ebenfalls und gibt wie früher einen summenden Seufzer von sich. Die Begeisterung reißt Firin mit. Sie hopst, aufgeregt über die bewegende Szene vor ihr. Sie kann nicht an sich halten und umarmt die beiden ebenfalls. Nach einer gefühlten Ewigkeit, bei der sich auch eine Menge gebildet hat, trennen sich die Umarmenden wieder. „Ihr müsst mir unbedingt erzählen, was euch alles passiert ist und was ihr erlebt habt. Ich habe eine kurze Zusammenfassung von Palozo bekommen, aber ich möchte jede Einzelheit wissen", möchte Reavaer so viel wie möglich mit seinen Lieben nachholen. „Wir werden dir allesszz berisszzten. Alsszz Eersszztes lasszz misszz dir jemanden vorsszztellen", erwidert Sihl, wendet sich zum Zelt und gibt einige Zischlaute von sich. Daraufhin kommt eine andere Schlange heraus. Sie ist Sand gelb, etwas kleiner und zierlicher als Sihl. „Isszz mösszzte dir vorsszztellen: Misszzaha, meine Gefährtien", stellt Sihl vor. Ganz aufgelöst sieht Reavaer zwischen Sihl und Misaha hin und her. „Eine Gefährtin? Hast du auch eine Familie?", fragt Reavaer noch mal nach, sobald er begriffen hat, was ihm mitgeteilt wurde. Doch ohne eine Antwort abzuwarten, tritt er an Misaha heran und legt einen Arm ums sie. „Mmmhh." Von ihr wiederum kommt ein hoher Seufzer. „Wir haben zzsswei kleine Sszzlangen ... Nun ... Eigentlisszz drei. Dosszz ein Ei wurde unsszz gessztohlen. Ein verräterrisszzer Händler isszzt in einer kalten Nasszzt in unsszzer Zzsselt eingedrungen und hat esszz mitgenommen. Wir konnten weder den Händler nosszz dasszz Ei finden." Jeder der Umstehenden sieht bedrückt aus wegen der Geschichte. Dieser Vorfall ist im ganzen Ort bekannt und es schmerzt alle Anwesenden. Reavaer ist anfangs bestürzt, doch dann verbindet er die Geschehnisse in seinen Gedanken. Einen Moment lang ist sein Blick abwesend. „Ich möchte euch eine Geschichte über meine Reise hierher erzählen", fängt Reavaer ruhig und gelassen an zu sprechen. „Es fing an, als ich vor einiger Zeit hoch im Norden war. Mein Ziel war es, hierher zurück zu kommen. So bin ich immer Richtung Süden gewandert. Dann kam ich an eine Stadt, die mich nicht hineinlassen wollte. Ich kenne nicht einmal den Namen dieser Stadt, da mich die Bewohner so erzürnt haben. Ich wollte unbedingt hinein, denn ein kleines Licht, ein Gefühl hat mich zu dem Zentrum der Stadt gezogen. So habe ich mir gewaltsam Zutritt verschafft und im Zentrum war ein großes Gebäude, in dem viele verschiedene Magrennar- Arten gefangen waren. Dort habe ich mein kleines Licht gefunden." Er unterbricht die Geschichte und geht zur Tasche, die immer noch von Foleras gehalten wird. Reavaer nimmt ihm die Tasche ab und holt Miha heraus. Die Tasche selbst lässt er daraufhin fallen und wendet sich wieder zu Sihl und Misaha. „Die Kleine hier war mein Licht, welches mich in die Stadt geleitet hat. Ich konnte es mir damals nicht erklären, aber nun ist es mir klar. Sie muss aus dem Ei geschlüpft sein, das euch entwendet wurde. Das Licht, das welches ich in dich gesetzt habe, ist einzigartig, damit ich dich wiederfinde. Ein wenig davon ist in sie übergegangen und deswegen konnte ich sie aus einer großen Ferne sehen." Am Ende seiner Geschichte hält er Miha in seiner Handfläche liegend direkt vor Sihl. Die beiden Schlangen züngeln sich einige Momente an, dann wendet sich Sihl zu Misaha und zischt ihr einige Laute zu. Misaha schlängelt sich daraufhin neben Sihl. „Ha! Miha!", ruft sie den zwei erwachsenen Schlangen vor sich begeistert zu. „Saah-Haah!", kommt es ebenfalls begeistert von Misaha. Sofort nimmt sie Miha von Reavaers Hand. „Isszz habe es nisszzt zzssu hoffen gewagt. Die Familie isszzt wieder vollsszzständisszz." Sihl streicht der kleinen Schlange über den Kopf, während ihre Mutter sie von unten krault. „Es ist schön, die Familie wieder vereint zu sehen." Sihl wendet sich Reavaer zu und legt ihm die freie Hand auf die Schulter. „Nun, da die ganzzsse Familie wieder vereint isszzt, müsszzen wir unsszz alle kennenlernen. Isszz weissz nisszzt mehr viel von der Zzzeit, bevor du weg bisszzt. Hauptsässzzlich die Gesszzisszzten von Firin und Folerasszz." Reavaer hatte nicht erwartet, so schnell von Sihl und auch den anderen akzeptiert zu werden. Er starrt Sihl gedankenversunken an, bis er von einem lauten Zischen von Misaha aus den Gedanken gerissen wird. Sie zeigt Sihl den Bauch und Brustbereich von Miha. „Sszzie hat Narben, was isszzt ihr zzssugesszztosszzen!?" Reavaer hatte die Verletzungen und die dazugehörigen Narben ganz vergessen, natürlich sieht es für ihre Eltern dramatisch aus. „Nur mit der Ruhe, ich werde euch alles erzählen." Bevor Reavaer anfangen kann zu erzählen, öffnet Sihl den Eingang zum Zelt. „Lasszzt unsszz drinnen sszzprechen." Mit diesen Worten bittet er alle hinein. Misaha, Firin, Foleras, Reavaer und als Letzter Sihl betreten das Zelt. „Sehr warm hier", kommentiert Reavaer, während er sich umsieht und zwei kleine Schlangen erblickt, die am Rand miteinander rangeln. Sihl ruft diese mit einem Zischen zu sich und sie gehorchen. „Wir mögen esszz warm", bekommt er schnippisch zurück, woraufhin sich alle mitten im Zelt im Kreis hinsetzen. Reavaer mag Sihls freche Antwort. Er möchte ihn unbedingt näher kennenlernen, doch erst mal setzt er sich zu den anderen. „Lieber zu warm als zu kalt. Doch um zum meiner Erklärung zurückzukommen ...", findet Reavaer seinen Erzählfaden wieder. Er berichtet, wie die Wachen niemanden hineinlassen wollten, er sich jedoch gewaltsam Zutritt verschaffte. Unwichtige Details lässt er weg. „... Als wir das Gebäude inmitten der Stadt betreten hatten, wurden wir von einem seltsamen Mago überrascht. Er hatte eine sehr mächtige Art der Seelensammlermagie. Glücklicherweise konnte diese Magie mir wenig anhaben, da ich keinen Körper habe, dem man die Seele entnehmen kann, ich bestehe fast ausschließlich aus Seele." Reavaer macht immer wieder Pausen, in denen Sihl die Geschichte seiner Schlangenfamilie übersetzen kann. Reavaer achtet dabei genau auf die Zischlaute, die er macht. „Jedenfalls habe ich diesen ihn ein Gefängnis gesperrt, in dem seine Kräfte ihm nichts nützen. Die Stadtbewohner werden eine lange Zeit brauchen, um ihn da heraus zu holen. Ich kenne nicht mal seinen Namen, denn was ich dort gesehen hatte, hat mich so erbost, dass ich kein Interesse an einem Gespräch mit ihm hatte. In dem Gebäude waren viele verschiedene Magrennar- Arten eingesperrt. Wir haben sie befreit und unter den Magrennar war auch Miha." Die Kleine horcht auf, als sie ihren Namen hört, widmet sich aber schnell wieder der liebevollen Aufmerksamkeit ihrer Mutter. An der Übersetzung ihres Vaters hat sie auch kein Interesse. „Sie war in einem Käfig, der von der Decke hing. Nicht groß genug, um sich sonderlich zu bewegen und mit ihr beschäftigt haben sie sich auch nicht wirklich. Wozu dieser Raum voll von Gefangenen war, weiß ich bis heute nicht. Jedenfalls lag sie dort so lange in einer Position, dass ihr eigenes Körpergewicht sie auf das Bodengitter gedrückt hat, bis dieses sich ihn ihre Haut gebohrt hat. Solange sie dort gelegen ist, hat sie nicht viel gespürt und wohl meist geschlafen, aber als ich sie herausgeholt habe, wurde es sehr schmerzhaft für sie. Ich habe die Wunden so gut es geht gereinigt und verbunden. Danach ist sie mit uns auf Reisen gewesen", beendet Reavaer die Erzählung. Jeder der Anwesenden ist schockiert und bedrückt über das Schicksal der Kleinen. „Sie hat sich davon jedoch gut erholt. Sie hat weder Ängste entwickelt noch Alpträume davon. Wir sollten genau wie sie nur nach vorne sehen", fügt Reavaer hinzu, um die gedrückte Stimmung ein wenig zu heben.

„Man hat ihr eine lange Zzsseit ihrer Kindheit genommen. Isszz hoffe, sie kann unsszzere Sszzprasszze nosszz lernen", äußert Sihl seine Bedenken zur geistigen Entwicklung von Miha. „Das ist kein Problem, sie ist sehr schlau und lernt schnell. Ach ja, und sie kann bereits eine Sprache, zumindest im Ansatz." Reavaer wendet sich zu Miha, die von Misaha gehalten wird. Er streckt seine Hände zu der Kleinen, schaut aber zu Misaha. „Darf ich?" Sie versteht zwar die Worte nicht, aber die Geste und legt Miha in seine Hände. „EEEJUH EKIIIH", spricht er zu der Kleinen in der Drachensprache, dass die großen Schlangen ihre Eltern sind. „EKIIIH OOODEH", entgegnet sie verwirrt in derselben Sprache, denn sie glaubt, Reavaer sei ihre einzige Familie. „OTOOOH IKEEEH." Reavaer stellt klar, eigentlich ihr Großvater zu sein. Sie legt den Kopf schief, denn diese neue Enthüllung macht keinen großen Unterschied für sie. Anstatt weiter zu diskutieren, schlängelt sie sich hinauf zu Reavaers Schulter und umarmt sein halbes Gesicht. Erst jetzt fällt ihm auf, wie groß Miha geworden ist. Sie legt ihren Schweif über beide seiner Schultern. Als Reavaer sich wieder den anderen zuwendet, sieht er heruntergeklappte Kinnladen. Besonders die Mäuler von Sihl und Misaha hängen fast senkrecht herunter. „Oh, ach ja, wir haben die Drachensprache gelernt", versucht er zu erklären. „Was zum?! Da erlebst du aufregendsten Abenteuer und ich bin nicht dabei!", beschwert sich Firin. „Abgesehen davon, außer Sihl gab es bisher keinen Magren, der eine andere Sprache sprechen konnte außer die der eigenen Art", erklärt sie weiter, immer noch aufgewühlt. „Naja, in diesem Fall ... Überraschung!" Reavaer streckt die Arme dabei präsentierend schelmisch auseinander. „Miha ha!", ruft Miha und macht es ihm nach.

Alle Beobachter dieser skurrilen Vorstellung lachen laut auf. Die Überraschung über die Drachensprache weicht der Heiterkeit. Misaha nimmt Miha wieder an sich, sie möchte ihre lange verschollene Kleine wieder bei sich haben. Reavaer wiederum sieht interessiert zu den anderen jungen Schlangen, die sich bei Sihl aufhalten. Kurzerhand macht er einige Zischlaute zu den Kleinen. Alle Schlangen, ob groß oder klein, schauen ihn an. Reavaer macht die Laute noch einmal und streckt ihnen seine Hände einladend entgegen. Die beiden schauen verwirrt zu ihrem Vater hoch. Sihl schickt die beiden Jungschlangen zu Reavaer, der sie sofort in die Arme nimmt. „Du kannsszzt alsszzo ausszz die Sszzlangen-Sszzprache?" Sihl ist nach den ganzen Überraschungen und Geschichten sehr gefasst, auch wenn Reavaer nun auch noch Schlangenworte spricht. „Nein, absolut nicht. Ich habe keine Ahnung von der Sprache der Schlangen. Vorhin habe ich dich Übersetzen gehört und habe es wiederholt, um ihre Aufmerksamkeit zu bekommen", muss Reavaer gestehen, was den Anwesenden, die ihn verstehen, wieder ein Lachen entlockt. Die Stimmung im Zelt bleibt fröhlich. Erst als die Sonne ihren Höchststand erreicht, verlassen sie das Zelt, um zu Mittag zu essen. Reavaer lauscht allen Geschichten, jeder Anekdote und all ihren Errungenschaften sowie Niederlagen während seiner Abwesenheit. Er selbst erzählt die Geschichten von der Zeit, nachdem er im Norden in Aldin wieder aufgetaucht ist. Er berichtet über seine Erfolge und auch die Missstände in der Welt.

Die nächsten Monate verbringt Reavaer damit, sich einzuleben. Er lernt die Bewohner des Küstendorfes kennen, sieht den Kleinen beim Wachsen zu und hilft überall aus. Alle Bewohner sind beeindruckt von seinen Vorschlägen für den Ort, seine Weitsicht reicht weiter voraus als die von jedem anderen. Die Produktion der Transportkisten wird verbessert und auch die Erweiterung des Dorfes wird geplant. Dank der ganzen Magrennar haben alle Bewohner gelernt, mit den Pflanzen zusammenzuleben. Sie laufen fast gar keine Gefahr, von Bäumen und Gras verletzt zu werden. An einem besonders warmen Tag ergibt es sich, dass Sihl und Reavaer nur zu zweit unter dem Schatten eines Baumes liegen. „Darf ich dir etwas anvertrauen, was ich sonst niemandem erzählt habe?", fragt Reavaer aus heiterem Himmel. „Isszz hätte nisszzt gedasszzt, dasszz esszz etwasszz gibt, wasszz du nisszzt den anderen erzzssählen willsszzt", wundert sich Sihl ein wenig, bleibt aber gelassen liegen. „So wichtig ist es nicht, aber ich verspüre das Bedürfnis, es jemandem zu erzählen." Reavaer bleibt genauso gelassen und schaut weiter zum Himmel. „Dann bin isszz mal gesszzpannt." Sihl hat von Reavaer so viele seltsame und unglaubliche Geschichten gehört, er denkt, nicht mehr schockiert werden zu können. „Weißt du, die Kontrolle über die verschiedenen Elemente wie Eis oder Sand, das sind nicht meine wahren Fähigkeiten. Auch mein Talent für Licht und Transfusionsmagie nicht. Meine Klugheit, die mich Sprachen und alles andere so schnell lernen lässt, ist auch nicht die Quelle meiner Macht", erklärt Reavaer, woraufhin Sihl sich neugierig hinsetzt. „Wasszz isszzt dann deine Quelle?" Sihl ist sehr gespannt, was Reavaer ihm sagen wird. „Ich habe schicksalhaftes Glück. Zumindest ist das die beste Erklärung für meine Reise." Sihl antwortet nicht auf diese Aussage, er schaut nur erwartungsvoll auf Reavaer herab. Reavaer wiederum blickt Sihl an. „Du wirst sicher bemerkt haben, dass Firin und ich keinen Tag gealtert sind. Ich für meinen Teil wurde aus dem Unleben wiedererweckt. Meine Form, die du hier siehst, ist nur ein Trugbild. Im Grunde bin ich nur eine Seele, die sehr kreativ mit den Naturgesetzen umgeht. Nur durch spezielle und glückliche Umstände bin ich zurück aus dem Unleben gebracht worden. Genauso wie bei Firin. Ihr Körper hat sich ihrer Seele angepasst und diese Seele ist nur ein Fragment einer Seele. Deshalb wird sie niemals wachsen. Danach hat jede Station meiner Reise mir neue Fähigkeiten und Erfahrungen gegeben. Selbst als wir dir begegnet sind, hat mir das gezeigt, wie schön und zerbrechlich diese Welt ist." Nach Reavaers Rede sitzt Sihl noch einen Moment da und fängt lauthals an zu lachen. „Hahahaha … Weisszzt du, warum ich die Maginar-Sszzprache kann? Alsszz du fort bist, hasszzt du disszz mit meinem Versszztand verbunden. Isszz kann esszz genau vor mir sszzehen. Sszeitdem fiel esszz mir leisszzt, zu lernen und zzssu verssszztehen", erzählt Sihl wiederum von sich. „Hm, das hatte ich fast befürchtet. Ich wollte deinen Geist so unbeeinflusst wie möglich lassen. Doch als ich das Licht in dich gesetzt habe, bevor ich fort bin, habe ich wohl auch deinen Verstand ein wenig an die Maginar angepasst. Das tut mir sehr leid." Es schwingt viel Reue in Reavaers Stimme mit. „Isszz bin, wer isszz bin. Ob dasszz nun dein Werk isszzt oder nisszzt, isszzt unwisszztig. Meine Familie isszzt gesszzund und wieder vollsszztändig. Dasszz isszzt allesszz, wasszz zzssählt." Sihl antwortet gelassen. „Wenn ich ehrlich sein darf: Du hast dich genau so entwickelt, wie ich es mir gewünscht habe. Du verstehst Maginar und Magrennar, kannst zwischen ihnen vermitteln, hast eine Familie und hast einen guten Charakter. Bis jetzt hatte ich keinen Zweifel daran, in der Realität zu leben. Doch seit ich dich getroffen habe, kommt es mir wie ein Traum vor. Als würde ich noch immer unlebend in diesem Wald liegen", schüttet Reavaer der Schlange sein Herz aus. Sihl wiederum überlegt kurz und zwickt seinen Arm. „Autsch, was?" Reavaer setzt sich irritiert auf. „Wenn esszz wehgetan hat, kann esszz kein Traum sszzein." Reavaer schüttelt den Kopf aufgrund von Sihls Traumlogik. „Aus einem Traum als Unlebender könnte ich nicht aufwachen, ganz gleich, ob ich mir Schmerz einbilde", versucht er zu erklären. „Wenn Zzsswicken nisszzt hilft, könnte isszz aussszz beisszzen. Vielleisszzt weckt disszz dasszz auf?", setzt Sihl nach, woraufhin Reavaer noch weiter verwirrt wird. „Aber was … Das macht doch …" Als Reavaer noch versucht, die Situation zu erklären, schlängelt Sihl einige Schritte weg von ihm und lacht wieder. Nun wird Reavaer klar, dass Sihl ihn veralbern will. „Na warte, du dreister Jungspund", droht Reavaer gespielt und läuft auf Sihl zu, um ihn zu fangen. „Hahaha, du versusszzt eine Sszzlange im Grasszz zzssu fangen? Sszzlesszzte Idee, hahaha", amüsiert sich Sihl und weicht seinen Fangversuchen immer wieder aus. Reavaer benutzt keine magischen Fähigkeiten, um Sihl zu fangen. Beide nutzen lediglich ihr natürliches Geschick. Reavaer läuft Sihl hinterher und möchte ihn mit Sprüngen, schnellen Richtungswechseln und auch etwas Akrobatik zu fassen kriegen. Anders als Sihl muss er darauf achten, senkrecht auf das Gras zu treten und es dabei nicht zu verschieben. Sihl wiederum braucht sich darum keine Gedanken zu machen. Er gleitet ungehindert über das Gras und ist auch flexibel genug, um Reavaers Griffen auszuweichen. „Ich gebe auf. Diesen Kampf kann ich nicht gewinnen", kapituliert Reavaer schließlich nach etlichen erfolglosen Versuchen.

„Gut, dann lasszz unsszz die Paussze beenden. Wir brausszzen nosszz Fleisszzvorräte." Die beiden machen sich bereit, ihren Pflichten nachzugehen. „Ich kann einige Tiere im Wald gleich dort drüben erkennen", berichtet Reavaer, nachdem er sein Lichtauge benutzt hat, um Lebewesen aufzuspüren. „Wir sszzollten unsszz Tiere auf freier Ebene sszzuchen. Im Wald wäre esszz zzssu gefährlich für unsszz zzsswei allein", äußert Sihl seine Bedenken. „Ich verstehe, aber wenn wir alles einfach halten, sollten wir auch mit Tieren aus dem Wald fertig werden. Du kannst dich leichter im Wald bewegen. Könntest du eine Gruppe von Tieren heraustreiben, damit sie in meine Richtung kommen? Sobald sie den Wald verlassen, kümmere ich mich um sie." Der Plan von Reavaer ist schon fast zu einfach gehalten, doch Sihl stimmt zu. „Dann sszztell disszz da hin, isszz sszzeusszze sszzie dort hinausszz." Sihl zeigt auf ein Gebiet vor dem Wald, wo er plant, die Tiere herauszutreiben. Reavaer nickt und begibt sich zu seiner Position, während Sihl zum Wald schlängelt. „Sei vorsichtig!", ruft Reavaer der Schlange noch hinterher, woraufhin Sihl sich nur lachend einen Baum hinaufwindet. Es dauert nicht lange, da hört Reavaer bereits eine Stampede. Einige waldbewohnende Tiere stürmen zwischen den Bäumen hervor. Reavaer benutzt Eismagie und erschafft mehrere einzelne, ellenbogengroße Eissplitter. Diese schleudert er gezielt auf die Köpfe der Tiere. Mit einigen gezielten Treffern kann er die Hälfte der stürmenden Tiere ausschalten. Den Rest lässt er abziehen. Sihl zieht zwei Tiere selbst aus dem Wald. „Diesszze habe isszz mit meinem Gift erwisszzt, sszzie sszzind nur für Sszzlangen geniesszzbar. Reavaer hat ein Dutzend große Tiere und einige kleine Waldtiere erwischt. Wir sszzolten unsszz einen Sszzlurfi holen, um die zzssu transsszzportieren", schlägt Sihl wieder vor. „Nicht notwendig, das schaffen wir ohne." Sihl seufzt, Reavaer scheint immer alles besser zu wissen. „Du hast viel von Firin und Foleras gelernt, ich hoffe, du nimmst auch etwas von mir mit." Während Reavaer das sagt, erschafft er gleichzeitig eine knapp über dem Boden schwebende Plattform aus Eis. „Wirf einfach alles drauf." Zu zweit rollen und hieven die beiden die Tiere auf die Plattform. Die zwei vergifteten Tiere werden von Sihl markiert. Dann gehen beide neben der Plattform her zurück zum Dorf.

Die Wochen vergehen.

Reavaer mischt sich in alle Belange des Dorfes ein und bringt Vorschläge zur Verbesserung der Struktur und Effizienz vor. Das Kampftraining von Foleras lässt er aus. Durch die ganzen Magrennar im Ort ist die Sicherheit ohnehin sehr hoch. Auch hat er kein Interesse an den Übungen, aber Foleras drängt Reavaer immer öfter, daran teilzunehmen. „Reavaer, du solltest dringend etwas Nahkampf lernen! Du verlässt dich zu sehr auf deine magischen Fertigkeiten. Da du keine körperverstärkende Magie besitzt, solltest du zumindest so fit sein wie möglich!", ist die Argumentation von Foleras. Seufzend stimmt Reavaer zu und folgt ihm zum Trainingsplatz. „Sehr gut, heute haben wir einige Anfänger! Du wirst mir mit den Übungen assistieren!" Foleras ist sehr motiviert und brüllt unbewusst. Dabei macht er einfache Handzeichen zu den Magrennar, damit sie wissen, welche Übungen sie diesmal durchnehmen. „Du übst mit mir. Halte die Arme so vor dich und blocke meine Schläge ab. Wir fangen langsam an." Foleras macht es Reavaer vor und fängt dann an, anzugreifen. Anfangs hält er sich an die Technik von Foleras, aber nach kurzer Zeit ändern sich die Bewegungen und Reaktionen von Reavaer. Er öffnet die Hände und pariert mit den Händen und dem ganzen Unterarm, gleichzeitig verlagert er auch sein Gewicht je nach Schlagrichtung. Anfangs ist Foleras noch beeindruckt. Doch schon bald wird er immer irritierter, da er nicht durch Reavaers Abwehr kommt, selbst wenn er es versucht. „Du hast also eine Technik, mal sehen, ob du das abwehren kannst?!" Ohne sich zurückzuhalten, schlägt Foleras mit voller Kraft auf Reavaer ein. Dieser spürt die Schlagrichtung mit seinem Arm und kann dank Gewichtsverlagerung ausweichen. Als der Schlag ins Leere geht, greift er den Arm von Foleras und dreht sich schnell. Er nimmt den Schwung mit und wirft Foleras über seine Schulter. Dieser wird dank seiner eigenen Kraft zwei Schritte weiter geschleudert. Reavaer stellt sich neben ihn. „Alles in Ordnung?", fragt er, über Foleras gebeugt, der bewegungslos auf dem Boden liegen bleibt. Die umstehenden Magrennar machen sich schon Sorgen. „Wo hast du denn solche Bewegungen gelernt?!", brüllt Foleras begeistert, nach wie vor liegend. „Von Meistern der Kampfkunst. Auf langen Reisen begegnet man vielen interessanten Leuten. Manche davon sind Meister verschiedener Kampfkünste", bekommt Foleras als Antwort, während ihm von Reavaer dabei geholfen wird, wieder aufzustehen. „Ha! Ich bin ziemlich weit herumgekommen, aber bin niemals Maginar begegnet, die so was können! Du musst mir das unbedingt beibringen!" Reavaer schweigt, aber nickt auf Foleras' Bitte. Für den Rest der Übungszeit trainiert Reavaer Foleras und die anwesenden Maginar und Magrennar sehen ihnen zu. Foleras lernt so manches über Hebelwirkungen der Gelenke, stabilen Stand durch Gewichtsverlagerung und eine wirksame Abwehr gefolgt von schnellen kurzen Angriffen. Nachdem Foleras die Übungsstunde beendet hat, wendet er sich noch mal an Reavaer. „Es scheint, als bräuchte ich Einzelstunden bei dir, damit ich das mit den anderen auch üben kann. Ich will diese Techniken unbedingt meistern!" Foleras' Leidenschaft kennt keine Grenzen. „Es sollten aber nur wir beide sein. Ich mag es nicht, wenn andere mich zu Boden gehen sehen, hehe", gesteht Foleras verlegen. Reavaer sieht ihn kurz mit abwesendem Blick an. „Gut, sag mir wann, und ich werde dir fernab von neugierigen Blicken alles beibringen, was ich weiß." Zufrieden gehen beide zurück an ihre Pflichten.

Sechs von sieben

Eine Woche später ist es so weit. Foleras überfällt Reavaer, nachdem dieser geholfen hat, Lebensmittel zuzubereiten. „Bist du bereit, mir ein wenig Unterricht zu geben? Ich freue mich bereits die ganze Woche darauf!" Foleras wirft sogleich den Arm um die Schulter von Reavaer, damit dieser nicht absagen kann. Reavaer wiederum bleibt gelassen. „Wo möchtest du üben?", entgegnet er nur. „Ein Platz weiter weg, nahe dem Wald im Süden. Wir haben dort trainiert, als alles etwas wilder war, hehe." Foleras denkt an die alte Zeit zurück und zeigt Reavaer sogleich den Weg zum abgelegenen Übungsplatz. „Das macht mich sehr neidisch. In dieser Phase wäre ich gerne dabei gewesen. Solche Zeiten, in denen alles neu und unbekannt ist, sind die besten." Reavaer klingt wehleidig. Foleras lacht und dann fangen die beiden an. Reavaer wiederholt mit ihm die Techniken. Foleras lernt, die Schwächen der Gelenke und die Kraft des Gegners gegen ihn zu nutzen. Gleichzeitig lernt Reavaer auch Schwächen in der Kampftechnik von Foleras kennen. Beide üben nur mit ihrer reinen Körperkraft, sie benutzen keinerlei Magie oder Verstärkung. Nach einer Weile ist Foleras müde, doch will vor lauter Begeisterung weiter trainieren. Reavaer sieht sich nach allen Richtungen um, auch nach oben zur Sonne. Den nächsten Griff, den Reavaer benutzt, kennt Foleras nicht und kann folglich nicht angemessen reagieren. Er wird grob zu Boden geworfen, ohne Zeit, zu reagieren.

Während Foleras noch benommen am Boden liegt, kniet sich Reavaer zu ihm herunter. Mit einem Knie über die Brust, damit Foleras sich nicht wegrollen kann, legt Reavaer drei Finger auf Foleras' Stirn. Dieser versucht sich noch zu befreien. Foleras aktiviert seine körperliche Verstärkung, kann ihn aber nicht wegdrücken, da er sein Bewusstsein verliert.

In dieser Position bleiben die beiden eine Weile.

Langsam öffnet Foleras seinen Mund. Ein grünes Leuchten scheint aus seinem Mund und langsam kommt eine kleiner grüner Orb heraus. Die Kugel schwebt und leuchtet hinauf zu Reavaer, während die beiden noch verbunden sind.

Reavaer braucht seine ganze Konzentration, um das Gefühlsfeld von Foleras zu sich zu übertragen. Auf halbem Weg hört Reavaer ein lautes Knurren hinter sich. Er ist in einer schutzlosen Situation und kann sich nicht verteidigen. Deswegen versucht er die Übertragung zu beschleunigen, damit er das Gefühlsfeld aufnehmen kann, bevor er von Foleras getrennt wird. Mit dem Gefühlsfeld vor seinem Gesicht sieht er eine Pranke aus den Augenwinkeln auf ihn zukommen. Reavaer wird von Foleras weggeschlagen, bevor er sich das grüne Gefühlsfeld einverleiben kann. Er wird einige Schritte weggeschleudert und braucht einen Moment, um seine Gedanken zu sammeln. Schnellstmöglich steht er auf und sieht sich um. Er sieht zu Foleras, der bewusstlos aber atmend daliegt. Die Person, die ihn weggeschlagen hat, war Groh der Tiger-Magren, den er bei seiner Ankunft getroffen hat. Das grüne Gefühlsfeld kann Reavaer nicht entdecken, er sieht zwischen Foleras und Groh hin und her. „Oh Mist", kommt es von Reavaer, als ihm klar wird, dass das Gefühlsfeld von dem Magren aufgenommen wurde. Es ist offensichtlich, dass Groh wütend auf Reavaer ist aufgrund dessen, was er mit Foleras getan hat. Der Tiger-Magren schlägt mehrmals auf Reavaer ein, dieser kann sich nur durch schnell erstellte Eisschilde vor den Prankenhieben verteidigen.

Reavaer passt sich den schnellen Hieben des Magren an, bis die Serie an Angriffen stoppt. Als Nächstes sieht er nur, wie eine Pranke von vorne seine Eiswand durchbricht. Ihm wird klar, dass Groh seine Stärke zurückgehalten hat und Reavaer eine zu schwache Verteidigung verwendet hat. Die Klaue greift Reavaers Kopf von oben und hebt ihn daran hoch. Reavaer reagiert, indem er den Unterarm mit seinen Armen umklammert und sich hinaufzieht. Er umklammert den Arm des Tigers und legt auch ein Bein darum, um sich oben zu halten. Mit dem freien

Fuß tritt Reavaer gegen den Oberkörper des Magren. Erst erwischt er die Brust, was Groh kaum verletzt. Reavaer setzt daraufhin niedriger an und stampft einmal unterhalb des Brustkorbes des Tigers. Das zeigt Wirkung, also setzt Reavaer nach und landet einen weiteren starken Treffer unterhalb der Brust. Der Griff an seinem Kopf lockert sich. Als Groh loslässt, fällt er vom Arm des Magren herab. Schnell rollt sich Reavaer auf den Bauch und springt auf die Beine. Sogleich geht Reavaer in die Offensive. Er erschafft mehrere große Brocken aus Eis, die er um sich herum schwebend kreisen lässt. Bei einem neuen Angriff des Magren hält sich Reavaer diesen mit den Eisbrocken vom Leib. Sie schlagen aus verschiedenen Richtungen abwechselnd auf Groh ein. Besonders konzentriert sich Reavaer darauf, den Kopf sowie Beine und Unterleib des Tigers zu treffen. Reavaer möchte ihn so ermüden und aufreiben, damit dieser nicht mehr kämpfen kann. Allerdings wird Groh durch die vielen Einschläge nicht müder, sondern nur wütender. Mit einem Satz springt der Tiger zurück, um dann mit Gebrüll nach vorne zu stürmen. Mit kräftigen Hieben zerschlägt er die ganzen schwebenden Eisbrocken, die ihn wieder aufhalten wollen. Reavaer sieht, dass seine Strategie fehlgeschlagen ist, springt auf einen seiner schwebenden Eisklumpen und lässt sich nach oben schleudern. Dadurch kann er über Groh hinwegspringen, der wiederum mit dem Kopf voraus in den Klumpen kracht. Das hält den Magren nicht weiter auf, er schüttelt sich das Eis vom Gesicht und dreht sich wieder zu Reavaer, der inzwischen zum Wald läuft. Schnell hat der Tiger ihn eingeholt. Mit einem weiten Satz springt Groh Reavaer an. Dieser duckt sich nach unten weg, wird aber von Groh ergriffen. Beide kugeln nach vorne, direkt vor einen Baum. Beim Aufstehen lässt Groh nicht los, so sehr Reavaer sich mit seinen Hebeltechniken auch befreien will. Der Magren bekommt ihn sogar mit beiden Händen um die Hüfte gepackt und kann ihn vom Boden heben. Reavaer greift die Daumen der Pranken, die ihn umklammern und möchte diese aufbiegen, um sich aus dem Griff zu befreien. Er schafft es, den Griff zu lockern, doch losgelassen wird er nicht. Mit Reavaer nun direkt vor sich öffnet Groh sein Maul, um ihn zu beißen. Was Reavaer nur verhindern kann, indem er sein Knie hochreißt, um damit gegen den Unterkiefer des Magren zu schlagen. Der Treffer lässt Groh nach hinten taumeln. Daraufhin setzt Reavaer nach, indem er einen Fuß gegen die Brust des Tigers legt, um sich in Position zu halten und mit dem anderen Fuß weiter gegen das Gesicht des Magren zu treten. Dieser taumelt immer weiter rückwärts, bis er an einem Baum lehnt. Sofort hört Reavaer auf zu treten und bleibt unbewegt in der Position, als ob er ein Ereignis erwarten würde.

Als nichts passiert, knurrt Groh selbstsicher. Wieder versucht er, Reavaer zu beißen, dieser hat wiederum nur seine Beine, um die Schnauze auf Abstand zu halten. Diesmal hat er nicht genug Platz zum Treten, er kann nur sein Schienbein in Scherenposition gegen den Hals des Tigers drücken, damit seine Zähne nicht herankommen. Lange kann er die Beine so nicht halten, er windet und schüttelt sich. Da spürt er etwas Hartes an seinem Rücken. Er hat noch ein Messer vom Dienst in der Küche im Hüftband stecken. Kurzerhand zieht er das Messer und hält es hoch. Groh hält inne, um reagieren zu können, falls Reavaer ihn damit angreift. „Ein wichtiger Rat, den mir ein Freund gegeben hat: Geh niemals ohne Messer aus dem Haus", redet Reavaer auf den Magren ein, der ihn ohnehin nicht versteht. Daraufhin schwingt er das Messer hinter seinem Kopf nach vorne und wirft es in die Richtung des Magren.

Es bleibt mit Abstand über dem Kopf des Tigers im Baum stecken. Erleichtert, da Reavaer ihn verfehlt hat, knurrt er wieder selbstsicher. Was ihm aber seltsam vorkommt, ist, dass Reavaer sich nun ganz klein macht. Seine Arme und Beine sind eingezogen und das Gesicht ist bedeckt. Bevor sich der Tiger versieht, reagiert der Baum auf das Messer, indem es mehrere große Explosionen auslöst, die die beiden wegschleudern.

Nach einem rauen Flug und einer schmerzhaften Landung im Gras sammelt Reavaer seine Gedanken. Jede Faser seines Körpers schmerzt, als er sich erhebt. Einige Schritte entfernt liegt Groh bewusstlos im Gras. Während Reavaer sich dem Magren nähert, prüft er an sich selbst, ob etwas gebrochen ist, doch stellt nur Prellungen fest. Er dreht den Tiger auf den Rücken und legt ihm die Finger auf die Stirn. Nach wenigen Augenblicken kommt das grün leuchtende Gefühlsfeld aus dem Maul des Magren. Diesmal wird Reavaer nicht unterbrochen und kann es in sich aufnehmen. Während die beiden noch verbunden sind, beschleunigt Reavaer die Heilung von Groh und lässt ihn die kürzlichen Ereignisse vergessen. Nachdem Reavaer die Verbindung getrennt hat, gibt er dem Magren leichte Ohrfeigen, um ihn aufzuwecken. „Wach auf, Großer!", ruft er dabei. Der Tiger-Magren kommt benommen zu sich. Da erhebt Reavaer sich wieder und sucht Foleras, der immer noch auf dem Übungsplatz liegt. Schwerfällig humpeln die beiden zu Foleras. Wiederum versucht Reavaer, ihn mit sanften Ohrfeigen und Rufen aufzuwecken, doch sein Schlaf ist zu tief. Besorgt hebt Groh Foleras vom Boden. Der Magren legt Foleras über seine Schulter. Groh knurrt Reavaer ein wenig an. Reavaer versteht, dass der Magren wissen will, was passiert ist. Reavaer dreht sich zu dem Baum, der sie weggeschleudert hat, und zeigt darauf. Groh kann sich keinen Reim darauf machen, was passiert ist, doch vor sich sieht er ein Bruchstück des Messergriffs. Vorsichtig hebt er das Stück mit zwei Krallenspitzen auf und riecht daran. Dann sieht er wieder zu Reavaer, der nur mit den Schultern zuckt. Unbefriedigt knurrt Groh, als er aufsteht. Zusammen gehen sie wieder zurück zur Siedlung.

In den nächsten Tagen bemerken die Bewohner eine Veränderung an Foleras. Seine Persönlichkeit ist dieselbe, doch wird er schnell müde und antriebslos. Firin und Sihl kommen deswegen auf Reavaer zu. „Reavaer, was ist mit Foleras passiert? Seitdem ihr zusammen trainiert habt, ist er so ... verändert", wird er von Firin gleich konfrontiert. „Er wird eben alt, so wie wir alle. Die Zeit holt uns alle ein. Er ist derselbe, auch wenn er von nun an kürzer treten muss", erklärt Reavaer den beiden. „Dasszz kam sszzo plötzzsslisszz. Isszz habe ihn nosszz nie sszzo kraftlosszz gesszzehen. Auf einmal hat er nisszzt mal halb sszzo viel Kraft wie vor eurem Training. Wassz isst da passzziert? Warum isszzt er ohnmässzztig geworden?", hakt Sihl noch mal nach. „Gut, ich erzähle euch, was vorgefallen ist. Als wir geübt haben, hat mein Angriff Foleras so sehr überrascht, dass er ohnmächtig geworden ist. Nichts Dramatisches, ich habe nicht versucht, ihn aufzuwecken. Ich habe ihn ausruhen lassen. Groh hat jedoch nur das Ergebnis gesehen und dachte, ich habe Foleras verletzen wollen. Da ich mich mit ihm noch nicht verständigen kann, konnte ich mich nicht erklären. Wir haben gerangelt, sind zu nahe an einen Baum gekommen und der Baum hat den Kampf schließlich mit einigen Explosionen beendet", fasst Reavaer schnell zusammen. Sihl und Firin sehen sich auf diese Erklärung hin gegenseitig an. „Was denkt ihr?", fragt Reavaer, als er deren zweifelnden Gesichtsausdruck sieht. „Sszzo hat er sszzisszz nosszz nie verhalten. Du bisszzt sszzo gut im Beobasszzten, desszzhalb dasszzten wir, du wüsszztesszzt, wasszz genau mit ihm passzziert isszzt?", bittet Sihl ihn um Rat. „Gehen wir ein Stück." Reavaer dreht sich zum Strand. Die anderen gehen neben ihm her. „Früher oder später wird sich alles ändern. Ihr könnt Veränderungen genauso wenig aufhalten wie ihr die Sonne am Auf- und Untergehen hindern könnt." Sie kommen am Strand an, wo Miha mit ihren Geschwistern spielt. Ihre Brüder versuchen sie dazu zu bewegen, ins Wasser zu gehen. Doch bereits die Schwanzspitze ins Wasser zu halten ist ihr ein Graus. „Seht euch Miha an. Es ist noch nicht lange her, da war sie klein genug, um auf meiner Schulter zu sitzen. Jetzt reicht sie mir zur Hüfte. Genauso wie du, Sihl, du hattest ebenfalls Platz auf meiner Schulter. Bei deiner Geburt konntest du dich um meinen Unterarm wickeln. Ich weiß das, als ob es gestern gewesen wäre. Doch die Zeiten ändern sich. Die Jungen werden groß und stark und die Alten werden kleiner und schwächer. Das ist der Kreislauf des Lebens. Und mit jeder neuen Generation kommen neue Ideen, neue Stärken und auch Schwächen in diese Welt. Nichts bleibt auf ewig erhalten." Reavaer sieht melancholisch zu Miha, als er dies erklärt. Die beiden müssen Reavaer zustimmen, auch wenn sie nicht wissen, ob dies auch wirklich auf Foleras zutrifft. Die nächsten Tage hilft Reavaer besonders dabei, eine geeignete Aufgabe für Foleras zu finden in seinem geschwächten Zustand.

Wenige Tage nachdem alles wieder seinen Gang geht, kommt Firin auf Reavaer zu. „Würdest du mir bitte die Technik beibringen, die Foleras so geschwächt hat? Dazu müssen wir aber zum alten Übungsplatz, oder?" Sie formuliert es als Frage, aber meint es eigentlich als Aufforderung. Denn sie geht, ohne eine Antwort abzuwarten, in Richtung des alten Übungsplatzes nahe dem Wald. Reavaer sieht ihr kurz nach, dann sieht er hoch zum Himmel. „Dann ist die schöne Zeit hier wohl bald vorbei ...", murmelt er vor sich hin, als er Firin folgt.

Wieder am alten Übungsplatz angekommen stellt sich Firin in die Mitte. „Nun, was habt ihr hier genau trainiert?" Ihre Stimme ist monoton und ihr Gesichtsausdruck fordernd. „Ich habe Foleras einige Hebeltechniken gezeigt, wie er es wollte." Ohne Aufforderung geht Reavaer zu Firin und hinunter auf ein Knie, um auf Augenhöhe zu sein. „Jetzt schlag mich, aber beweg die Faust langsam, damit ich dir die Technik an sich zeigen kann." Firin tut, was Reavaer ihr sagt. Er demonstriert ihr, wie die die Griffe und Techniken funktionieren. Nachdem sie diese einige Male gesehen hat, soll sie nun die Abwehrgriffe machen. Bei der langsamen Ausführung kommt sie mit, doch sobald es schneller wird, kann sie nicht mithalten. Reavaer trifft sie immer öfter. Gerade als er aufhören will, wird Firin ungeduldig, sie benutzt ihre Seelenmagie, um Reavaer im hohen Halbkreis über ihren Kopf auf seinen Rücken zu schleudern. Er liegt noch einen Moment überrumpelt da. „Eigentlich setzt man keine Magie bei der Übung ein, damit der Körper trainiert wird. Deine Muskeln müssen sich an die Bewegungen erinnern." Reavaer bleibt liegen, als er Firin belehrt. „Das ist mir egal, ich wollte es sowieso nicht lernen!" Firin wirkt frustriert. „Warum sollte ich dir die Technik dann zeigen?" Reavaer steht auf, als er fragt. „Ich wollte erfahren, wie Foleras seine ganze Kraft verlieren konnte? Welche deiner Übungen war so verheerend, dass er nun so schwach ist?" Auf Firins Anschuldigungen legt Reavaer seinen Kopf leicht schief. „Er ist nicht schwach. Im Grunde hat er jetzt normale Kraft und Ausdauer. Ich habe dir gesagt, dass niemand so ein hohes Tempo auf Dauer aushält, wie er es an den Tag gelegt hatte. Das ist alles", beteuert Reavaer erneut. „Ich habe Leute bereits altern sehen, ihre Ausdauer lässt nicht auf einmal so sehr nach wie bei Foleras. Außerdem weiß ich, dass Magren wie Groh keine explosiven Reaktionen bei Bäumen auslösen! Noch dazu konnte sich Groh an ein seltsames Dreieck über ihm erinnern." Auf diese Argumente von Firin blinzelt Reavaer nur verwundert. „Du konntest dich mit Groh unterhalten? Hast du etwa die Magren-Sprache ohne mich gelernt?", bekommt sie zurück. „Was? Mehr fällt dir an meiner Aussage nicht auf?" Sie seufzt. „Nein, ich habe Sihl übersetzen lassen und nun bleib bei der Sache!" Firin lässt nicht locker, bevor sie Antworten bekommen hat. Reavaer kniet sich wieder hinunter, um mit ihr auf Augenhöhe zu sein. „Wie es scheint, besitze ich nicht genug deines Vertrauens, damit du meinem Urteil vertraust. Dann werde ich dir sagen, was du wissen willst. Was du mit der Wahrheit tust, ist dann deine Sache." Firin schaut gespannt aber kritisch drein, als Reavaer eine Pause macht. „In Foleras' Körper war ein Gefühlsfeld. Es hat ihm zusätzliche Kraft verliehen und hat ihn jung gehalten. Doch dieses Feld war nicht seines, er hat es wohl irgendwo aufgenommen. Deswegen hat es nur sein eigenes Gemüt beeinflusst, aber diejenigen um ihn herum nicht. Das habe ich entfernt und jetzt ist er ein normaler Mago wie alle anderen. Mir ist klar, dass ihr euch an den übermächtigen Foleras gewöhnt habt, ich kenne ihn auch nicht anders. Aber das ist nun der Foleras, wie er geboren wurde", erklärt er nun ausschweifend. „Warum musstest du ihm das Feld wegnehmen? Ihm ging es doch gut." Nun da Firin die Wahrheit kennt, ist sie traurig. „Nur weil dich etwas für den Moment stark und fröhlich macht, ist es noch lange nicht gut für dich. Es wird irgendwann deinen Verstand und deinen Körper zerstören." Firin seufzt wieder, da sie diese Aussage glauben muss. „Und was nun? Soll ich mich auf noch mehr Überraschungen einstellen? Willst du Sihl auch wieder normal machen?" Misstrauen und Verbitterung sind deutlich in ihrer Stimme zu hören. „Sihl ist so normal, wie man nur sein kann, nachdem man mit mir verbunden war." Reavaer legt der Kleinen eine Hand auf die Schulter. „Nur du und ich sind übrig. Wir beide sind die letzten unnatürlichen Lebewesen, die nicht hierher gehören." Firin schlägt auf Reavaers Aussage seine Hand von der Schulter und geht einige Schritte zurück. „Was meinst du damit?" Firin sieht erschrocken drein. Reavaer setzt sich daraufhin ruhig in den Schneidersitz. „Ich brauche deine Hilfe. Ich möchte eine bestimmte Beschwörung durchführen. Dazu brauche ich aber sieben Teile." Firin ist verwirrt nach dieser Aussage von Reavaer. Sie weiß gar nicht mehr, was sie fühlen soll. Eigentlich wollte sie nur wissen, was mit Foleras passiert ist. „Nein, ich werde dir nichts wegnehmen. Aber anstatt dir zu sagen, was ich vorhabe, lass mich dir eine Frage stellen. Hast du dich nie gefragt, warum du weder wächst noch schlafen oder essen musst? Du bist äußerlich immer noch dieselbe Person, die damals mit mir aus diesem Orb geschlüpft ist, ist das nicht seltsam?" Firin möchte gleich antworten, aber bevor sie auch nur einen Ton herausbekommt, muss sie noch mal nachdenken. „Ich kenne unsere beiden Naturen. Damals als ich in dem Orb war, habe ich fast alles verstanden, nur die Herkunft des Orbs war mir ein Rätsel." Firin wird hellhörig. „Ich erinnere mich kaum an etwas vor dem Gasthaus. Erst nachdem ich getanzt habe, war es, als ob ich aufwachen würde." Sie ist wirklich interessiert daran, mehr zu erfahren. „Gut, ich erzähle dir alles so wahrheitsgemäß wie möglich, auch wenn es seltsam klingt. Ich bin im Grunde nur eine Seele, ich habe keinen Körper. Das, was du siehst, ist nur eine Umwandlung, eine Illusion von Elementen, die ich teilweise kontrollieren kann. Da Seelen kein Unterbewusstsein haben, brauche ich keinen Schlaf und meine magische Kraft ziehe ich aus einem Gefühlsfeld in meinem Inneren. Du allerdings bist, bis auf das fehlende Unterbewusstsein, das Gegenteil von mir. Ein formloser Körper ohne Seele. Erst als ich meine Seele mit dir geteilt habe, hast du eine Form bekommen. Jedoch warst du noch weit entfernt davon, eine eigene Persönlichkeit zu haben. Erst in dem Gasthaus hat sich dein Körper und Geist mit Gefühlen und allem, was eine

Seele ausmacht, gefüllt. Und deine magische Kraft bekommst du von außen, vermutlich direkt durch das arkane Netzwerk", beendet Reavaer seine Erklärung. Firin starrt ins Leere, als sie all diese Informationen bekommt. Sie lässt sich auf den Boden fallen und sitzt da, während sie den Schwall an Informationen verarbeitet. „Darüber habe ich nie nachgedacht. Warum meine Erinnerungen erst in einem feiernden Gasthaus anfangen. Und was jetzt? Möchtest du den Teil deiner Seele zurück? Wer hat mir das ganze Zeug wie Gefühle gegeben?" Das Ausmaß von Reavaers Worten trifft sie hart. „Nein, ich möchte von dir nichts zurück, das war damals ein Geschenk. Und die Person, von der du die Gefühle hast, kenne ich nicht. Doch ich versuche sie zu finden und zu beschwören. Sie hat ihre Existenz in sieben Teile gespalten. Fünf Gefühlsfelder, du als ihr Körper und das letzte Stück ist die Person, die auf einer anderen Ebene existiert." Die Erklärung bringt Firin zum Lachen. Es ist ein Gelächter, welches ihr betrübtes Gemüt kurzzeitig durchbricht, doch glücklich wirkt sie deswegen nicht. „Was passiert, nachdem du diese Person beschworen hast? Was wird aus mir?" Firin kann sich nicht überwinden, Reavaer gleich zu unterstützen. „Das kann ich nicht genau sagen. Vermutlich wird dein Bewusstsein schlafen, während die andere Person die Oberhand hat. Doch sei dir gewiss, ich werde zu jeder Zeit wissen, dass du irgendwo da drin bist." Reavaers Erklärung überzeugt sie nicht wirklich. „He, nicht zu wissen, was passiert und mich nicht gegen das Unbekannte wehren zu können, so was hatte ich noch nie. Ich möchte dir helfen, aber ich habe Angst." Firin ist es gewohnt, immer die Kontrolle zu haben und sich durchsetzen zu können. „Ab diesem Punkt geht es mir genauso. Nach der Beschwörung betrete ich ein Gebiet, das ich kaum kenne und nur im Ansatz verstehe. Aber Scheitern ist keine Option, das war es nie." Er versucht, überzeugend zu wirken.

„Weißt du was? Ich mag das Ungewisse nicht. Deshalb lass uns prüfen, ob du dieser Sache gewachsen bist." Firin steht auf. Wieder mit einem selbstsicheren Gesichtsausdruck grinst sie Reavaer an. „Wie willst du das feststellen?", fragt er sie verwundert aber neugierig. „Ganz einfach, ich tue das, was ich am besten kann. Ich verhaue dich. Dann wirst du sehen, dass die Dinge am besten sind, wie sie jetzt sind. Solltest du wider Erwarten gewinnen, unterstütze ich dich ohne Rücksicht auf mich." Reavaer seufzt, eigentlich wollte er sie mit Worten überzeugen und so diesen Konflikt vermeiden. „Na gut, wie es scheint, bin ich in dem Versuch gescheitert, dich mit Worten zu überzeugen. Dann eben so, nur sind Kämpfe gegen dich immer so erschütternd." Firin lacht wieder, diesmal ausgelassener, nach Reavaers Kommentar.

„Sei aber nicht beleidigt, wenn du verlierst und deine Pläne aufgeben musst." Nun geht Firin einige Schritte zurück. „Wie ich schon sagte: Scheitern ist keine Option." Beide nehmen eine Kampfposition ein.

Sie stehen sich konzentriert gegenüber. Als ein Vogel aus der Ferne kräht, nehmen beide das als Startsignal. Firin läuft auf Reavaer zu. Reavaer wiederum erschafft schnell einen groben Klumpen aus Eis vor sich. Er schleudert diesen geradewegs auf sie. Firin fängt den Brocken mit ihren Händen erst ab und zerschlägt diesen dann mit zwei kräftigen Hieben. Mit Reavaer nun wieder vor sich will sie die restlichen zwei Schritte im Sprung zurücklegen. Firin setzt an, aber bevor sie abheben kann, senkt Reavaer seine Hand leicht, woraufhin eine massive Säule auf sie herunterkommt. Die Säule drückt sich von oben auf sie herab. Firin muss sich mit ihrem ganzen Körper dagegenstemmen. Reavaer kommt näher und kniet sich zu ihr herunter. Da sie gerade beide Hände voll zu tun hat, kommt er mit seiner Hand näher an ihre Stirn. „Das funktioniert bei mir nicht!", ruft sie wütend. Daraufhin geht ein Impuls von ihr aus, der durch die Eissäule und Reavaer geht. Die Säule zersetzt sich anschließend, als würde Reavaer den Zauber beenden. Das hatte Reavaer aber nicht vor und erstarrt erst mal verwirrt. Firin greift sich seine Finger mit der Hand. „Hehe, Trennen der Verbindung zwischen magischem Element und dem Zaubernden. Habe ich gelernt", erklärt sie grinsend. Reavaer kann keinen Abstand zu ihr gewinnen, da sie ihn noch festhält. Sie zieht ihn näher zu sich und berührt mit ihrer anderen Hand sein Gesicht. Als sie ihre Seelenmagie wirkt, spürt er, wie es seine Seele schüttelt und wirbelt. Er verliert immer mehr seiner Sinne. Reavaer spürt nicht mal, wie er von Firin fünf Schritte weiter geworfen wird. Erst als einige Zeit vergeht, kann er wieder sehen und fühlen. Er findet sich auf dem Rücken liegend wieder, während Firin auf ihn herabsieht. „Scheint als hättest du verloren." Sie ist sich siegessicher. „Falsch, ich habe nur die erste Runde verloren, nicht den Kampf", gibt er gelassen zurück. „Hehe, was willst du denn gegen mich ausrichten?" Sie ist sich sicher, Reavaer besiegen zu können. Er antwortet aber nicht darauf, sondern ballt die Hände und wackelt mit den Zehen, um wieder Gefühl in diesen zu bekommen.

Mit einem Sprung kommt Reavaer wieder auf die Beine. Darauf folgen einige ausschweifende Dehn- und Gymnastikübungen. „Was tust du da?" Firin kennt diese tanzartigen Bewegungen nicht. „Vorbereitungen für ein wenig Nahkampf. Letztes Mal war ich nicht darauf vorbereitet und habe einen Krampf danach bekommen", erklärt er, die Übungen weiter machend. „Das sieht witzig aus, ich will das auch machen!" Begeistert versucht sie, die Bewegungen nachzumachen, doch Reavaer wechselt die Figuren zu schnell. Plötzlich hält er inne. „Na gut, dann mach es mir nach." Reavaer zeigt ihr als Erstes eine Figur, bei der man die Arme hochstreckt. „Nun streck dich, als wärst du lange Zeit in einer Position gelegen und gerade wieder aufgestanden. Es muss so richtig ziehen." Sie macht es ihm nach. „Gut, nun wieder locker hinstellen. Bist du bereit für die nächste Lektion?" Firin lächelt nur müde über Reavaers herausfordernden Ton. „Gib mir die schwerste körperliche Herausforderung, die du hast." Auf Firins Aufforderung nickt Reavaer nur kurz. „Wie du willst. Die nächste Übung nenne ich den ‚Swusch-Reaktionstest'. Der geht wie folgt, sobald ich ‚Swusch' sage, musst du springen und die Beine anziehen, verstanden?" Er steht da wie ein Trainer. Von einem Kampf merkt man nichts mehr. „Ein Kinderspiel." Sie geht in Position. Reavaer macht eine ausschweifende Pose. „Uuuuuuund ... Swusch!", ruft er und schwingt seinen Arm zur Seite. Firin reagiert wie erwartet, springt und zieht die Beine an. Zur selben Zeit wird sie von der Seite von einer schüsselförmigen Eisskulptur gefangen und mitgerissen. Mit hoher Geschwindigkeit und lautem Kreischen nimmt die Eisschüssel Firin hoch in die Luft mit Richtung Meer. Reavaer sieht ihr noch hinterher, beugt sich herunter und hebt einen rauen Stein auf. Dann macht er sich eine Eisplatte, auf der er hinter Firin hergleitet.

Sie hoch in der Luft und er knapp über dem Boden auf seiner Platte gleitend kommen am Meer an. Die Schüssel von Firin zerfällt, verschwindet im Landeanflug auf das Meer und lässt sie wie ein Sack ins Wasser plumpsen. Danach kommt Reavaer an. Er springt elegant von seiner Platte und landet am Strand, bis zu den Knöcheln im Wasser.

Von oben bis unten durchnässt und schlecht gelaunt kommt Firin aus dem Meer gestapft. „Du hast mich reingelegt! Dieses blöde Getanze sollte mich ablenken, damit du mich hierher schleudern kannst!", brüllt sie wild gestikulierend. „Es war ein Reaktionstest. Ich muss sagen, du hast gute Reflexe, das Kreischen kam schnell und war laut. Doch du hättest mir sagen sollen, dass du das Meer nicht magst." Er veräppelt sie offen. „Was soll das für ein blöder Test sein? Und gegen das Meer habe ich auch nichts, ich mag nur nicht hineingeworfen werden!", rechtfertigt sie sich, immer noch aufgebracht. „Naja, das ist noch immer ein Kampf und ich gebe dir nun noch mal die Möglichkeit, aufzugeben." Als Reavaer das sagt, zieht er ein Messer aus seinem Hüftband. Nun hält er das Messer in der einen Hand und den rauen Stein in der anderen. „Musst du mich nun mit einem Messer angreifen, um zu gewinnen? Bist du so verzweifelt?" Diesmal macht sich Firin über Reavaer lustig. „Wie auch immer, das Messer macht mir keine Angst. Deine Ablenkungen lassen mich ab jetzt kalt. Nun mache ich ernst." Auch wenn sie noch ganz nass ist, geht sie in Angriffsposition.

„Na gut, dann soll dies das letzte Gefecht sein." Reavaer ist ruhig. Er setzt sich wieder im Schneidersitz in das Wasser, nun sind seine Hüften und Beine im Wasser. Das Messer sowie den Stein hält er vor sich hoch.

„Du und deine blöden Tricks", grummelt Firin, nicht wissend, was er wieder vorhat. „Die Tricks sind nur blöd, weil sie funktionieren und gegen dich gerichtet sind. Also wenn du verlieren willst, kannst du aufgeben oder angreifen, das macht keinen Unterschied." Der Spott von Reavaer funktioniert. Firin setzt zum Spurt an. Gerade als sie losrennt, reibt Reavaer den Stein gegen die Klinge des Messers. Er erzeugt dadurch einige Funken. In dem Moment, als die Funken auf die Wasseroberfläche treffen, entsteht dichter Nebeldampf.

Trotzdem stürmt Firin weiter. Als sie glaubt, Reavaer erreicht zu haben, hört sie ein Platschen. Ihr Schlag geht ins Leere. Sie springt noch mal zurück und stampft auf den Sand, wo Reavaer eigentlich sein sollte, doch er ist nicht mehr da.

Wieder ist ihr Reavaer durch die Lappen gegangen. Diesmal bleibt sie still. Der Dampf ist heiß und macht es nicht leichter, eine Strategie zu entwickeln. Da ihr wegen der dampfigen Hitze die Augen brennen, schließt sie diese und versucht, sich auf ihr Gehör zu verlassen. Sie kann tatsächlich plätschernde Schritte vernehmen, die näher kommen. Als die Schritte sehr nahe erscheinen, benutzt sie ihre Seelenmagie. Eine Impuls-Welle geht von ihr aus, die den Nebel verschwinden lässt. Eilig sieht sie sich um, da erblickt sie Reavaer hinter sich.

Nun sieht sie ihre Chance. Sie holt aus und schlägt nach ihm. Doch er weicht zurück. Sie kann zwei weitere Hiebe Richtung Reavaer werfen, doch bei beiden weicht er zurück. Dann legt sich schon wieder neuer Nebeldampf um sie. Erneut versucht sie, Reavaer mit ihrem Gehör aufzuspüren. Sie steht ruhig da, die Hitze wirkt auf ihren ganzen Körper. Plötzlich hört sie links von sich ein lautes Platschen. Kurz darauf ein weiteres Platschen auf der rechten Seite. Sie weiß nicht, wohin sie sich wenden soll. Als Panikreaktion benutzt sie wieder eine magietrennende Welle in alle Richtungen. Der Dampf verzieht sich.

Genau vor ihr ist Reavaer auf Augenhöhe. Sobald die Welle an ihm vorübergezogen ist, tippt er mit seinen Fingern an Firins Stirn. Bevor sie sich von der Überraschung erholen kann, ist es ihr nicht mehr möglich, sich zu bewegen oder ihre Magie einzusetzen.

„Hehe, doch verloren. Aber das hatte ich mir fast gedacht. Seit du mich ins Meer geworfen hast, war ich sauer, weil du immer die Kontrolle hattest", gesteht Firin traurig. „Wird es wehtun?" Sie sieht Reavaer mit einem ängstlichen Ausdruck an.

„Nein, schlafe ruhig ein. Ich werde alles in meiner Macht tun, damit du zurückkommst und ein richtiges Leben führen kannst", will Reavaer sie beruhigen.

„Ich freue mich darauf. Oh, und ich habe ein Geschenk für dich. Bis später." Sie entspannt sich. Ein Lächeln zeichnet sich auf ihrem Gesicht ab, bevor Firin anfängt zu leuchten. Sie leuchtet wie damals in der Höhle, ihr Körper verliert die Form und wird wieder zu einem Orb. Dieser Orb legt sich um Reavaers rechten Arm. Er verliert das Gefühl im Arm bis zu seinem Ellenbogen. Die Kugel ersetzt nun seinen Unterarm und seine Hand, er fühlt dort nichts mehr. „Das ist unerwartet, aber es spielt keine Rolle mehr." Er sucht seinen Weg zurück nach Muren.

Der letzte Schritt

Zurück im Dorf wird er von den Bewohnern beäugt, wegen der Kugel an seinem Arm. Keiner wagt es, ihn aufzuhalten, sie machen Platz, damit er direkt zu den Zelten der Schlangen gehen kann. Sihl mit seiner Familie ist gerade außerhalb des Zeltes. Miha kommt sofort zu Reavaer geschlängelt und umarmt ihn. Sie reicht Reavaer bereits bis zum Bauch.

„Wasszz isszzt dasszz an deinem Arm?", wird er von Sihl gleich gefragt.

„Firin", gibt Reavaer nur kurz zurück. Woraufhin Sihl die Kinnlade herunterfällt und er anfängt, laut zu zischen.

„Wasszz hasszzt du getan?", fährt ihn der Schlangen-Magren an. „Ich sammle alles Unnatürliche, das nicht auf dieser Welt wandeln sollte. Die unendliche Kraft von Foleras und Firin gehörten dazu." Reavaer weiß nicht, wie er es am schonendsten erklären soll, deshalb kommt er gleich auf den Punkt. „Wasszz wird nun aussz Folerasszz und Firin?" Sihl schaut auf den Orb an Reavaers Arm. „Foleras wird so bleiben, wie er jetzt ist, das sind seine natürlichen Eigenschaften. Firin kommt erst mal mit mir. Und ich ... glaube nicht, dass ich wiederkommen kann." Sihl versteht Reavaers Ziele und Motivationen nicht. Außerdem ist er müde von den ganzen halbgaren Erklärungen. „Langsszzam glaube isszz nisszzt, dasszz du wirklisszz die Person bisszzt, von der mir all die Jahre erzzsssählt wurde. Du nimmsszzt mir alle meine langjährigen Freunde weg. Vielleisszzt isszzt esszz besszzer, du gehsszzt und kommsszzt nie wieder." Die Stimme der Schlange klingt vorwurfsvoll. Reavaer schickt Miha kurzerhand zurück zu Sihl. Ohne ein weiteres Wort geht er an Sihl vorbei, muss aber nach einigen Schritten wieder anhalten. „Meine Handlungen mögen dir schlecht erscheinen, aber ich habe eine Mission. Wäre ich noch derselbe, der ich war, bevor ich euch damals verlassen musste, wäre es vielleicht anders gekommen. Falls du mir verzeihen kannst, dann sieh einfach in den Himmel und winke. Dann weiß ich, dass wir im Reinen sind", spricht er zu Sihl, ohne ihn anzusehen. „He, sszzei befreit", bekommt Reavaer als Antwort.

Daraufhin geht er weiter und verlässt die Siedlung. Schritt für Schritt geht er immer weiter Richtung Norden, nicht auf den Straßen, sondern direkt über die Wiese. Er möchte so weit weg von allen Siedlungen und allen Magonar wie möglich. Er wandert querfeldein, bis man vor Dunkelheit fast nichts mehr sehen kann. Vor ihm ist mitten im Feld ein großer Felsbrocken. Auf diesen setzt er sich und wartet. Er sitzt die ganze Nacht auf dem Stein bis zum Morgengrauen.

Sobald die Sonne vollständig aufgegangen ist und es taghell geworden ist, springt er von seinem Felsen. „Es wird endlich Zeit, dass wir uns wiedersehen!", ruft Reavaer vor sich in die Leere. Daraufhin hebt er den rechten Arm mit der Kugel. Er konzentriert sich auf den Orb, der darauf reagiert. Die Oberfläche beginnt zu wabern und wird leuchtend grün, wie damals in der Höhle. Reavaer öffnet den Mund. Eine grün leuchtende, kleine Sphäre schwebt aus seinem Mund und direkt in den Orb. Danach kommen noch weitere Sphären aus seinem Mund. Eine gelbe, rosafarbene, violette und schließlich eine rote. Alle verschwinden in der Kugel, woraufhin diese immer farbenfroher wird. Infolgedessen zerfällt Reavaers Körper, einzig seine Seelengestalt bleibt übrig. „Komm heraus, wo immer du auch bist." Mit diesen Worten leuchtet der Orb heller.

Langsam ist ein Schreien zu hören. Erst ist es weit entfernt. Es kommt schnell näher. Irgendwann sieht man auch eine leuchtende Spur, die von dem Orb förmlich aufgesaugt wird. Schließlich, als man nichts mehr hört und das einzige Leuchten von der Kugel ausgeht, löst sich diese von Reavaers Arm. Der Orb schwebt zwei Schritte weg von ihm und beginnt dann seine Form zu verändern. Nach einigem Ziehen und Wackeln formt sich die Kugel zu einem Magi. Als auch noch das Leuchten nachlässt, sieht Reavaer eine erwachsene Maga. Sie hat dieselben Gesichtsmerkmale, welligen blonden Haare und grünen Augen wie Firin.

„Endlich sehen wir uns wieder, Ruru", grüßt Reavaer die äußerlich bekannte und doch fremde Person vor sich. „Ruru ist nicht mein richtiger Name, das war nur ein Körper, den ich mir ausgeliehen habe. Mein richtiger Name ist …", möchte sie klarstellen, wird aber von Reavaer am Ende unterbrochen. „Das ist mir nicht wichtig. Im Vergleich dazu, wie lange ich auf diesen Moment gewartet habe, wird das hier nur einen Wimpernschlag dauern und genauso schnell wird es auch wieder vergessen." Angesichts von Reavaers Ignoranz schnaubt sie wütend. „Wie unhöflich, da zerrt er mich aus dem arkanen Netzwerk und will mich gleich wieder loswerden. Aber grundsätzlich stimme ich zu. Beenden wir diese Situation. Diese körperliche Form ist so … erdrückend." Ihre Wut verfliegt schnell wieder, als sie sich siegessicher fühlt. „Was kannst du denn schon ausrichten? Vorher haben dir meine Gefühlsfelder Macht verliehen. Nun habe ich alles wieder zurück und du hast nichts." Anhand der Fakten kann sie gar nicht verlieren. „Wie du meinst." Reavaer diskutiert nicht länger. Er aktiviert seine Lichtmagie in seinem rechten Auge. Damit beginnt er die Fremde zu durchleuchten. Im nächsten Moment schwebt Reavaer mit einem klaren Ziel auf sie zu. Mit der linken Hand zu einer Klaue geformt greift er sie oberhalb des Bauches, gleich unter dem Brustkorb an. Die Fremde schlägt seine Hand weg und greift ihn von seiner rechten Seite an. Da sein rechter Unterarm noch immer fehlt, nachdem dieser von der Kugel absorbiert wurde, muss er seinen Angriff abbrechen und ausweichen. In seiner geisterhaften Seelengestalt ist er sehr wendig. Mit einer geschickten Drehung weicht er aus. In Ermangelung eines Armes benutzt er seine Beine und Füße für die nächsten Angriffe. Reavaer trifft die Fremde mit einigen wirbelnden Attacken an den Oberarmen und den Schenkeln. Die Fremde ist weder Nahkampf noch Schmerz gewohnt. Sie schreit mit jedem Treffer von Reavaer auf und weicht zurück. „Arg! Wie kannst du als Seele überhaupt existieren, ohne vom arkanen Netzwerk aufgenommen zu werden? Geschweige denn mich überhaupt treffen?!", verlangt sie eine Antwort. „Oh, das weißt du nicht? Ich dachte, du beobachtest alles, steuerst Schicksale und formst alles nach deinem Willen?" Sie schnaubt nur verärgert. „Gut, dann sage ich es dir. Du bist mein Anker. Transfusionsmagie ist hervorragend, wenn man keine innere Magiequelle hat." Reavaer streckt den linken, vollständigen Arm nach ihr aus. Man kann einen Sog erkennen. Magische Kraft wird von ihr zu ihm übertragen, welche ihm einen leichten grünlichen Schimmer verleiht. Zusätzlich benutzt Reavaer sein linkes dunkles Auge, um Energien aufzuspüren. Seine linke Gesichtshälfte ist dunkel, als ob dort jegliches Licht aufgesaugt wird, während seine rechte Gesichtshälfte von seinem Lichtauge hell erleuchtet ist. Dieser Anblick erschreckt die Fremde. Sie weicht weiter zurück und zaubert als schnelle Reaktion sämtliche elementaren Angriffe, die sie kann. Sie beschießt ihn mit Felsbrocken, Wasserbolzen, Luftschnitten und Feuerbällen. Alles geht einfach durch Reavaer hindurch.

„Hm! Dieser Kampf sollte schnell vorbei sein." Die Fremde weiter einschüchternd nimmt er eine Kampfpose ein. „Na warte. Bis eben wollte ich dich nur verscheuchen. Aber nun mache ich ernst!" Reavaer wundert sich kurz über das plötzliche Selbstvertrauen. Wie bei einem Seelensammler kommen geisterhafte Hände aus ihren körperlichen Händen geschossen und wollen Reavaer frontal treffen. Den beiden geisterhaften Fäusten kann er mit zwei schnellen Bewegungen zur Seite gerade noch ausweichen. Wobei er eine der verlängerten Arme, die an ihm vorbeisausen, greifen kann. Die Fremde will ihre Hände wieder einziehen, kann aber nur eine der Hände zurückholen, da Reavaer die zweite noch festhält. Als Reaktion greift sie Reavaer noch mal mit ihrer freien Hand an. Sie versucht denselben Angriff wieder, diesmal mit einer Faust, die auf Reavaer zurast. Reavaer jedoch lässt den geisterhaften Arm los, den er gerade noch fest im Griff hat. Dies bringt die Fremde aus dem Gleichgewicht. Der Angriff verfehlt ihn und bringt sie ins Taumeln. Das nutzt Reavaer aus, um zur Fremden hinüberzuschweben und sie erneut mit einigen schwungvollen

Tritten zu behacken. Schließlich holt Reavaer die Fremde mit einem tiefen Beinschwinger von den Füßen und lässt sie auf dem Rücken landen. Er stampft neben ihrem Kopf auf, geht hinunter und presst sein Knie auf ihren Unterkiefer und Hals. „Bleib ruhig und es wird schnell vorbei sein", warnt Reavaer nur schnell, um dann mit seiner Hand an ihrer Stirn anzusetzen. „Ha, glaubst du, das wird so einfach? Ich musste dich nur beschäftigen, bis meine Verstärkung da ist." Reavaer hält kurz inne, als es scheint, als ob sie einen Plan hat. „Was für Verst..." Weiter kommt er nicht, bevor ihn mindestens vier geisterhafte Fäuste treffen. Die Wucht der vielen Faustschläge wirft ihn mehrere Schritte zurück.

Als Reavaer sich wieder aufrichtet, sieht er, wie eine Masse an Maginar aus allen Richtungen herbeiströmt. An ihrer Kleidung sind manche als Elementaristen, andere als Seelensammler und Lichtmagi erkennbar. Sie alle positionieren sich nahe der Fremden und scheinen auf ihrer Seite zu stehen. Reavaer sieht sogar den Anführer der abgesperrten Stadt, dessen Namen er nicht kennt, sowie Keran die ehemalige Bürgermeisterin von Aldin. „Du bist nur mächtig gegen einzelne Gegner und Gruppen, die du überraschen kannst. Doch wenn du alleine und überrumpelt bist, sieht es nicht so gut für dich aus, hehe." Die Fremde konnte das Blatt noch einmal wenden. „Man kann jeden Gegner besiegen, wenn dieser alleine ist und überrascht wird. Aber das hier ist das erste Anzeichen, dass du mich wirklich aufhalten willst. Mit so was hätte ich gar nicht gerechnet", muss Reavaer zugeben, während er sich langsam immer weiter von der Bande entfernt. „Ich war schon immer am besten, wenn ich andere kommandiere." Sie schaut siegessicher drein. „In dem Punkt muss ich dir zustimmen. Dann brauche ich wohl ebenfalls eine andere Strategie." Ihr siegessicheres Grinsen weicht einem genervten Gesichtsausdruck.

Reavaer geht in sich, er starrt ins Leere. Seine Widersacherin will das ausnutzen. Sie hebt einen Arm und weist ihre rund fünfzig verbündeten Maginar an, vorzurücken. Diese folgen dem Befehl, rücken aber nur langsam und vorsichtig vor. Weit

kommen sie jedoch nicht, als Reavaer aus seinen Gedanken zu-
rückkommt.

Er fokussiert seine Gegner, welche kurzerhand stehen bleiben. „Firin hat mir vor ihrer Verwandlung ein Geschenk gemacht. Dieses möchte ich nun mit euch teilen." Die Maginar
sehen sich gegenseitig an. Selbst die Fremde weiß nicht, wovon
Reavaer spricht.

Er öffnet seinen Mund. Erst steht er einen Moment da, dann
kommt ein starker Impuls aus seinem offenen Rachen, welcher sich schallartig in alle Richtungen ausbreitet. Nachdem
der Impuls die Gruppe Maginar passiert hat, sehen sie sich an.
„Ha, das hat überhaupt nichts bewirkt! Nur ein wenig Grollen
in den Ohren, sonst nichts! Ahahaha!", lachen die Fremde und
alle ihre Verbündeten Reavaer aus. „Ich sehe, du kennst mich
nicht sonderlich gut", kommentiert er nur, als sich die Maginar
ausgelacht haben.

Daraufhin geht Reavaer in eine Kampfpose. Mit einem schnellen Schub stürmt er auf die Gruppe Maginar zu. „Haltet ihn
auf! Wer seine Verbindung zu mir trennen kann, damit er in
das arkane Netzwerk geht, wird belohnt!", stachelt die Fremde
ihre Leute an. Die Seelensammler positionieren sich vorne. Sie
benutzen ihre Geisterhände zum Angriff. Es schlagen mindestens zehn Faustpaare in seine Richtung. Die Lichtmagier kommen dahinter und halten Reavaer mit Strahlen aus ihren Augen
und von der Sonne auf Abstand. Die Elementaristen sammeln
sich um die Fremde als letztes Schild, falls er doch durchkom-
men könnte.

Die Seelensammler sind geschickt im Umgang mit ihren
Geisterhänden, aber ihre Angriffe sind durcheinander, da sie
nicht wirklich zusammenarbeiten. Deshalb fällt es Reavaer relativ leicht, den Händen auszuweichen. Die Lichtmaginar sind
wiederum sehr gefährlich, da sie nacheinander angreifen und
ihm den Weg abschneiden können. Die Lichtstrahlen wirken direkt auf Seelen, somit weicht Reavaer diesen vehement aus. Mit
vielen Richtungswechseln, wildem Herumgewirbel und immer
wieder auf Abstand gehend kann Reavaer sich dauerhaft der An-

griffe erwehren. Er geht auch fast nie in den Angriff über, sein Hauptziel ist es, nicht von den geisterhaften Faustattacken und Lichtstrahlen getroffen zu werden.

Nach einer gefühlten Ewigkeit des Kampfes lernen die Seelensammler, zusammenzuarbeiten. Auch die Lichtmaginar können sich organisieren und ihn in einem Lichtkäfig festsetzen, damit die Hände ihn schließlich an den Beinen und dem Arm greifen und festsetzen können. Ein Seelensammler hält mit seinen beiden Händen die Beine von Reavaer. Ein anderer hält seinen Arm fest und greift Reavaer am Hals. Ein dritter Seelensammler hält seine Hände an die Brust sowie den Rücken von Reavaer, damit er sich überhaupt nicht mehr bewegen kann. Reavaer macht an diesem Punkt auch keine Anstalten, frei zu kommen, während er aufrecht knapp über dem Boden festgehalten wird. Die Fremde tritt direkt vor ihn. „Es war vorauszusehen, dass es so endet. Was machst du jetzt?" Auf den Hohn reagiert Reavaer mit Geflüster. „Hm? Was war das?" Die Fremde kommt näher an Reavaer heran. „Ich ... warte einfach ... auf meine ... Verstärkung", bekommt sie als Antwort.

Sie kann sich nur kurz wundern, was Reavaer meint. Schon hört sie Tumult hinter sich. Ihre Verbündeten werden mit starken elementaren Zaubern angegriffen. Diese kommen vom Himmel und regnen unbarmherzig auf die Maginar herab. Als sie nach oben schauen, sehen sie mehrere riesige, geflügelte Gestalten. So schnell wie möglich wirken die Maginar Zauber ihrerseits. Die ganzen Explosionen, Windhosen und Feuersbrünste schleudern die Maginar links und rechts davon. Nahe Reavaer und seinen Fängern schlägt auch etwas ein. Das ist jedoch kein Zauber, sondern eine Person. Tar'Goloz ist mitten in die Wiese gekracht. Er sieht die ganzen Gestalten vor sich an und erblickt Reavaer. „Ha! Du bist ja wirklich nur eine Seele. Ich hätte es nicht für möglich gehalten!", amüsiert er sich, als die Maginar ihn beäugen. „Würdet ihr bitte meinen Freund loslassen?", richtet er an die Maginar, die nicht von den Drachen am Himmel aufgerieben wurden. Die Verbündeten der Fremden fangen sofort an, Zauber gegen Tar'Goloz zu wirken. Er jedoch grinst nur und klappt wieder seinen Unterkiefer aus, um seine Membran aufzuspannen. Dann wirkt er eine heftige Schall-Attacke. Die Zauber der Maginar verpuffen. Die Zaubernden werden nach hinten geworfen und halten sich die Ohren zu. Bis auf Reavaer, dessen Seelenform nur ein wenig wabert. So kommt Reavaer frei und gesellt sich zu Tar'Goloz. „Danke, dass ihr meinem Hilferuf gefolgt seid." Tar'Goloz betrachtet Reavaer von Nahem. „Kein Körper, nur ein Arm, sag mir nicht, die haben das mit dir gemacht?" Tar'Goloz sieht ein wenig enttäuscht drein. „Die da? Nein, ich hätte sie ausschalten können, aber das hätte ewig gedauert. Deshalb ist eure Hilfe sehr willkommen. Denn ich jage nur sie." Reavaer zeigt auf die Fremde, die mit den anderen Maginar versucht, die Drachen am Himmel abzuwehren. Tar'Goloz lacht laut.

„Behandelt die Maginar aber nicht zu hart, schlagt sie in die Flucht und lasst sie gehen", bittet Reavaer nur noch kurz, bevor er auf die Fremde zustürmt. Von Tar'Goloz kommt noch mal lautes Gelächter, bevor er sich ebenfalls ins Getümmel stürzt. Reavaer erwischt die Fremde eiskalt von hinten. Mit der Schulter rammt er sie unsanft zu Boden. Von ihr ist nur ein kurzer Aufschrei zu vernehmen. Während sie noch benommen daliegt, dreht Reavaer die Maga auf den Rücken und presst ihr sein Knie auf die Schulter. Noch bevor sie zu sich kommt, legt Reavaer ihr die Fingerspitzen in einem Dreieck auf die Stirn. Beide verharren so eine Weile, wobei Reavaer immer ungeduldiger wird. „Gib mir Firin!", brüllt Reavaer die Unbekannte an. Plötzlich dringen seine Finger in ihre Stirn ein bis zum Handgelenk. Die Fremde gibt unterdrückte, gequälte Geräusche von sich, kann sich aber nicht bewegen. Seine geisterhafte Hand fährt hinunter durch ihr Gesicht, den Hals bis unter ihren Brustkorb. Als Reavaer seine Hand wieder aus der Fremden herauszieht, hat er einen Orb in der Hand. Ein bunt leuchtender, apfelgroßer Kern, der von einer trüben, halb durchsichtigen Hülle umschlossen ist. Er hält den Orb mit der Hand an seine Brust, während er eilig von der Fremden davonschwebt. In der Zwischenzeit wurden alle Verbündeten der Fremden zerstreut und flüchten in alle Richtungen. Reavaer und Tar'Goloz treffen wieder aufeinander. „Das war ein spaßiges Geplänkel! Die hatten keine Chance auf den Sieg!" Tar'Goloz feiert, als sich seine Drachenfamilie bei ihm versammelt. Reavaer sieht darunter auch den roten Drachen Era'Goloz und den schwarzen Drachen Isu'Goloz, die er schon früher getroffen hat. Aber auch einige andere Drachen. „Ich danke dir noch mal für deine Hilfe. Nun habe ich alles, was ich brauche für den letzten Schritt meiner Reise", spricht Reavaer an Tar'Goloz gewandt. „Hoo? Wo soll es denn hingehen in dieser Form? Und was ist mit ihr?" Tar'Goloz zeigt auf die langsam aufstehende Fremde. „Sie ist mir gleichgültig. Ich habe den für mich wertvollsten Teil ihrer Seele. Der Rest ihres Daseins geht mich nichts an." Reavaer hält den Orb hoch. „Und wegen deiner anderen Frage: Nun, meine Reise wird auf dieselbe Weise enden wie die jedes anderen Lebewesens auf der Welt." Tar'Goloz sieht daraufhin bedrückt drein. Reavaer wendet sich den Drachen zu. „EEEBIH UUUBAH", dankt er diesen für ihre Hilfe in deren Sprache.

Dann klemmt Reavaer den Orb unter den Arm und hält seine Hand hoch, zu einer Faust geformt. „Danke, dass ihr in diesem Moment bei mir seid. Ich hatte Angst davor, diesen Schritt allein zu gehen. Seid alle befreit." Reavaer öffnet langsam seine Hand, während seine Seelengestalt anfängt zu verschwimmen. In nur wenigen Momenten zerfließt seine Gestalt samt dem Orb, als würden beide in einen Fluss eintauchen, bis nichts mehr übrig ist.

Tar'Goloz seufzt, als Reavaer komplett verschwunden ist. Er hebt seine Hand ebenfalls als Faust und öffnet diese stumm. Immer noch mit bedrücktem Gesichtsausdruck dreht er sich zu seiner Familie. Als er sie ansieht, zeichnet sich ein Lächeln auf seinem Gesicht ab. Tar'Goloz brüllt ihnen kurz etwas in ihrer Sprache zu und alle fliegen zurück zu ihren Bergen.

Die Fremde, deren Namen bis jetzt niemand wissen wollte, steht nun alleine auf der Wiese. Unwissend, was sie nun mit ihrer Existenz anfangen soll, humpelt sie in eine willkürliche Richtung.

Das Versprechen

Ein Jahr später findet sich Kit bei den Drachen oben im Wyrm-Gebirge wieder. Sie unterhält sich unter den neugierigen Augen der Drachen mit Tar'Goloz. Sie sitzt ihm gegenüber mit der großen Enzyklopädie auf dem Schoß. „Und wie habt ihr die Schlacht gegen die Maginar genannt?", fragt sie aufgeregt. „Ich nenne es ‚Die erste geheime Schlacht der Drachen gegen die Maginar'." Kit schreibt es alles nieder. „Und wie viele haben an dieser Schlacht teilgenommen?", möchte sie weiter wissen. Tar'Goloz stellt sich stolz mit einem Bein auf einen Felsen. „Auf unserer Seite waren es zehn. Acht meiner Drachengeschwister, ich ein Halbdrache und Reavaer die kämpferische Seele. Auf der anderen Seite waren es Tausende von Maginar mit allerart magischen Fähigkeiten", erzählt er mit stolzgeschwellter Brust. Ungläubig sieht Kit zu Tar'Goloz, dann zu den Drachen, die nicht verstehen, was er behauptet. Dann sieht Kit wieder zu Tar'Goloz. „Wirklich? Ich möchte eine realistische Geschichtsschreibung." Er seufzt ertappt. „Na gut, es waren nicht Tausende, ich habe sie nicht alle einzeln gezählt. Aber es waren etwa hundert, vielleicht weniger. Jedoch waren es viele, ein ganzes Feld voll. Sie hatten Reavaer bereits überwältigt und gefangen. Da haben wir sie vom Himmel aus überrascht. Wir haben es Feuer und Sturm von oben auf sie regnen lassen. Sie hatten keine Chance, diejenigen, die nicht gleich geflohen sind, haben wir am Boden herausgefordert. Auch diese haben wir umhergeschleudert wie Kieselsteine. Bis sie sich alle mit eingezogenem Schweif zurückgezogen haben." Tar'Goloz lacht laut nach seiner Erzählung. Kit schaut lächelnd zum Himmel. Nach kurzer Zeit grinst sie breit und nickt. Dann schreibt sie alles nieder, was Tar'Goloz ihr erzählt hat. Kit lässt die Tinte noch schnell trocknen, klappt das riesige Buch zu und lässt es verschwinden, als würde sie es in ein Regal stellen. Tar'Goloz wundert sich über diesen Trick, fragt aber nicht nach. „Danke für den Bericht, ich verfolge alle großen Ereignisse nach." Sie steht auf. „Woher, habt Ihr noch mal gesagt, kanntet ihr Reavaer?", möchte Tar'Goloz wissen. „Oh, er ist ein Freund und Arbeitskollege, wenn man so will." Er sieht sie verwundert an und räuspert sich. „Oh, in dem Fall richte ich Euch mein Beileid aus. Er ist gleich nach der Schlacht in das arkane Netzwerk übergegangen." Tar'Goloz schaut sie unsicher an, da er nicht weiß, wie sie darauf reagieren wird. „Das war mir bekannt. Trotzdem danke ich Euch für Eure Anteilnahme. Falls Ihr Reavaer ehren wollt, dann nehmt Euch seine Lehren und Ansichten zu Herzen. Teilt seine Worte und Lektionen mit allen Personen, denen Ihr begegnet, und auch mit den Drachen." Kit lächelt sanft, woraufhin Tar'Goloz nickt. „Dann werde ich Euch verlassen. Danke für die Auskünfte und macht es gut." Sie winkt zum Abschied, geht an die nächste Klippe und springt beherzt in die Tiefe. „Was?!", erschreckt Tar'Goloz und läuft zur Klippe. Als er hinuntersieht, fehlt von Kit jede Spur.

Ihre Raum-Sprung-Magie bringt sie direkt nach Aldin, der Stadt im Norden. Sie geht direkt zum Marktplatz, der zu dieser Tageszeit sehr belebt ist. Es treiben sich allerhand Magrennar und Maginar herum, die zusammen Handel treiben. Die Spinnenseide hat sich schnell etabliert. Es werden Kleidung und Taschen daraus hergestellt und Roano, der Sohn der reichsten Händlerin, ist mittendrin als Vermittler zwischen den Spinnen und anderen Arten von Magrennar. Er arbeitet gerade daran, die Sprachbarriere zu überwinden, indem er Tauschpreise mit Bildern darstellt. Kit setzt sich an den Rand und macht eine kleine Zeichnung der Szene in ihr großes Buch. Als sie fertig ist, steht sie auf und macht einen Schritt in die Leere.

Sie kommt an der Stadt heraus, in deren Mitte der Gefängnistempel stand. Die Stadt ist zerstört und dem Erdboden gleichgemacht worden. Als Kit durch die leeren verwitterten Straßen geht, sieht sie allerhand Kampfspuren. „Hier sind wohl die gefangenen Magrennar mit ihren Leuten zurückgekommen und haben es ihnen vergolten", murmelt sie zu sich selbst. Sie tritt wieder ins Nichts und kommt an einem hohen Punkt über der Stadt heraus. Wieder macht sie eine Zeichnung in ihr Buch. „Als Warnung für alle, die denken, über anderen zu stehen", schreibt sie darunter.

Als dies abgeschlossen ist, springt sie wieder in die Tiefe und verschwindet in der Luft. Sie landet vor dem Wald, der lange Zeit vermieden wurde. In dem Wald sind Leute verschwunden und nie wieder aufgetaucht, bis Reavaer seine Magie entfernt hat. Der Ort erholt sich wieder. Es sprießen sogar neue, junge Bäume aus dem Boden.

Dann tritt sie wieder ins Nichts und kommt an der letzten Station ihrer Reise an. Sie steht in Oradi. Niemand bemerkt ihr Erscheinen, die Straße ist sehr belebt. Wieder findet sie sich am Rande des Marktplatzes wieder. Es ist genauso voll wie in Aldin, nur mit weniger Magrennar. Diese kommen nur ab und zu von Muren und treiben dort Handel. Sie setzt sich abseits des Treibens auf einen Stein. Sie sieht hoch zum Himmel. „Hast du erreicht, was du wolltest? Ich muss zugeben, ich mag, was du daraus gemacht hast", spricht sie nach oben und beobachtet die vorbeiziehenden Wolken. Langsam trennt sich ein kleiner Teil einer Wolke ab, in Form einer Hand, die den Daumen nach oben streckt. „Ha, das ist eine lustige Art, zu kommunizieren. Obwohl es besser gehen sollte. Das dauert recht lange, bis du antworten kannst", amüsiert sich Kit über die Art der Verständigung mit Reavaer. Wieder muss sie Minuten warten, bis sich eine Wolke formt, die wie ein Fragezeichen aussieht. „Naja, denk dir eine bessere Art zu kommunizieren aus. Jedenfalls sieht alles friedlich und geordnet aus und solange es so bleibt, vertraue ich auf dein Urteil und deine Handlungen. Willst du mir noch etwas zeigen?" Sie schaut wieder geduldig in den Himmel. Es formt sich tatsächlich ein Pfeil in den Wolken. Neugierig steht sie auf und folgt der Richtung, in die der Pfeil zeigt. Er führt sie weg von dem Markt. Sie sieht Sihl auf der Straße dahinschlängeln. „Oh, ich erkenne die Musterung. Ihn habe ich zur gleichen Zeit wie dich damals getroffen. Er ist groß geworden. Dann werde ich mich an ihn wenden, wenn zukünftig ein

Zeichen von dir kommt." Es taucht wieder eine Wolke als Hand mit einem hochgereckten Daumen am Himmel auf. „Hehe, na gut, bis dann." Sie kichert und tritt nun ganz aus der Welt zurück in ihre Heimatdimension.

Sihl schlängelt den Weg entlang, um einen Bekannten zu besuchen. „Schatz, sieh mal, Firin ist aufgestanden und macht ihre ersten Schritte!", hört er eine Mutter rufen, die mit ihren kleinen Magi'i an der Straße steht. Neugierig schaut er hinüber. Eine kleine, blonde Maga'a mit grünen Augen sieht die große Schlange an. Ihre Mutter ruft sie, damit die Kleine zu ihr kommt. Doch die Kleine namens Firin entscheidet sich, auf Sihl zuzugehen. Er macht sich klein und steckt ihr seine Arme entgegen und als sie bei ihm ankommt, fängt er sie auf. „Verzeiht, ich hoffe, sie stört Euch nicht", kommt die Mutter hektisch auf Sihl zu. „Nein, sszzieh erinnert misszzz an jemanden, den isszz gekannt habe. Ihr Name isszzt Firin?", fragt er die Mutter, während die Kleine sein Gesicht anfasst. „Ja, richtig. Sie scheint Euch zu mögen." Die Mutter kichert über das Interesse ihrer Kleinen für die Schlange. „Dasszz isszzt ein sszzöner Name. Nun, Kleinesszz. Dasszz isszzt eine Umarmung." Er drückt sie an seine Brust und umarmt sie vorsichtig. Sie macht es ihm gleich und quiekt fröhlich. „He, esszz sszzeint, dasszz er sszzein Versszzprechen gehalten hat." Sihl macht kichernde Zischlaute. Dann sieht er nach oben mit Firin auf seinem Arm und winkt hinauf in den Himmel. Die kleine Firin sieht es und macht es ihm nach.

Daraufhin weht ein warmer, angenehmer Wind durch die Straße und umschließt die beiden sanft.

Glossar

Magi/nar = Mensch/en
Maga/nar = Frau/en/weiblich
Mago/nar = Mann/Männer/männlich
Magren/nar = anthropomorphe/s Tier/e (nur Raubtiere)
Magi'i/nar = Kind/er
Maga'a/nar = Mädchen, Tochter/Töchter
Mago'o/nar = Junge/n, Sohn/Söhne

Luxon: Währung und Zahlungsmittel hier. Es gibt auf dieser Seite kein Gold, Silber oder ähnliche Metalle, nur ein einziges allgemeines Metall (Rialit). Luxon sind Edelsteine wie Diamanten, in denen eine kleine Menge Elementmagie eingeschlossen ist und die schwach leuchten. Es gibt vier Möglichkeiten, wie die Edelsteine leuchten können, je nachdem, welches Element eingeschlossen ist (blau, braun, weiß, rot). Die Farbe ändert aber nichts am Wert, außer es sind alle vier Elemente auf einmal eingeschlossen und es leuchtet in Regenbogenfarben. Dann ist der Luxon das Zehnfache wert.

Rialit-Erz: Ein vielseitiges Metall mit der Eigenschaft, Magie aufzunehmen und zu speichern. Es lässt sich gut zu Werkzeugen formen, außerdem kann es mit Elementarenergie aufgeladen werden und diese langsam wieder abgeben, zum Beispiel in Form einer Fackel.

Tod eines Magi: Das Auffallendste zuerst: Der Tod auf dieser Seite ist etwas Seltsames. Wenn der Körper eines Magi hier so weit zerstört wird, dass dieser nicht mehr funktioniert, stirbt der Magi zwar, aber die Seele bleibt im Körper schlafend gefangen. Diese Seele, in einem dem Winterschlaf ähnlichen Zustand, schützt den Körper unbewusst und dieser kann nicht verrotten und zur Erde zurückgehen. Das ist zwar bei anderen Lebewesen auf dieser Welt auch so, aber nicht so extrem. Jedenfalls nennen die Magi diesen Zustand „Unleben" und um diesen zu beenden, brauchen sie einen sogenannten „Löser", dazu später mehr.

Bunterde: Erde, die mit der Magie aller vier Elemente aufgeladen ist. Das Zeug ist brandgefährlich, wie Säure. Es wird benutzt, um den Körper eines Magi im Unleben zu zersetzen und die Seele zu befreien, damit diese in das „arkane Netzwerk" zurückkehren kann.

Elementarist: Ein Magi, der sich darauf spezialisiert hat, alle vier Elemente gleichzeitig zu kontrollieren. Die Hauptaufgabe eines Elementaristen ist es, Bunterde herzustellen und als „Löser" zu arbeiten. Er kann aber auch zum Schutz dienen, doch die Kontrolle ist nicht so stark wie die von jemandem, der sich auf ein Element spezialisiert hat.

Seelensammler: Diese arbeiten auch als „Löser" wie die Elementaristen, sind aber so was wie Totenbeschwörer. Die gehen die „Lösung" eines Magi ins Unleben von der anderen Seite an. Sie trennen die Seele vom Körper und können die Seele auch in einem Behälter lagern, wenn die Seele es wünscht (weil die Seele eventuell noch nicht bereit ist, zu gehen, oder noch Geschichten zu erzählen hat). Ohne die Seele ist der Körper nicht mehr geschützt und kehrt zur Erde zurück.

Gefühlsfelder: Emotionen, die sehr stark und sehr plötzlich in einem fühlenden Wesen auftreten, manifestieren sich in einer leuchtenden Kugel. Die Kugeln können sich an das arkane Netzwerk oder an Seelen verankern. Gefühlsfelder können in allen Größen und Stärken auftreten. Die Entfernung eines solchen Feldes wird „Entkräftung" genannt. Nur Lichtmagie und Gefühlsmagie sind in der Lage, die Felder zu entkräften.

„Sei befreit": Ein spezieller Ausdruck zum Abschied. Wenn ein Magi weiß, dass er einen anderen wahrscheinlich nie wiedersehen wird. Wird meist bei Lösungen verwendet oder bei sonstigen endgültigen Abschieden. Wird von einer Geste begleitet, bei der man die Hand als Faust hebt und diese sanft öffnet.

Drachensprache

Drachisch:	Deutsch:
AAATUH	Vogel
ATUUUH	fallen
EEEJUH	Schlange
AGAAAH	springen
OOOBAH	schieben
IBIIIH	geht
IIIKUH	Eidechse
UUUWAH	bewachen
EDOOOH	weiter
OJUUUH	beide
IIITAH	allein
ABOOOH	zusammen
EKIIIH	Eltern
OOODEH	du

OTOOOH	Großvater
IKEEEH	ich
EEEBIH	Danke
UUUBAH	Hilfe

Der Autor

Edgar Deschle, geboren 1984, arbeitete bislang als
Kommunikationselektroniker, Elektriker und Lage-
rist. Er überlegte sich schon immer gerne Charakte-
re und Situationen.
Mit „Reise nach Süden" legt er bereits den zweiten
Band seiner Reihe „Die magische Welt Rialar" vor.

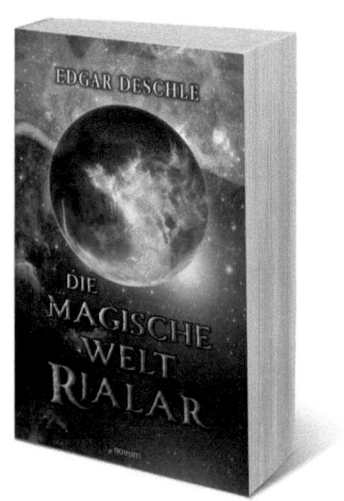

Edgar Deschle

Die magische Welt Rialar

ISBN 978-3-99107-688-9
206 Seiten

Erleben Sie die Abenteuer der Löser Edwin und Erwin in der
magischen Welt Rialar. Auf ihrer Reise gelangen Edwin und
Erwin in die Stadt Oradi, in der es zahlreiche Unleben gibt.
In einer Höhle nahe der Stadt erwacht schließlich eine geheim-
nisvolle Seele.

Bewerten
Sie dieses Buch
auf unserer
Homepage!

www . n o v u m v e r l a g . com